KB109619

숨통

숨통

치마만다 응고지 아디치에

황가한 옮김

The Thing Around Your Neck
Chimamanda
Ngozi Adichie

민음사

이바라에게

차례

일러두기

나이지리아 토착어와 피진 잉글리시는 굵은 고딕체로 표기했고,
원문에서 강조 또는 인용을 나타내기 위하여 사용한 이탤릭체는
가는 고딕체로 표기했다. 250여 개 부족이 사는 나이지리아에서
실제 사용되는 부족어는 500여 가지에 달하며 공용어는 영어다.

1번 감방

우리 집에 처음 도둑이 들었을 때 식당 창문으로 들어와서 텔레비전, 비디오, 아버지가 미국에서 가져온 「퍼플 레인」[01]과 「스릴러」[02] 비디오테이프를 훔쳐 간 사람은 옆집 사는 오시타였다. 우리 집에 두 번째로 도둑이 들었을 때 누군가가 침입한 것처럼 꾸미고 어머니의 보석을 훔쳐 간 사람은 우리 오빠 은나마비아였다. 그 일은 어느 일요일에 일어났다. 부모님이 고향 음바이세에 조부모님을 만나러 가고 없었기 때문에 오빠와 나는 단둘이 성당에 갔다. 오빠가 어머니의 녹색 푸조 504를 운전했다. 우리는 성당에서 평상시처럼 같이 앉았지만 누군가의 못생긴 모자나 너덜너덜한 카프탄[03]을 두고 팔꿈치로 서로의 옆구리를 찌르며 웃음을 참지는

01 미국의 가수 프린스가 주연한 영화(1984). 이 영화의 오리지널 사운드트랙은 팝 역사에서 손꼽히는 명반이다.
02 마이클 잭슨의 동명 곡의 뮤직비디오(1983).
03 나이지리아에서 카프탄은 허리 아래까지 내려오는 윗옷으로, 원피스로 입을

않았다. 왜냐하면 오빠가 한 십 분 만에 말 한마디 없이 나가 버렸기 때문이다. 오빠는 신부가 "이것으로 미사를 마치겠습니다. 다들 평안히 돌아가세요."라고 말하기 직전에 돌아왔다. 나는 조금 화가 났다. 오빠가 담배도 피우고 여자도 만나러 나갔던 거라고 생각했기 때문이다. 차를 마음대로 쓸 수 있는 둘도 없는 기회였으니까. 하지만 어딜 가는지 정도는 나에게 말해 줄 수 있었던 것 아닌가. 우리는 침묵 속에서 집으로 돌아왔고 내가 잠시 멈춰 서서 익소라꽃을 꺾는 동안 오빠는 긴 진입로에 차를 댄 다음 현관문을 열었다. 내가 집 안으로 들어갔을 때 오빠는 거실 한가운데에 우두커니 서 있었다.

"도둑이 들었어!" 오빠가 영어로 말했다.

내가 어지러운 방을 이해하고 파악하는 데는 시간이 좀 걸렸다. 하지만 당시에도 나는 서랍들이 한껏 잡아당겨져 있는 방식에 뭔가 연극적인 면이 있다고 느꼈다. 그걸 발견한 사람에게 강한 인상을 주고 싶었던 누군가의 소행인 듯한 분위기 말이다. 아니면 단순히 내가 오빠를 너무 잘 알았기 때문인지도 모르겠다. 나중에 부모님이 돌아오고 이웃들이 떼로 몰려와서 **은도**라고 말하거나 손가락을 튕기면서 어깨를 들썩들썩하기 시작했을 때, 위층 내 방에 혼자 앉아 있던 나는 뱃속의 거북살스러운 느낌이 무엇 때문인지를 깨달았다. 오빠가 한 짓임을, 나는 알았다. 아버지도 알았다. 아버지는 도둑이 비늘창의 널을 바깥이 아닌 안에서 뺐고(사실 오빠는 그런 실수를 하기엔 너무 똑똑했다. 아마도 미사가 끝나기 전에 성

수도 있고 바지와 함께 입을 수도 있다.

당으로 돌아오려고 서두르느라 그랬을 것이다.) 어머니의 보석이 있는 곳 ― 금속 여행 가방 안의 왼쪽 구석 ― 을 정확히 알았다는 점을 지적했다. 그러자 오빠는 과장된 상처받은 눈빛으로 아버지를 쳐다보며 말했다. "제가 예전에 두 분께 끔찍한 고통을 안겨 드렸다는 건 알아요. 하지만 절대 이런 식으로 두 분의 믿음을 배신하진 않아요." 오빠는 "끔찍한 고통"과 "배신" 같은 불필요한 단어들을 써 가며 영어로 말했다. 변명을 늘어놓을 때마다 늘 그랬던 것처럼. 그러고는 뒷문으로 걸어 나가서 그날 밤 집에 들어오지 않았다. 그다음 날도, 다음다음 날도 마찬가지였다. 오빠는 이 주 후에 집으로 돌아왔다. 수척한 모습으로 맥주 냄새를 풍기면서, 자기가 잘못했고 보석은 에누구에 있는 하우사족 상인에게 저당 잡혔으며 돈은 다 써 버렸다고 울면서 말하는 것이었다.

"내 금값은 얼마나 쳐주디?" 어머니가 물었다. 오빠가 대답하자 어머니는 두 손으로 머리를 감싸며 울부짖었다. "아! 아! **치 음 에그부오 음**! 내 신이 나를 죽이다니!" 어머니는 오빠가 최소한 제 값이라도 받았어야 했다고 생각하는 듯했다. 나는 어머니의 뺨을 한 대 후려치고 싶었다. 아버지는 오빠에게 보석을 어떻게 팔았고, 돈을 어디에 썼으며, 누구와 함께 썼는지를 보고서로 쓰라고 했다. 나는 오빠가 사실대로 말할 거라고 생각하지 않았고 아버지도 나와 같은 생각이었을 테지만 우리 교수 아버지는 보고서를 좋아했다. 뭐든 적어 두고 깔끔하게 기록하는 것을 좋아했던 것이다. 게다가 오빠는 수염을 세심하게 손질하고 다니는 열일곱 살 소년이었다. 대학교 입학이 확정된 중등학교 졸업반이어서 매로 다스리기엔 나이가 너무 많았다. 그러니 아버지가 달리 무얼 할 수 있었겠는가? 오빠가 보고서를 다 쓰자 아버지는 그것을 철해서 우리 남매의 학교 숙제를 보관하는, 서재의 철제 서랍에 집어넣었다.

"이런 식으로 제 엄마한테 상처를 주다니."가 아버지가 마지막으로 중얼거린 말이었다.

하지만 오빠는 정말로 어머니에게 상처 줄 생각은 없었다. 오빠가 어머니의 보석을 훔친 이유는 그것이, 어머니가 평생에 걸쳐 모은 금붙이가, 우리 집에서 유일하게 값나가는 물건이었기 때문이었다. 그리고 다른 교수 집 아들들이 도둑질을 하고 있었기 때문이었다. 그때 우리의 평온한 은수카 캠퍼스에서는 절도가 유행이었다. 「세서미 스트리트」를 보고, 이니드 블라이턴[04]의 책을 읽고, 아침 식사로 콘플레이크를 먹고, 깔끔하게 닦은 갈색 샌들을 신고 대학교 교원 자녀 전용 초등학교를 다니며 자란 소년들이 지금은 이웃집 창문의 방충망을 뜯고 유리 비늘판을 빼내고 안으로 들어가서 텔레비전과 비디오를 훔치고 있었다. 우리는 도둑들의 정체를 알았다. 은수카 캠퍼스는 아주 좁은 곳이었기 때문에 ── 가로수가 늘어선 거리에 다닥다닥 붙어 있는 집들은 낮은 울타리로 간신히 구분되어 있었다. ── 도둑질을 하고 다니는 게 누군지 모를 수가 없었다. 하지만 도둑들의 교수 부모들은 교원 클럽이나 성당이나 교수 회의에서 서로를 만나도 신성한 캠퍼스에 들어와서 도둑질을 하는 시내의 하층민들에 대해 개탄하기만

---

04 1897~1968. 영국의 아동 작가. 대표작으로 어린이 탐정들을 주인공으로 하는 연작 소설 '유명한 오 총사' 시리즈와 '비밀의 칠 총사 시리즈가 있다.

했다.

　도둑질을 하는 소년들은 인기 있는 아이들이었다. 그들은 저녁이 되면 부모의 차를 몰고 나왔다. 운전석 시트는 한껏 뒤로 밀고 두 팔은 쭉 뻗어서 핸들을 잡은 모습으로. 우리 오빠 사건이 있기 불과 몇 주 전에 우리 집 텔레비전을 훔쳐 갔던 옆집의 오시타는 음침한 분위기를 지닌, 나긋나긋하고 잘생긴 소년이었으며 고양이처럼 우아하게 걸어 다녔다. 그의 셔츠는 늘 빳빳하게 다림질되어 있었다. 나는 울타리 너머를 쳐다보다가 그가 보이면 두 눈을 감고, 그가 나에게 걸어와서 너는 내 여자라고 말하는 상상을 하곤 했다. 하지만 그는 내 존재조차 몰랐다. 그가 우리 집을 털었을 때 부모님은 에부베 교수의 집에 가서 댁의 아들이 훔쳐 간 물건을 돌려 달라고 말하지 않았다. 그들은 시내에서 온 하층민의 소행이라고 공공연히 말하고 다녔지만 사실은 오시타의 짓임을 알고 있었다. 오시타는 오빠보다 두 살이 많았다. 도둑질하는 소년들은 대부분 오빠보다 조금 나이가 많았고, 어쩌면 그래서 오빠가 남의 집을 털지 않았는지도 모른다. 아마 어머니의 보석보다 큰 것을 훔치기에는 자신이 아직 어리다고, 자격이 없다고 생각한 모양이었다.

　오빠는 어머니를 똑 닮아서 벌꿀빛 피부, 커다란 눈, 완벽한 곡선을 그리는 큰 입을 가지고 있었다. 어머니가 우리 남매를 데리고 시장에 가면 상인들이 이렇게 외치곤 했다. "여보세요, 부인! 그 하얀 피부는 왜 쓸데없이 아들한테 주고 딸내미는 새카맣게 낳으셨어요? 사내애가 그렇게 예뻐서 얻다 쓰게요?" 그러면 어머니는 오빠가 잘생긴 것이 정말로 자기 탓인 양 키득키득 웃곤 했다.

오빠가 열한 살 나이에 돌로 교실 창문을 깼을 때 어머니는 오빠에게 유릿값을 주고 아버지한테는 아무 말도 하지 않았다. 초등학교 2학년 때 도서관 책 몇 권을 잃어버렸을 때에도 어머니는 오빠의 담임 교사에게 우리 집 하인이 훔쳐 갔다고 말했다. 초등학교 3학년 때 교리 문답 수업에 간다고 매일 조퇴를 하던 오빠가 알고 보니 한 번도 수업에 간 적이 없어서 영성체를 못하게 됐을 때 어머니는 다른 학부모들에게 오빠가 영성체 시험 날 말라리아에 걸렸다고 말했다. 오빠가 아버지의 차 열쇠를 슬쩍해서 비누에 본떠 둔 것을 열쇠공에게 가져가기 전에 아버지가 발견했을 때에도 어머니는 오빠가 그냥 시험 삼아 해 본 것일 뿐 별 뜻은 없었던 거라는 둥 모호한 소리를 해 댔다. 그리고 오빠가 서재에서 시험 문제를 훔쳐서 아버지의 제자들에게 팔았을 때는 오빠에게 소리를 질렀지만 아버지에게는 어쨌거나 오빠는 열여섯 살이니 용돈을 더 줘야 한다고 말했다.

오빠가 어머니의 보석을 훔친 일로 죄책감을 느꼈는지는 모르겠다. 나라고 오빠의 미소 짓는 우아한 얼굴에서 매번 진짜 속마음을 읽을 수 있었던 건 아니니까. 게다가 우리는 그 일에 관해 이야기를 나눈 적도 없었다. 이모들이 자신들의 금귀고리를 보내 주었고, 어머니는 매력적인 이탈리아산 금 수입상 모지에 부인에게서 귀걸이와 목걸이 세트를 사고는 그 할부금을 내기 위해 한 달에 한 번씩 차를 몰고 그녀의 집에 가기 시작했지만, 우리는 그날 이후 단 한 번도 오빠가 어머니의 보석을 훔친 이야기를 하지 않았다. 마치 오빠가 한 일을 모른 척하면 오빠에게 새 출발 할 기회가 생기기라도 할 것처럼. 삼 년 후 오빠가 대학교 3학년 때 체포되어서 경찰서 유치장에 감금되지 않았다면 그 사건은 아마 다시는 입에 오르지 않았을 것이다.

그때 우리의 평온한 은수카 캠퍼스에서는 사교 집단이 유행했다. 대학교 안의 모든 게시판에 굵은 글씨로 쓴 "사교 집단을 멀리합시다."가 붙어 있던 시절이었다. 검은 도끼 파, 해적 파, 약탈자 파가 가장 유명했다. 그들은 한때는 건전한 동아리였는지 몰라도 지금은 거기서 한 단계 진화해서 "사교 집단"으로 불렸다. 미국 랩뮤직 비디오를 보고 껄렁한 걸음걸이를 통달한 열여덟 살 아이들이 이상한 비밀 입회식을 치르다가 오딤 언덕에서 시체로 발견되는 일도 왕왕 있었다. 총과 비뚤어진 충성심과 도끼가 일상이 됐고, 사교 집단 간 전쟁이 일상이 됐다. 어떤 남자애가 여자애한테 눈길을 줬는데 알고 보니 그녀가 검은 도끼 파 두목의 애인이어서 그 남자애가 가판대에 담배를 사러 가다 넓적다리에 칼을 맞는가 하면, 알고 보니 그 남자애가 해적 파 단원이어서 그의 동료들이 어느 맥줏집에 들이닥쳐 가장 가까운 곳에 있던 검은 도끼 파 단원의 어깨를 쏘기도 하고, 그다음 날에는 해적 파 단원이 학교 식당에서 총에 맞아 알루미늄 수프 그릇 위로 쓰러져 죽는가 하면, 그날 저녁에는 다시 검은 도끼 파 단원이 남학생 기숙사의 자기 방에서 도끼에 맞아 CD 플레이어 위에 피를 흩뿌린 채 죽기도 했다. 세상이 미쳐 돌아갔다. 하지만 너무 기막힌 일이라 오히려 더 빨리 수긍하게 됐다. 여학생들은 수업이 끝나면 기숙사 밖으로 나오지 않았고, 교수들은 벌벌 떨었으며, 사람들은 파리가 큰 소리로 앵앵대기만 해도 겁을 먹었다. 그래서 경찰이 동원되었다. 그들은 낡아 빠진 파란색 푸조 505를 타고 캠퍼스를 질주했고 녹슨 총을 차창 밖으로 삐죽 내민 채 학생들을 노려봤다. 오빠는 수업이 끝나면 웃음을 터뜨리며 집으로 돌아왔다. 오빠는 경찰이 계속 이런 식이라면 승산이 없다고 생각했다. 사교 단원들의 총이 더 신식이라는 건 누구나 아는 사실이었다.

부모님은 오빠의 웃는 얼굴을 말없이 걱정스럽게 쳐다보았고 오빠가 사교 집단에 가입했는지를 나만큼이나 궁금해했다. 어떤 때는, 나는 오빠가 가입했다고 생각했다. 사교 단원들은 대개 인기가 많았는데 오빠는 굉장히 인기가 많았기 때문이다. 남자애들은 오빠의 별명을 큰 소리로 외쳐 불렀고 —"쿨 가이!"— 오빠가 지나갈 때마다 악수를 청했으며 여자애들, 그중에서도 인기 많은 '퀸카 클럽' 멤버들은 반갑다는 뜻으로 하는 포옹을 너무 오래 끌곤 했다. 오빠는 모든 종류의 파티, 캠퍼스에서 열리는 얌전한 파티와 시내에서 열리는 광란의 파티에 모두 참석했고, 여자들에게 인기 있는 동시에 남자들에게도 인기 있는 남자였으며, 하루에 로스먼스 한 갑을 피우고 앉은자리에서 스타 맥주 여섯 병을 끝장내는 그런 유였다. 하지만 또 어떤 때는 나는 오빠가 사교 단원이 아니라고 생각했다. 왜냐하면 오빠는 너무 인기가 많았고, 모든 일파와 친구로 지내면서 누구의 적도 되지 않는 것이 더 오빠답다고 여겼기 때문이다. 게다가 나는 오빠가 사교 집단에 가입하는 데 필요한 것 — 배짱이건 정서 불안이건 간에 — 을 갖추고 있다고 완전히 확신할 수도 없었다. 딱 한 번 내가 오빠에게 사교 단원이냐고 물었을 때 오빠는 어떻게 그런 멍청한 질문을 할 수 있냐는 듯 길고 짙은 속눈썹이 드리운 눈을 크게 뜨고 나를 쳐다보더니 이렇게 말했다. "천만에, 그럴 리가." 나는 오빠를 믿었다. 아버지도 오빠를 믿었다. 그러나 우리가 믿는다고 해서 별로 달라질 것은 없었다. 그때는 오빠가 이미 사교 단원이라는 혐의로 체포된 후였기 때문이다. 오빠가 나에게 이 말—"천만에, 그럴 리가."—을 한 것은 우리가 경찰서에 갇혀 있는 오빠를 처음으로 면회한 날의 일이었다.

사건의 전말은 다음과 같다. 어느 습한 월요일에 사교 단원 네 명이 교문에서 기다리고 있다가 빨간 벤츠를 몰고 가던 교수를 습격했다. 그들은 그녀의 머리에 총을 겨누고 차에서 끌어 내린 다음 그 차를 몰고 공대 건물로 가서 강의실에서 걸어 나오던 남학생 셋을 쏴 죽였다. 이때가 정오였다. 나는 근처 강의실에 있었는데 날카로운 총성이 울렸을 때 제일 먼저 강의실 밖으로 뛰쳐나간 사람은 우리 교수였다. 뒤이어 귀청이 찢어질 듯한 비명 소리가 들렸고 순식간에 계단은 어느 쪽으로 도망쳐야 할지 몰라 갈팡질팡하는 학생들로 가득 찼다. 바깥에는 시체 세 구가 잔디밭에 누워 있었다. 빨간 벤츠는 이미 쏜살같이 사라진 뒤였다. 많은 학생들이 황급히 짐을 쌌고 오카다[05] 운전사들은 주차장까지 가는 요금을 두 배로 불렀다. 부총장은 모든 저녁 수업을 취소했으며 저녁 9시 이후에는 아무도 외출해선 안 된다고 공고했다. 내가 보기엔 말도 안 되는 조치였다. 총격 사건은 벌건 대낮에 일어났기 때문이다. 오빠도 이 조치가 말이 안 된다고 생각했던 모양이다. 오빠는 통금 첫날 9시에 집에 없었고 그날 밤 아예 집에 들어오지 않

---

05   나이지리아의 대중교통 중 하나인 오토바이를 말한다.

왔다. 나는 오빠가 친구네 집에서 잤을 거라고 생각했다. 평소에도 외박이 잦았기 때문이다. 그런데 다음 날 아침, 학교 수위가 우리 집에 찾아와서 부모님에게 말했다. 오빠가 술집에서 사교 단원들과 함께 체포되어 경찰 호송차에 실려 갔다는 것이었다. 어머니가 외쳤다. "**에쿠지콰나!** 그런 말 마요!" 아버지는 침착하게 수위에게 고맙다고 말했다. 그러고 나서 우리를 태우고 시내 경찰서로 갔다. 그곳에서 더러운 펜 뚜껑을 씹고 있던 순경이 말했다. "어젯밤에 체포된 사교 단원 애들 말이죠? 걔들은 에누구로 이송됐어요. 아주 심각한 일이죠! 이 사교 집단이라는 골칫거리는 이참에 깨끗이 끝내 버려야 한다고요!"

우리는 다시 차에 올라탔고 새로운 공포에 사로잡혔다. 은수카 ── 우리의 느리고 배타적인 캠퍼스와 그보다 더 느리고 배타적인 시내 ── 는 우리가 감당할 수 있는 곳이었다. 아버지가 아마 경찰서장과 아는 사이였을 것이다. 그러나 나이지리아 육군 기갑 사단과 지방 경찰청이 있고 복잡한 교차로에는 교통순경도 있는 주도(州都) 에누구에서는, 우리는 아무도 아니었다. 에누구는 경찰이 뭔가 성과를 내라는 압력을 받을 때, 그들을 유명하게 만들어 준 그 일을 할 수 있는 곳이었다. 사람을 죽이는 일 말이다.

에누구 경찰청은 전체가 담장으로 둘러싸이고 그 안은 건물들로 가득한 울퉁불퉁한 모양의 부지에 위치해 있었다. 정문 옆, "경찰청장실"이라고 쓰인 표지판 근처에는 지저분한 망가진 차들이 잔뜩 쌓여 있었다. 아버지는 부지 반대쪽 끝에 있는 길쭉한 단층 건물을 향해 차를 몰았다. 근무 중이던 경관 두 명을 어머니가 검은 비닐봉지로 꽁꽁 싼 졸로프 밥[06]과 고기, 그리고 돈으로 매수하자 그들은 오빠를 유치장에서 꺼내어 우리와 함께 갈매나무 밑 벤치에 앉아 있도록 허락해 주었다. 아무도 오빠에게, 그날 밤 통금령이 내려진 걸 알고 있었으면서 왜 나갔던 거냐고 묻지 않았다. 경찰이 아무 술집에나 들어가 거기서 술 먹고 있던 애들 전부를, 심지어 바텐더까지 체포한 것은 부당한 일이라고 말하지도 않았다. 그 대신 우리는 오빠의 얘기를 듣기만 했다. 오빠는 말을 타듯 나무 벤치에 걸터앉아 밥과 닭고기가 담긴 그릇을 앞에 놓고 기대감으로 눈을 반짝였다. 마치 이제 막 공연을 시작하려는 배우 같았다.

"우리가 나이지리아를 이 감방처럼 운영한다면 — 오빠가 말했다. — 이 나라의 모든 문제가 사라질 거예요. 이곳은 정말로 체계적이에요. 우리 감방에는 아바차 장군[07]이라는 별명을 가진 방장이 있는데 그에게는 부관도 있어요. 일단 이곳에 들어오면 그 둘한테 돈을 몇 푼 쥐여 줘야 해요. 안 그러면 그때부터 곤란해지죠."

"너는 돈이 있었니?" 어머니가 물었다.

오빠가 씩 웃었다. 이마에 꼭 여드름 같은 벌레 물린 자국이 생겨서 얼굴이 한층 더 예뻐 보였다. 오빠는 술집에서 체포된 직

---

06 서아프리카에서 흔히 먹는 음식. 토마토, 고추를 비롯한 각종 채소와 고기를 넣고 볶아 만든다.

07 1943~1998. 나이지리아의 독재자. 1983년 군사 쿠데타의 중심 세력으로 1993년에 마침내 대통령 자리에 올랐으며 집권하는 동안 반대파를 숙청하고 부정 축재를 했다.

후에 돈을 항문 속에 숨겼다고 이보어[08]로 말했다. 오빠는 자기가 돈을 숨기지 않으면 경찰이 뺏어 가리란 걸, 감방에서 평화를 사기 위해서는 그 돈이 필요하리란 걸 알았다. 오빠는 튀긴 닭 다리를 한 입 베어 물더니 이번엔 영어로 말했다. "아바차 장군은 제가 돈을 숨긴 방법에 감명을 받았어요. 저는 그에게 고분고분하게 굴었지요. 늘 그를 추켜세워 줬어요. 그들이 모든 신참에게 자기들이 부르는 노래에 맞춰 귀를 잡고 쪼그려 뛰기를 하라고 했을 때 그는 저한테만 십 분 이따 시작하라고 했어요. 다른 사람들은 거의 삼십 분 동안 뛰어야 했죠."

어머니는 오한이라도 나는 것처럼 양손으로 자기 팔을 문질렀다. 아버지는 아무 말 않고 오빠를 유심히 쳐다보았다. 그리고 나는 그 고분고분한 우리 오빠가 100나이라 지폐를 가는 담배 모양으로 말아 가지고 자기 바지 뒤춤으로 손을 집어넣은 다음 고통스러워하며 몸속으로 밀어 넣는 모습을 상상했다.

나중에 은수카로 돌아오는 차 안에서 아버지가 말했다. "그 녀석이 우리 집을 털었을 때 이렇게 할걸. 내가 녀석을 감방에 가뒀어야 했어."

어머니는 말없이 창밖만 바라보았다.

"왜요?" 내가 물었다.

"이번 일로 녀석이 난생처음 충격을 받지 않았더냐. 모르겠던?" 아버지는 설핏 미소 지으며 내게 물었다. 난 모르겠던데. 적어도 그날은 아니었다. 내 눈엔 오빠는 좋아 보였다. 돈을 자기 항

---

08 나이지리아의 삼 대 부족 중 하나인 이보족이 사용하는 언어.

문에 집어넣고 뭐 그런 걸로 봐선.

오빠가 처음으로 충격을 받은 건 해적 파 단원이 우는 모습을 보았을 때였다. 거칠고 덩치도 큰 그 녀석은 어느 살인 사건의 범인이라는 소문이 돌았고 다음 학기의 차기 두목으로도 거론되었는데 방장에게 뒤통수를 한 대 얻어맞고 나서는 감방 안에서 웅크린 채 질질 짜고 있었던 것이다. 오빠는 다음 날 면회 때 혐오감과 실망감이 모두 담긴 목소리로 내게 이 이야기를 들려주었다. 마치 헐크가 사실은 초록 물감을 칠한 것이었음을 별안간 깨달은 사람 같았다. 오빠가 두 번째로 충격을 받은 것은 며칠 뒤의 일이었는데 바로 '1번 감방', 즉 오빠가 있던 감방보다 한 단계 더 높은 감방 때문이었다. 경관 두 명이 1번 감방에서 퉁퉁 부은 시체를 들고 나와서는 모두가 확실히 그 시체를 보게 하려고 오빠네 감방에 들렀던 것이다.

방장조차도 1번 감방만큼은 두려워하는 것 같았다. 원래는 페인트 통이었던 플라스틱 양동이에 담긴 목욕물을 살 돈이 있었던, 오빠와 감방 동료들이 아무런 칸막이도 없는 마당에 나와 목욕을 하고 있을 때면 그들을 감시하던 경관들이 곧잘 이렇게 외치곤 했다. "그만하지 않으면 지금 당장 1번 감방으로 보내 주겠어!" 오빠는 1번 감방에 대한 악몽을 꿨다. 오빠는 지금 있는 감방보다 더 끔찍한 곳은 상상할 수 없었다. 그곳은 너무나 복닥거려서 금 간 벽에 바싹 붙어 서 있어야 할 때도 왕왕 있는 곳이었다. 그런데 그 벽 틈 속에 사는 조그마한 **콸리콰타**가 어찌나 독하게 무는지 오빠가 너무 아파서 비명을 지르면 감방 동료들은 '온실 속 화초' 도련님, 먹물 도련님, 곱게 자란 도련님이라고 놀렸다.

그 벌레는 그렇게 쪼그만 것치고는 너무 아프게 물었고 밤이 되면 무는 게 한층 더 심해졌다. 죄수들은 밤마다 머리끝부터 발끝까지 모로 누워 자야 했다. 오직 방장만이 사치스럽게 등 전체를 바닥에 대고 잤다. 방장은 간수들이 매일 감방에 넣어 주는 가리[99] 접시와 묽은 수프를 분배하는 사람이었다. 한 사람당 두 입씩 돌아왔다. 오빠는 첫째 주에 우리한테 이 얘기를 했다. 오빠가 이야기를 하는 동안 나는 벽 속의 벌레들이 오빠의 얼굴도 물었는지 아니면 무슨 균 때문에 오빠의 이마에 뾰루지가 퍼지고 있는 것인지 궁금해했다. 뾰루지 중 몇 개는 끝에 크림색 고름이 차 있었다. 오빠는 거기를 벅벅 긁으면서 이렇게 말했다. "오늘은 선 채로 비닐봉지에 똥을 싸야 했어요. 변기가 가득 찼거든요. 경찰들이 토요일에만 물을 내려 줘요."

오빠의 말투는 연극적이었다. 나는 오빠에게 닥치라고 하고 싶었다. 왜냐하면 오빠가 굴욕적인 고행자라는 자신의 새로운 역할을 즐기고 있었고 자기가 지금 유치장 밖으로 나와서 우리가 싸 간 음식을 먹을 수 있다는 게 얼마나 운 좋은 일인지, 체포되던 날 밤 밖에 나가서 술을 마신 게 얼마나 멍청한 짓이었는지, 풀려날 가능성이 얼마나 희박한지를 모르고 있었기 때문이다.

첫째 주에 우리는 매일 면회를 갔다. 아버지의 낡은 볼보를 타

[99] 서아프리카의 주식 중 하나. 카사바의 덩이줄기를 갈아서 발효시킨 다음 체질해서 익히면 낟알 모양의 가리가 된다.

고 갔는데 어머니의 더 오래된 푸조 504는 은수카 밖까지 몰고 나가기엔 위험하다고 생각했기 때문이다. 도중에 경찰 검문소를 지날 때 나는 부모님이 전과 달라졌음을 눈치챘다. 미묘했지만 그래도 달랐다. 아버지는 평소 같으면 지나가라는 수신호를 받자마자 경찰이 얼마나 무식하고 부패했는지에 대한 독백을 늘어놨을 텐데 그러지 않았다. 아버지가 뇌물을 주지 않아서 우리가 한 시간 동안 붙들려 있었던 얘기도 꺼내지 않았고, 경찰이 나의 어여쁜 사촌 오게치가 타고 있던 버스를 세워서 그녀만 따로 불러내서는 휴대 전화를 두 개 갖고 있다는 이유로 창녀라고 부르고 너무 많은 돈을 요구해서 그녀가 빗속에서 땅바닥에 무릎을 꿇고 제발 자기를 보내 달라고 빌었던 — 왜냐하면 그녀가 타고 있던 버스는 이미 가도 된다는 허락을 받았기 때문에 — 일도 얘기하지 않았다. 어머니 역시 그들은 더 큰 병폐의 증상에 불과하다고 중얼거리지 않았다. 그 대신 부모님은 말없이 앉아 있었다. 평소처럼 경찰을 비난하지 않으면 마치 오빠의 자유가 한층 더 가까워지기라도 할 것처럼 말이다. "민감한"이라고 은수카의 서장은 표현했다. 오빠를 빠른 시간 안에 꺼내 주는 것은 민감한 문제라는 거였다. 특히 에누구 경찰청장이 사교 단원 체포에 대해 흡족하고 의기양양해하며 텔레비전 인터뷰를 하고 있는 터라 더더욱 그러했다. 사교 집단 문제는 심각했다. 수도 아부자의 거물들이 주시하고 있었다. 모두가 뭔가를 하고 있는 것처럼 보이고 싶어 했다.

둘째 주에 나는 부모님에게 오빠를 면회하러 가지 말자고 말했다. 우리가 언제까지 이 짓을 계속해야 될지도 모르고, 매일 세 시간을 왕복하느라 기름값도 너무 많이 들며, 하루쯤 혼자 놔둬도 오빠는 괜찮을 거라고 생각한다고 했다.

아버지는 놀란 표정으로 나를 쳐다보며 물었다. "그게 무슨 말이냐?" 어머니는 나를 위아래로 훑어보더니 문으로 걸어가면서, 나한테 같이 가 달라고 애원한 사람은 아무도 없다고 말했다. 죄 없는 오빠가 고생하는 동안 나는 가만히 앉아서 아무것도 안 해도 상관없다는 것이었다. 어머니가 차를 향해 걸어가길래 나도 따라갔지만 막상 집 밖에 나오니 뭘 해야 좋을지 모르겠어서 익소라 덤불 옆에 있던 돌을 집어 볼보 앞 유리를 향해 던졌다. 앞 유리에 금이 갔다. 유리가 쪼개지는 소리를 듣고 실금이 빛살처럼 퍼져 나가는 것을 본 나는 뒤돌아서 위층으로 내달렸고 어머니의 분노로부터 나 자신을 보호하기 위해 내 방에 처박혔다. 어머니가 악쓰는 소리가 들렸다. 아버지의 목소리도 들렸다. 마침내 고요가 찾아왔고 차가 떠나는 소리는 들리지 않았다. 그날은 아무도 오빠를 만나러 가지 않았다. 이 작은 승리는 내겐 정말 놀라운 일이었다.

우리는 다음 날 오빠를 보러 갔다. 얼어붙은 개울의 잔물결처럼 앞 유리에 실금이 퍼져 있었지만 그 얘기는 한마디도 하지 않았다. 그날 당번이었던, 상냥하고 피부색이 짙은 경관은 우리에게 어제는 왜 안 왔냐고 물었다. 그는 어머니의 졸로프 밥이 그리웠던 것이다. 나는 오빠가 화를 내기 위해서라도 똑같은 질문을 할 거라고 예상했는데 오빠는 이상하게 가라앉은 얼굴을 하고 있었다. 그 전까지 본 적이 없는 표정이었다. 밥도 다 먹지 않고 남겼다. 오빠의 시선은 멀리, 경찰서 부지의 반대쪽 끝에 있는 반쯤 탄

자동차 더미, 교통사고의 잔해 쪽을 계속 향해 있었다.

"왜 그러니?" 어머니가 묻자 오빠는 그 질문을 기다렸다는 듯이 곧바로 이야기하기 시작했다. 오빠는 높낮이가 없는 이보어로 말했다. 목소리가 높아지지도, 낮아지지도 않았다. 어떤 노인이 그 전날 오빠네 감방에 들어왔다. 나이는 칠십 대 중반쯤 되었고 머리는 백발에, 피부엔 잔주름이 많은, 청렴한 퇴직 공무원 같은 구식 우아함을 지닌 사내였다. 그의 아들이 무장 강도 혐의로 수배 중인데 경찰이 아들을 찾는 데 실패하자 대신 그를 가두기로 한 것이었다.

"그 사람은 아무 짓도 하지 않았어요." 오빠가 말했다.

"너도 아무 짓도 하지 않았잖니." 어머니가 말했다.

오빠는 어머니가 이해를 못 한다는 듯이 고개를 내저었다. 그 후로 오빠는 날이 갈수록 점점 더 가라앉아 갔다. 말수도 줄었고 말을 하더라도 거의 노인에 관한 얘기만 했다. 그가 돈이 없어서 목욕물을 살 수 없다는 얘기, 다른 죄수들이 그를 놀리고 아들을 숨겨 줬다고 욕한다는 얘기, 방장이 그를 무시한다는 얘기, 그가 겁을 먹은 것 같고 정말 너무나도 작아 보인다는 얘기.

"그 사람은 자기 아들이 어디 있는지 안대?" 어머니가 물었다.

"못 본 지 넉 달째래요." 오빠가 말했다.

아버지는 그 남자가 아들이 있는 곳을 아는지 모르는지는 상관이 없다는 식의 이야기를 했다.

어머니가 말했다. "물론 그건 잘못된 일이지만 경찰이 늘 하는 짓이잖아. 자기들이 원하는 사람을 못 찾으면 그 아버지나 어머니나 친척을 잡아 가둔다고."

아버지가 무릎에서 뭔가를 떨어내는 몸짓을 했다. 그것은 아버지가 화를 참으려 애쓸 때 하는 행동이었다. 아버지는 어머니가 왜 누구나 아는 뻔한 얘기를 하는 건지 이해할 수가 없었다.

"그 할아버지는 아파요." 오빠가 말했다. "잠들어 있을 때도 손을 덜덜 떤다고요."

부모님은 아무 말도 하지 않았다. 오빠는 밥이 담긴 그릇 뚜껑을 덮더니 아버지에게로 돌아앉았다. "그 할아버지한테 이걸 좀 드리고 싶어요. 하지만 감방에 가져가면 아바차 장군이 뺏어 갈 거예요."

아버지는 근무 중인 경관에게 가서 오빠네 감방에 있는 노인을 잠깐만 볼 수 없겠느냐고 물었다. 퉁명스럽고 피부색이 옅은 그 경관은 어머니에게서 밥과 돈을 받을 때 절대로 고맙다고 말하지 않는 자였다. 그는 아버지의 면전에 대고 코웃음을 치며 말했다. 저 녀석을 밖에 나오게 해 준 것만으로도 내가 잘릴 수 있는데 당신들은 지금 또 다른 사람을 꺼내 달라는 건가? 무슨 기숙학교 면회일인 줄 아나? 이곳이 사회의 악질분자들을 가둬 두는 엄중 경비 시설임을 모르는 건가? 아버지는 돌아와서 한숨을 내쉬며 자리에 앉았고 오빠는 말없이 자신의 우툴두툴한 얼굴을 긁어 댔다.

다음 날 오빠는 밥에 거의 손을 대지 않았다. 오빠 말에 따르면, 경찰들이 청소를 한다며 늘 하던 대로 감방의 벽과 바닥에 세제 푼 물을 끼얹었는데 목욕물 살 돈이 없어서 일주일 동안 씻지 못한 노인이 감방 안으로 뛰어 들어가더니 윗도리를 확 벗고 앙상한 등을 세제로 젖은 바닥에 비벼 대기 시작했다. 그 모습을 본 경찰들은 웃음을 터뜨렸고 노인에게 옷을 모두 벗고 감방 밖 복도에서 행진을 하라고 했다. 노인이 시키는 대로 하자 그들은 더 큰 소리로 웃으면서, 당신 아들은 아버지 고추가 그렇게 쭈글쭈글한 걸 아느냐고 물었다. 오빠는 이 이야기를 하는 동안 자신의 주황색 밥을 쳐다보고 있었다. 그리고 오빠가 고개를 들었을 때 나는 오빠의 — 그 영악한 우리 오빠의 — 두 눈에 눈물이 차오르는 것을 보았다. 그때 내가 오빠에게 느낀 애정은 누군가가 설명해 보라고 했더라도 아마 할 수 없었을 것이다.

이틀 후 캠퍼스에서 또 다른 습격 사건이 있었다. 음대 건물 바로 앞에서 어떤 남학생이 다른 남학생을 도끼로 찍었던 것이다.

"잘됐어." 어머니가 말했다. 어머니와 아버지는 은수카의 서장을 다시 만나러 갈 준비를 하고 있었다. "이젠 자기들이 사교 단원을 소탕했다는 말은 못 하겠지." 그날 부모님은 서장을 만나러 갔다가 너무 늦게 돌아와서 에누구에는 못갔지만 그 대신 좋은 소식을 가져왔다. 오빠와 바텐더가 즉시 풀려날 거라는 소식이었다. 경찰 정보원이 된 어느 사교 단원이 오빠는 단원이 아니라고 잘라 말했다는 것이었다. 다음 날 아침 우리는 평소보다 일찍 졸로프 밥 없이 집을 나섰다. 태양이 벌써부터 뜨거워서 모든 차창을 내린 채로 달렸다. 가는 내내 어머니는 굉장히 과민했다. 평소에도 아버지가 옆 차선에서 위험하게 휙휙 꺾는 차들을 못 보는 것처럼 **"네콰 야! 조심해!"**라고 말하곤 했지만 그날은 그 말을 너무나 자주 한 나머지 결국 나인스마일 — 행상꾼들이 밤바라땅콩과 삶은 계란과 캐슈너트를 담은 소쿠리를 들고 차 주위에 몰려들었던 — 에

닿기 직전에 아버지가 차를 세우고 소리를 꽥 지르고야 말았다. "지금 이 차 운전을 대체 누가 하는 거야, 우조아마카?"

울퉁불퉁한 경찰서 부지 안에서는 경관 두 명이 갈매나무 밑 땅바닥에 누워 있는 누군가에게 채찍질을 하고 있었다. 처음에는 오빠인 줄 알고 가슴이 철렁했지만 알고 보니 아니었다. 땅바닥에 누워서 경관이 **코보코**로 때릴 때마다 고통에 몸부림치며 비명을 지르고 있는 남자애는 내가 아는 애였다. 이름은 아보이였고 사냥개처럼 못생기고 심각한 얼굴에, 캠퍼스에서 렉서스를 몰고 다니던, 해적 파로 알려진 녀석이었다. 나는 경찰청 건물까지 걸어가는 동안 그를 쳐다보지 않으려 애썼다. 그날 당번인 경관은 뺨에 부족 표시가 있고 뇌물을 받을 때마다 "신의 은총이 있기를."이라고 말하는 사람이었는데 그날은 우리를 보자 시선을 돌렸다. 따끔따끔한 벌집이 살갗 위로 퍼져 나가는 것만 같았다. 그때 난 뭔가가 잘못됐음을 알았다. 부모님이 그에게 서장의 명령서를 건네줬다. 경관은 그걸 쳐다보지 않았다. 그가 아버지에게 말했다. 나는 석방 명령에 대해 알고 있다. 바텐더는 이미 풀려났지만 그 꼬마 녀석한테는 문제가 좀 있다. 어머니가 소리를 지르기 시작했다. "꼬마 녀석요? 그게 무슨 뜻이에요? 내 아들 어디 있어요?"

경관이 일어났다. "제가 상관을 모셔 오지요. 그분이 설명해 드릴 겁니다."

어머니는 그에게 달려들어 셔츠를 잡아당겼다. "내 아들 어디 있어요? 내 아들 어디 있냐고요!" 아버지가 어머니를 떼어 놓자 경관은 어머니가 무슨 오물이라도 묻힌 듯이 자기 셔츠를 손으로 탁탁 털고는 뒤돌아 걷기 시작했다.

"우리 아들 어디 있소?" 이렇게 묻는 아버지의 목소리가 어찌나 나지막하고 차가웠던지 경관은 그 자리에서 발걸음을 멈췄다.

"다른 곳으로 이송됐습니다, 선생님." 그가 말했다.

"이송됐다고요?" 어머니가 끼어들었다. 어머니는 여전히 악을 쓰고 있었다. "그게 무슨 말이에요? 당신들 내 아들을 죽인 건가요? 당신들 내 아들 죽였어요?"

"어디 있소?" 아버지가 다시 아까와 같은 나지막한 목소리로 물었다. "우리 아들은 어디에 있소?"

"제 상관이, 여러분이 오시면 본인을 부르라고 했습니다." 경관은 이렇게 말한 다음 이번에는 정말로 뒤돌아서 급히 문으로 나갔다.

내가 공포로 오싹함을 느낀 것은 그가 자리를 떠난 뒤였다. 나는 그를 뒤쫓아 가서 그가 오빠를 내놓을 때까지, 어머니가 그랬던 것처럼 멱살을 붙잡고 늘어지고 싶었다. 그때 아까 그 경관의 상관이 나타났다. 나는 완전히 무표정한 그의 얼굴에서 어떤 표정이라도 찾아내 보려고 애썼다.

"안녕하십니까." 그가 아버지에게 말했다.

"우리 아들은 어디 있소?" 아버지가 물었다. 어머니는 씩씩대고 있었다. 나중에야 알게 된 사실이지만 그 순간 우리 세 사람은 각자 속으로 오빠가 총질하기 좋아하는 경찰관들에게 살해됐을지도 모른다고, 그리고 이 사람의 역할은 오빠가 어떻게 죽었는지에 대한 가장 그럴듯한 거짓말을 늘어놓는 것이라고 생각하고 있었다.

"걱정하실 것 없습니다. 그냥 다른 곳으로 이송됐을 뿐이에요.

제가 지금 곧바로 모셔다드리죠." 그 경관은 어딘지 모르게 긴장한 것 같았다. 얼굴은 여전히 무표정했지만 계속 아버지의 시선을 피했다.

"이송됐다고요?"

"석방 명령을 오늘 아침에 받았는데 그때는 이미 이송을 마친 후였습니다. 그런데 저희가 기름이 다 떨어져서, 여러분이 오시길 기다리고 있었죠. 그 친구가 있는 곳으로 같이 가려고 말입니다."

"그 애는 어디 있소?"

"다른 장소예요. 제가 안내하겠습니다."

"왜 이송된 거지요?"

"제가 없을 때 일어난 일이라서요. 들기로는 그 친구가 어제 난동을 부려서 1번 감방으로 옮겼는데 1번 감방의 모든 죄수가 다른 곳으로 이송됐다고 하더군요."

"난동을 부렸다고요? 그게 무슨 말입니까?"

"전 그때 여기 없었습니다."

그때 어머니가 갈라진 목소리로 말했다. "내 아들한테 데려다 줘요! 지금 당장 데려다 달라고요!"

나는 경관과 함께 뒷좌석에 앉았다. 그에게서는 어머니의 트렁크에서 영원히 없어지지 않을 듯한 오래된 장뇌 냄새 같은 것이 났다. 십오 분쯤 뒤에 목적지에 도착할 때까지, 경관이 아버지에게 방향을 알려 줄 때 외에는 아무도 말을 하지 않았다. 아버지는 지나치게 빨리, 내 심장이 뛰는 것만큼이나 빠른 속도로 운전했다. 우리가 도착한 작은 부지는 버려진 곳처럼 보였다. 웃자란 잔디가 군데군데 나 있고 낡은 빈 병과 비닐봉지, 종이가 사방에 흩어져 있었다. 경관은 아버지가 차를 세울 때까지 기다리지 못하고 차 문을 열고 뛰어내렸다. 나는 또 한번 공포로 오싹함을 느꼈다. 우리가 있는 곳에는 포장도로도 없었고, "경찰서"라는 표지판도 없었으며, 공기 중에는 적막만이 감돌았다. 이상하게 황량한 느낌이었다. 하지만 경관은 오빠와 함께 걸어 나왔다. 거기, 잘생긴 우리 오빠가, 겉보기엔 전과 다름없는 모습으로, 우리를 향해 걸어오고 있었다. 그런데 가까이 온 오빠를 어머니가 껴안으려 했을 때 나는 오빠가 움찔하며 뒤로 물러서는 것을 보았다. 오빠의 왼팔은 옅은 매질 자국으로 뒤덮여 있었다. 그리고 코 주위에는 마른 피딱지가 붙어 있었다.

"은나마비아, 얘야, 그놈들이 널 왜 이렇게 때린 거니?" 어머니가 물었다. 어머니는 경관에게 고개를 돌렸다. "당신들 내 아들한테 왜 이런 거예요?"

그는 어깨를 으쓱했다. 아까까지 없던 건방진 태도였다. 아까는 오빠의 생사를 몰라서 그랬지만 이제는 마음대로 떠들어도 된다는 듯한 태도였다. "당신들은 자식을 제대로 키울 수가 없어요. 대학에서 일한다고 자기가 뭐라도 되는 줄 아는 당신들 모두 말이오. 자식이 잘못을 해도 벌을 줘선 안 된다고 생각하니까. 운 좋은 줄 아시오, 부인. 아들이 풀려나서 운 좋은 줄 알라고요."

아버지가 말했다. "가자."

아버지가 차 문을 열자 오빠가 올라탔고 우리는 집으로 향했다. 아버지는 도중에 있었던 어떤 검문소에서도 멈추지 않았다. 한번은 우리가 쌩하고 지나가자 경찰관이 총으로 위협적인 몸짓을 해 보이기도 했다. 우리가 말없이 달리는 동안 어머니가 한 말은 딱 한 마디뿐이었다. 은나마비아, 중간에 나인스마일에 들러서 밤바라땅콩이라도 살까? 오빠는 됐다고 했다. 오빠는 은수카에 도착하고 나서야 비로소 입을 열었다.

"어제 경찰들이 할아버지에게 공짜 물 한 동이를 얻고 싶냐고 물었어요. 할아버지는 그렇다고 했지요. 그러자 그들은 할아버지에게 옷을 벗고 복도를 행진하라고 했어요. 감방 동료들은 신나게 웃어 댔죠. 하지만 그중 몇 명은 노인을 그렇게 대하면 안 된다고 말했어요." 오빠는 잠시 말을 멈췄다. 오빠의 눈은 먼 곳을 보고 있었다. "저는 경관에게 소리쳤어요. 이 할아버지는 죄가 없고 아프다고, 그리고 그는 자기 아들이 어디 있는지 모르니 당신들이 그를 여기 가둬 두는 한 아들은 절대 찾지 못할 거라고. 그들은 당장 닥치지 않으면 저를 1번 감방에 집어넣겠다고 말했어요. 전 상관없었어요. 저는 닥치지 않았죠. 그래서 그들은 저를 끌어내서 두들겨 패고 1번 감방에 집어넣었어요."

오빠는 거기서 말을 멈췄고 우리는 더 이상 오빠에게 아무것도 묻지 않았다. 그 대신 나는 오빠가 목청을 높이고 경찰관에게 멍청한 머저리, 배알도 없는 겁쟁이, 사디스트, 후레자식이라고 욕하는 걸 상상했다. 나는 경찰관들이 충격받은 모습을, 방장이 충격받아서 입을 헤벌린 채 쳐다보는 모습을, 다른 죄수들이 잘생긴 대학생 도련님의 대담함에 깜짝 놀라는 모습을 상상했다. 그리고 자존심에 자극을 받은 노인이 옷 벗기를 조용히 거부하는 것을 상상했다. 오빠는 1번 감방에서 무슨 일이 있었는지, 새로 옮겨진 곳에서는 무슨 일이 있었는지 말하지 않았다. 내가 볼 때 그곳은 나중에 흔적도 없이 사라질 사람들을 가둬 두는 곳 같았다. 그 이야기로 매끄러운 드라마 한 편을 만들기란, 매력적인 우리 오빠에게 일도 아니었겠지만 오빠는 그렇게 하지 않았다.

모조품

    응켐은 거실 벽난로 선반 위에 놓인 베닌[10] 가면의, 불룩 튀어나오고 눈꼬리가 바짝 올라간 눈을 쳐다보면서 남편의 애인 이야기를 듣고 있다.

    "정말 어리대. 스물한 살쯤 되었다나." 그녀의 친구 이제마마카가 수화기 저편에서 이야기한다. "머리는 짧고 꼬불꼬불하대. 그 있잖아, 작게 돌돌 말린 머리. 릴렉서로 스트레이트파마를 한 게 아니라 텍스처라이저로 살짝 펴기만 한 것 같아. 요즘 젊은 애들은 텍스처라이저를 좋아한다더라고. **샤,** 내가 남자란 동물의 습성을 다 안다고 말할 순 없지만 내가 듣기론 그 여자가 아예 너네집에 이사를 들어왔대. 그러게 부자랑 결혼하면 다 그런 꼴을 당한다니까." 이제마마카가 말을 멈춘다. 그녀가 일부러 과장되게

---

10 현 나이지리아 영토 내에 존재했던 왕국. 1897년 영국이 '징벌적 원정'에 의해 나이지리아에 강제 통합되었다. 수도는 베닌시티.

34

숨을 들이쉬는 소리가 들린다. "내 말은, 물론 오비오라는 좋은 남자지." 이제마마카가 말을 계속한다. "하지만 애인을 집에 들이다니! 널 완전히 무시하는 짓이지 뭐니? 그 여자는 오비오라의 차를 몰고 온 라고스 시내를 돌아다녀. 아월로워 길에서 마쓰다를 몰고 가는 걸 내가 이 두 눈으로 똑똑히 봤다니까."

"말해 줘서 고마워." 응켐이 말한다. 그녀는 이제마마카의 입이 과즙을 다 빨아내서 흐물흐물해진 오렌지처럼 쪼그라드는 것을 상상한다. 말을 너무 많이 해서 지친 입.

"당연히 말해야 하고말고. 친구 좋다는 게 뭐야? 게다가 달리 내가 뭘 할 수 있겠니." 이제마마카가 말한다. 응켐은 이제마마카가 "뭘"을 힘주어 발음했을 때 거기에 담겨 있던 감정이 기쁨이었는지 궁금하다.

그리고 나서 십오 분 동안 이제마마카는 나이지리아에 다녀온 이야기를 한다. 지난번에 다녀온 후로 물가가 얼마나 올랐는지 — 이제는 가리조차도 너무 비싸다. — 차가 막힐 때 우르르 달려드는 행상꾼 아이들이 얼마나 많아졌는지, 델타주에 있는 고향으로 가는 주도로가 얼마나 많이 유실됐는지. 응켐은 적당한 때에 혀를 차거나 큰 소리로 한숨을 쉰다. 자신도 몇 달 전 크리스마스에 나이지리아에 다녀왔다는 사실을 이제마마카에게 상기시키지는 않는다. 이제 손가락에 감각이 없다는 말도, 이제마마카가 전화하지 않았더라면 좋았으리라는 말도 하지 않는다. 그리고 마침내 전화를 끊기 전에 언제 주말에 애들을 데리고 뉴저지주에 있는 이제마마카네 집에 가겠다는 약속, 자신이 절대 지키지 않을 것임을 아는 약속을 한다.

그녀는 부엌으로 가서 물 한 잔을 따르고 입에도 대지 않은 채 탁자에 내려놓는다. 그리고 다시 거실로 돌아와서 구릿빛 베닌 가면을 쳐다본다. 추상적으로 생긴 그것의 이목구비는 너무 크다. 이웃들은 그것이 "기품 있다"고 한다. 두 집 건너 사는 이웃 부부는 그 가면 때문에 아프리카 예술품을 수집하기 시작했는데 그들 역시 응켐네처럼 잘 만든 모조품으로 만족하게 됐다. 하지만 그들은 진품을 찾기가 얼마나 힘든지에 관해 이야기하길 좋아한다.

응켐은 400년 전에 베닌 사람들이 가면을 조각하는 모습을 상상한다. 오비오라는 그들이 왕실 의식 때 가면을 사용했다고 말했다. 왕을 보호하고 악귀를 쫓기 위해 왕의 양옆에 가면을 놓았다는 것이다. 특별히 선택받은 사람들만이 가면 보관인이 될 수 있었고 왕을 장사 지낼 때 갓 자른 사람 머리를 가져오는 책임 또한 이들이 지고 있었다. 응켐은 근육질의 당당한 젊은이들을 상상한다. 그들의 갈색 피부는 야자유를 발라서 윤기가 흐르고 허리에는 우아한 로인 클로스[11]가 둘려 있다. 그녀는 — 오비오라가 의식이 이런 식으로 진행되었다고 말하지 않았기 때문에 — 이렇게 상상한다. 그 젊은이들이 사실은 왕의 무덤에 넣을 낯선 이들의 목을 베길 원치 않았다고, 그 가면을 자신들을 보호하기 위해서도 사용하고 싶어 했다고, 자신들에게도 발언권이 있길 바랐다고.

오비오라와 함께 처음 미국에 왔을 때 그녀는 임신 중이었다. 집에서는 — 오비오라가 처음에 세냈다가 나중에 구입한 — 녹차

---

11 작고 네모난 천으로 남성의 서혜부와 둔부만을 살짝 가리는 고대 의복.

처럼 산뜻한 냄새가 났고 짧은 진입로에는 자갈이 두껍게 깔려 있었다. 우리는 필라델피아 근처의 아름다운 교외에 살아, 라고스의 친구들에게 그녀는 전화로 그렇게 말했다. 오비오라와 함께 자유의 종 앞에서 찍은 사진 뒷면에 미국 역사에서 아주 중요한 것이라고 자랑스럽게 휘갈겨서 그들에게 보냈다. 머리가 벗어져 가는 벤저민 프랭클린의 초상화가 담긴 반들반들한 팸플릿도 동봉했다.

체리우드 거리의 이웃들 ─ 하나같이 마르고 머리 색이 옅은 백인들인 ─ 은 그녀의 집에 찾아와 자신을 소개하면서 혹시 운전면허를 따거나, 전화를 설치하거나, 가정부를 구하는 데 도움이 필요하지는 않은지 물었다. 그녀는 자신이 특이한 악센트로 말하는 외국인이라서 그들에게 무능한 사람으로 보인다는 사실을 알고 있었지만 개의치 않았다. 그녀는 그들과 그들의 삶을 좋아했다. 오비오라가 곧잘 "가식적"이라고 불렀던 삶. 그러나 그녀는 그역시 자신의 아이들이 이웃집 아이들처럼 자라길 원한다는 것을 알고 있었다. 땅에 떨어진 음식의 냄새를 맡아 보고 "더럽다"고 말하는 유의 아이들. 그녀의 삶에서는, 그녀가 어렸을 때는, 땅에 떨어진 음식은 무조건 주워 먹었다.

처음 몇 달 동안은 오비오라가 같이 있었기 때문에 이웃들은 한동안 그에 관해 꼬치꼬치 캐묻지 않았다. 남편은 어디 있어요? 무슨 문제라도 있나요? 응켐은 아무 문제도 없다고 말했다. 그는 나이지리아에서, 그리고 미국에서 살았다. 그들은 두 군데에 집을 갖고 있었다. 그녀는 그들의 의심스러워하는 눈빛을 보았고, 그들이 플로리다주나 몬트리올시 같은 곳에 두 번째 집을 갖고 있는 다른 부부들에 대해 생각하고 있음을 알았다. 어느 집에 있건 한 날, 한곳에 있는 부부들.

그녀가 오비오라에게 이웃들이 그들을 얼마나 이상하게 생각하는지 말하자 그는 웃음을 터뜨렸다. **오이보**들은 원래 그렇다는 것이었다. 누가 뭔가를 다른 방식으로 하면, 마치 자신들의 방법만이 유일한 방법인 것처럼, 비정상이라고 생각한다고 했다. 응켐은 일 년 내내 함께 지내는 나이지리아인 부부들을 많이 알았지만 아무 말도 하지 않았다.

응켐은 금속으로 만든 베닌 가면의 둥근 코끝을 쓰다듬는다. 최고의 모조품 가운데 하나라고, 몇 년 전 이 가면을 샀을 때 오비오라는 말했다. 그리고 이런 얘기들을 그녀에게 들려주었다. 1800년대 말에 영국인들이 자칭 "징벌적 원정"이라는 것을 하는 동안 진품들을 훔쳐 갔다는 이야기, 영국인들은 살인과 도둑질에 '원정'이나 '강화' 같은 단어들을 갖다 붙이는 버릇이 있다는 이야기, '전리품'으로 간주된 그 가면들 — 수천 개라고 오비오라는 말했다 — 이 지금은 전 세계 박물관에 전시되어 있다는 이야기.

응켐은 가면을 집어 들고 얼굴에 갖다 댄다. 그것은 차갑고, 무겁고, 생명이 없다. 하지만 오비오라가 그것에 관해 — 혹은 그 밖의 무엇에 관해서건 — 이야기할 때는 마치 살아 숨 쉬는 것처럼 느껴진다. 작년에 지금 복도 탁자 위에 있는 노크[12] 테라코타를 가져왔을 때 그는 고대 노크 사람들이 그 진품을 조상 숭배에 사

---

12 나이지리아 중부의 노크라는 마을에서 처음 유적이 발견되 고대 철기 문화. 동물과 사람의 모습을 빚은 점토 상이 유명하다.

용했다는 이야기를 했다. 사원에 가져다 놓고 음식을 조금씩 바쳤다는 것이다. 그런데 그것 역시 영국인들이 나이지리아 사람들 — 이제 막 기독교로 개종해서 멍청하리만큼 신앙심에 눈먼 사람들이었다고 오비오라는 말했다 — 에게 이단이라고 하면서 대부분을 훔쳐 갔다. 우리는 우리가 가진 것의 진가를 몰라. 오비오라는 언제나 이 말로 끝맺은 다음, 매번 멍청한 국가 원수 이야기를 반복했다. 라고스의 국립 박물관에 가서 400년 된 흉상을 내놓으라고 큐레이터를 협박해서는 영국 여왕에게 선물한 국가 원수가 있었다는 것이다. 때로는 오비오라가 하는 말의 진위가 의심스러울 때도 있지만 응켐은 말없이 듣는다. 그가 너무나 열성적으로 말하기 때문에, 그의 눈이 금방이라도 눈물을 흘릴 것처럼 반짝이기 때문에.

그녀는 다음 주에 그가 뭘 가지고 올지 궁금하다. 그녀는 예술품을, 그것을 만지는 것을, 진품을 상상하는 것을, 그 뒤에 숨겨진 삶을 상상하는 것을 고대하게 되었다. 다음 주가 되면 아이들은 전화 목소리가 아닌 진짜 사람을 "아빠"라 부르게 될 것이고, 그녀는 밤중에 깨었을 때 옆에서 누군가가 코 고는 소리를 듣게 될 것이며, 욕실에 누군가가 쓴 수건이 하나 더 걸려 있는 모습을 보게 될 것이다.

응켐은 케이블 셋톱 박스의 시계를 보고 시간을 확인한다. 아이들을 데리러 가야 할 때까지 한 시간이 남았다. 가정부 아마에치가 아주 신경 써서 갈라놓은 커튼 사이로 태양이 유리 탁자에 노란빛의 사각형을 던진다. 그녀는 가죽 소파 끝에 걸터앉아 거실을 둘러보다가 며칠 전 전등갓을 바꾸러 왔던 이선 인테리어의 배달원을 떠올린다. "정말 좋은 집에 사시네요, 부인." 그는 묘한 미국식 미소를 띠며 말했다. 그 미소는 자신도 언젠가는 그런 집을 가질 수 있다고 믿는다는 의미였다. 터무니없는 희망의 만연은 그녀가 미국을 좋아하게 된 이유 중 하나였다.

아이를 낳으러 미국에 왔을 때 처음 얼마 동안은 자랑스러운 흥분감을 느꼈다. 결혼을 통해 자신이 갈망하던 부류, '아내를 미국에 원정 출산 보낸 부유한 나이지리아 남자들'이라는 부류에 속하게 되었기 때문이다. 그리고 얼마 뒤에 그들이 세 들어 살던 집이 매물로 나왔다. 좋은 가격이야, 오비오라는 이렇게 말하고 나서 우리가 그 집을 살 거라고 그녀에게 말했다. 그녀는 그가 "우리"라고 말했을 때 마치 그녀에게 정말 발언권이 있기라도 한 것처럼 기분이 좋았다. 그리고 자신이 또 다른 부류, '미국에 집이 있는 부유한 나이지리아 남자들'의 일원이 된 것도 기뻤다.

그녀가 아이들 — 오케이는 아단나가 태어나고 삼 년 후에 태어났다. — 과 함께 미국에 남은 것은 그들의 결정이 아니었다. 어쩌다 보니 그렇게 됐다. 처음에는 아단나를 낳고 나서 컴퓨터 수업 몇 개를 듣기 위해 미국에 남았다. 오비오라가 좋은 생각이라고 했기 때문이다. 그러고 나서 웅켐이 오케이를 임신했을 때 오비오라는 아단나를 유치원에 등록했다. 그런 다음에는 좋은 사립 초등학교를 찾아냈고, 학교가 그렇게 가깝다니 우린 정말 운이 좋다고 말했다. 아단나를 데려다주는 데 차로 십오 분밖에 걸리지 않는다는 것이었다. 그녀는 자신의 아이들이 학교에 가서 한적한 언덕 위 저택에 사는 백인 아이들과 나란히 앉게 되리라는 생각은, 이번 생에 그런 일이 있으리라는 생각은, 꿈에도 해 본 적이 없었다. 그래서 그녀는 아무 말도 하지 않았다.

오비오라는 처음 이 년 동안은 거의 매달 미국에 왔고 그녀와 아이들은 크리스마스 때마다 나이지리아 집에 갔다. 그런데 그가 고대하던 대형 정부 계약을 따내고 나자 그는 여름에만 미국에 오기로 했다. 두 달 동안. 그는 이제 더 이상 그렇게 자주 여행할 수가 없었다. 정부 계약을 잃을지도 모르는 위험을 감수하고 싶지 않았다. 그놈의 계약은 자꾸만 들어왔다. 그는 자신이 '영향력 있는 나이지리아 기업가 50인'으로 뽑혔다는《뉴스워치》기사를 복사해서 그녀에게 보내 주었고 그녀는 그것을 철해서 넣어 두었다.

응켐은 한숨을 쉬고 손가락으로 머리카락을 쓸어 넘긴다. 머리가 너무 부스스하고, 파마한 지 오래된 것 같다. 그녀는 내일 새로 자란 부분을 릴렉서로 펴고 오비오라가 좋아하는 대로, 어깨 정도까지 내려오는 머리끝을 밖으로 뻗치도록 세팅할 작정이다. 그리고 금요일에는 역시 오비오라가 좋아하는 대로 가는 줄 모양으로 음모를 제모하기로 했다. 그녀는 복도로 걸어 나가서 널찍한 계단을 올라갔다가 다시 내려와서 부엌으로 간다. 그녀는 아이들과 함께 나이지리아에 있었던 삼 주간의 크리스마스 휴가 동안 매일 라고스 집의 구석구석을 이렇게 걸어 다니곤 했다. 오비오라의 옷장 냄새를 맡고 그의 스킨 병들을 손으로 죽 훑으면서 마음속에서 의심을 밀어내곤 했다. 어느 크리스마스이브에 전화벨이 울려서 응켐이 받았더니 그냥 뚝 끊겨 버린 적이 있었다. 오비오라는 웃으면서 "어린애가 장난친 거겠지."라고 말했다. 응켐은 아마 어린애 장난일 거라고, 아니면 차라리 정말 잘못 걸린 전화였으면 좋겠다고 속으로 생각했다.

응켐이 다시 위층으로 올라가서 욕실로 들어가자 아마에치가 방금 타일 닦는 데 쓴 리졸의 톡 쏘는 냄새가 난다. 그녀는 자신의 거울 속 얼굴을 빤히 들여다본다. 오른쪽 눈이 왼쪽 눈보다 작아 보인다. "인어의 눈", 오비오라는 그녀의 눈을 그렇게 부른다. 그는 천사가 아닌 인어가 세상에서 가장 아름다운 생명체라고 생각한다. 그녀는 평생 사람들로부터 자신의 얼굴에 대한 이런저런 얘기 ― 그녀의 얼굴형이 얼마나 완벽한 달걀형인지, 까무잡잡한 피부가 얼마나 깨끗한지 ― 를 들어 왔지만 오비오라가 그녀의 눈을 인어의 눈이라고 부를 때마다 미인으로 다시 태어난 듯한 느낌을 받곤 했다. 마치 그 칭찬이 그녀에게 새로운 눈을 선물해 주기라도 한 것처럼.

그녀는 아단나의 리본을 깔끔하게 자를 때 사용하는 가위를 집어 들고 자기 머리로 가져간다. 머리카락을 한 움큼 쥐고 뿌리에 가깝게 바짝 자른다. 남은 길이는 엄지손톱 정도여서 텍스처라이저로 컬을 만들기에 딱 적당하다. 그녀는 머리카락이 갈색 목화솜처럼 나풀거리며 하얀 세면대 위로 떨어지는 것을 바라본다. 그리고 조금 더 자른다. 머리카락 뭉치들이 불에 그슬린 나방 날개처럼 우수수 떨어진다. 그녀의 손이 점점 더 깊이 들어간다. 더 많은 머리카락이 떨어진다. 머리카락이 눈을 찔러서 간지럽다. 그녀는 재채기를 한다. 오늘 아침에 바른 핑크 헤어로션 냄새가 난다. 그녀는 델라웨어주의 결혼식에서 만났던 나이지리아 여자 ― 이름이 이페인와였나 이페오마였나. 지금은 기억나지 않는다 ― 를 생각한다. 응켐처럼 남편이 나이지리아에 살았던 그 여자는 머리가 짧았는데 릴렉서나 텍스처라이저를 하지 않은 생머리였다.

그 여자는 응켐의 남편과 자기 남편이 마치 친척지간이기라도 한 것처럼 친근하게 "그 남자들"이라고 부르면서 불평을 늘어놓았다. 그 남자들은 우리를 여기 두길 좋아해요, 그녀가 응켐에게 말했다. 그들은 사업차, 휴가차 미국에 오고, 우리와 아이들에게 큰 집과 차를 사 주고, 터무니없이 높은 미국 임금을 줄 필요가 없는 나이지리아 가정부를 데려오고, 사업하기엔 나이지리아가 낫다는 등의 이야기를 하죠. 하지만 여기서 사업하는 게 낫다고 해도 그들은 절대 이사 오지 않을 거예요. 왠지 알아요? 미국은 거물을 알아보지 못하거든요. 미국에서는 아무도 그들을 "사장님! 사장님!" 하고 부르지 않아요. 그들이 자리에 앉기 전에 쏜살같이 뛰어와서 의자를 털어 주는 사람도 없고요.

응켐이 그 여자에게 나이지리아로 돌아갈 생각이 있느냐고 묻자 그녀는 몸을 홱 틀더니 흡사 배신자를 보듯 눈을 똥그랗게 뜨고 응켐을 쳐다봤다. 내가 어떻게 다시 나이지리아에서 살겠어요? 그녀가 말했다. 여기서 오래 산 사람은 더 이상 나이지리아 사람이 아니에요. 거기 사람들과는 다르다고요. 우리 애들이 어떻게 거기서 적응을 하겠어요? 응켐은 너무 가늘게 민 그녀의 눈썹이 마음에 안 들었지만 그녀의 말에 수긍했다.

응켐은 가위를 내려놓고 아마에치를 불러서 머리카락을 치우라고 한다.

"사모님!" 아마에치가 외친다. "**침 오**! 왜 머리를 자르셨어요? 무슨 일이에요?"

"내가 내 머리 자르는데 무슨 일이 꼭 있어야 되니? 머리카락이나 치워!"

응켐은 자기 방으로 간다. 그리고 킹사이즈 침대를 팽팽하게 감싸고 있는 페이즐리 무늬 커버를 바라본다. 아마에치의 숙련된 손도 침대 한쪽만이 푹 꺼져 있는 모습을, 그 반대쪽이 일 년 중 두 달만 사용된다는 사실을 숨기진 못한다. 침대 옆 협탁에는 오비오라에게 온 우편물이 정갈하게 쌓여 있다. 신용 카드 홍보물, 렌즈 크래프터스 안경점에서 온 광고지. 중요한 사람들은 그의 진짜 집이 나이지리아에 있다는 걸 안다.

그녀는 다시 밖으로 나와 욕실 앞에 서서 머리카락을 치우는 아마에치를 쳐다본다. 아마에치는 그것이 무슨 영묘한 물건이라도 되는 양 경건하게 갈색 머리카락을 쓰레받기에 쓸어 담고 있다. 응켐은 버럭 하지 말걸 하고 후회한다. 아마에치가 이 집에 온 뒤로 흘러간 세월 동안 사모님과 가정부 사이의 경계는 많이 흐릿해졌다. 미국에서 살면 다 그렇게 되는 거지 뭐, 그녀는 생각한다. 미국은 평등주의를 강요한다. 꼬맹이들 외엔 대화를 나눌 사람이 없는 여주인은 가정부에게 의지하게 된다. 그리고 자신도 모르는 사이에 그녀와 친구가 되어 있다. 두 사람이 동급이 된 것이다.

"오늘 힘든 일이 있었어." 응켐이 잠시 후에 말한다. "미안해."

"알아요, 사모님. 얼굴에 다 쓰여 있는걸요." 아마에치가 이렇게 말하고 생긋 웃는다.

전화벨이 울리자 응켐은 오비오라한테서 온 전화임을 안다. 이렇게 늦은 시간에 전화할 사람은 그뿐이다.

"여보, 케두?" 그가 말한다. "미안해, 더 일찍 걸지 못해서. 아부자에서 장관이랑 면담하고 방금 돌아왔어. 비행기가 자정까지 연착됐거든. 지금 거의 새벽 2시야. 상상이 가?"

응켐은 안됐다는 듯한 소리를 낸다.

"아단나랑 오케이는 **콰누**?" 그가 묻는다.

"둘 다 잘 있어. 지금은 자."

"어디 아파? 무슨 일 있어?" 그가 묻는다. "목소리가 이상하네."

"난 괜찮아." 그녀는 그에게 아이들의 하루에 대해 들려줘야 한다는 걸 안다. 아이들이 잠든 후에 그가 전화할 때면 거의 그렇게 해 왔다. 하지만 오늘은 마치 혀가 퉁퉁 부은 것처럼, 너무 무거워서 말을 내뱉을 수가 없는 것처럼 느껴진다.

"오늘 날씨는 어땠어?" 그가 묻는다.

"기온이 계속 올라가고 있어."

"내가 가기 전에 너무 더워지면 안 되는데." 그는 이렇게 말하고 웃는다. "오늘 비행기 예약했어. 다들 너무 보고 싶네."

"당신……?" 그녀가 말을 하려는데 그가 중간에 잘라 버린다.

"여보, 이제 끊어야겠어. 다른 데서 전화가 오네. 이 시간에 전화한 사람이면 장관의 개인 비서일 거야! 사랑해."

"사랑해." 그녀가 말한다. 전화는 이미 끊어졌지만. 그녀는 오비오라의 모습을 그려 보려 하지만 그릴 수가 없다. 그가 집에 있는지, 차에 있는지, 아니면 또 다른 곳에 있는지 확실치 않기 때문이다. 응켐은 그가 혼자 있을지, 아니면 짧은 곱슬머리 여자와 같이 있을지 추측해 본다. 그녀의 생각은 흘러 흘러 매년 크리스마스 때마다 여전히 호텔 방처럼 느껴지는 나이지리아의 침실, 그녀와 오비오라의 침실로 향한다. 그 여자는 잘 때 베개를 꼭 움켜쥘까? 그 여자의 신음 소리는 화장대 거울에 반사될까? 그 여자는 욕실까지 까치발로 걸어갈까? 결혼 전 웅켐이 유부남 애인의 아내가 집을 비운 주말에 그의 집에 갔을 때 그랬던 것처럼?

그녀는 오비오라를 만나기 전에 유부남들을 사귀었다. 안 그런 라고스 아가씨도 있던가? 사업가 이켄나는 그녀의 아버지가 탈장 수술을 받았을 때 병원비를 내 줬다. 퇴역 육군 장군 툰지는 웅켐네 집 지붕을 고쳐 줬고 그녀의 가족이 난생처음 가져 보는, 제대로 된 소파를 사 줬다. 그가 청혼했다면 그녀는 그의 넷째 부인 — 그는 이슬람교도였기 때문에 청혼할 수도 있었다. — 이 되는 것을 심각하게 고려해 봤을 것이다. 그랬다면 그가 동생들의 교육비를 대 줬을 것이기 때문이다. 어쨌든 간에 그녀는 **아다**였고 다음 사실들은 그녀를 화나게 하기보다는 오히려 창피하게 했다. 소위 '장녀'로서의 의무 중에 그녀가 할 수 있는 일이 아무것도 없다는 사실, 부모님이 아직도 척박한 농장에서 고생하고 있다는 사실, 동생들이 아직도 주차장에서 빵을 팔러 다닌다는 사실. 그러나 툰지는 청혼하지 않았다. 그 후에도 많은 남자들이 있었다. 그녀의 아기 같은 피부를 칭찬했던 남자들. 그녀에게 일시적인 적선을 베풀었던 남자들. 그녀에게 청혼하지 않은 남자들. 그녀가 대학이 아닌 비서 학교를 나왔기 때문에, 완벽한 얼굴을 가졌지만 여전히 영어 시제를 헷갈렸기 때문에, 그녀가 본질적으로 여전히 '촌년'이었기 때문에.

그리고 그녀는 어느 비 오는 날에 오비오라를 만났다. 그는 광고 회사의 안내대를 향해 걸어왔고 그녀는 미소를 지으며 말했다. "안녕하세요, 무엇을 도와 드릴까요?" 그러자 그가 말했다. "저 비 좀 멎게 해 주세요." '인어의 눈.' 그는 처음 만난 날 그녀를 그렇게 불렀다. 그는 다른 남자들처럼 은밀한 여관에서 만나자고 하지 않았다. 그 대신 사람들로 북적여서 누구의 눈에 띄게 될지 모르는 라군 레스토랑으로 그녀를 데려갔다. 그는 그녀의 가족에 관해 물었다. 그리고 그녀의 입맛에는 시게 느껴졌던 포도주를 주문하며 이렇게 말했다. "당신도 분명 좋아하게 될 거예요." 그래서 그녀는 즉시 그 포도주를 좋아하기로 했다. 그녀는 그의 친구 부인들과 조금도 비슷하지 않았다. 그들은 해외에 나가서 런던의 해러즈 백화점에서 쇼핑하다가 우연히 서로 마주치곤 하는 유의 여자들이었다. 그녀는 숨죽인 채 오비오라가 그 사실을 깨닫고 자기를 떠나길 기다렸다. 그러나 아무 일 없이 몇 달이 지났다. 그는 그녀의 동생들을 학교에 입학시켰고, 보트 클럽의 친구들에게 그녀를 소개했으며, 오조타에 있는 허름한 아파트에서 이케자에 있는, 발코니까지 딸린 아파트로 그녀를 이사시켰다. 그가 그녀에게 자신과 결혼해 주겠냐고 물었을 때 그녀는 참 쓸데없는 질문을 한다고 생각했다. 프러포즈를 받은 것만으로도 그녀는 행복했을 것이기 때문이다.

그 여자가 자신과 남편의 침대에서 오비오라의 품에 안겨 있을 상상을 하니 응켐은 지금 강렬한 소유욕을 느낀다. 그녀는 수화기를 내려놓고 아마에치에게 잠깐 나갔다 오겠다고 말한 다음, 차를 몰고 월그린스 약국에 가서 텍스처라이저 한 통을 산다. 차로 돌아온 그녀는 실내등을 켜고 텍스처라이저 상자를, 꼬불꼬불한 머리를 한 여자들의 사진을 쳐다본다.

응켐은 아마에치가 감자 껍질 벗기는 모습을, 그 얇은 껍질이

반투명한 갈색 나선을 그리며 천천히 아래로 내려가는 모습을 지켜본다.

"조심해. 너무 얇게 깎는다." 그녀가 말한다.

"저희 어머니는 제가 마 껍질을 너무 두껍게 깎으면 그걸 제 살갗에 문지르곤 했어요. 그러고 나면 며칠 동안 거기가 가려웠죠." 아마에치는 그렇게 말하곤 짧게 웃는다. 그녀는 감자를 사 등분으로 자르고 있다. 여기가 나이지리아였다면 그녀는 마로 **지 아쿠쿼** 포타주를 만들었겠지만 미국에서는 아프리카 식품점에 가도 마가 거의 없다. 미국 슈퍼마켓들이 마라고 파는 고구마 말고 진짜 아프리카 마 말이다. 가짜 마, 응켐은 이렇게 생각하고 미소 짓는다. 그녀는 아마에치에게 그들의 어린 시절이 얼마나 비슷했는지 한 번도 말해 준 적이 없다. 그녀의 어머니는 마 껍질을 딸의 살갗에 비벼 대진 않았을지 모르지만 그건 그때 마 자체가 거의 없었기 때문이다. 그 대신 어머니가 지어낸 음식들이 있었다. 그녀는 어머니가 아무도 먹지 않는 풀잎을 뜯어 와서 그걸로 수프를 끓여서는 먹을 수 있는 거라고 우기던 것을 기억한다. 응켐은 늘 그 잎에서 오줌 맛이 난다고 생각했다. 이웃집 남자애들이 그 풀의 줄기에 대고 오줌 누는 것을 자주 봤기 때문이다.

"시금치를 넣을까요, 아니면 말린 **오누그부**를 넣을까요, 사모님?" 아마에치가 묻는다. 그녀는 자기가 요리할 때 응켐이 옆에 있으면 언제나 물어본다. 적양파를 쓸까요, 백양파를 쓸까요? 소고기 육수를 쓸까요, 닭고기 육수를 쓸까요?

"아무거나 넣어." 응켐이 말한다. 그녀는 아마에치가 자신에게 던지는 시선을 놓치지 않는다. 여느 때라면 그녀는 이걸 넣어라,

저걸 넣어라 했을 것이다. 하지만 지금은, 뭐 하러 쓸데없는 연기를 하나, 딱히 속여야 할 사람도 없는데 하고 생각한다. 아마에치가 웅켐보다 부엌일을 잘한다는 사실은 두 사람 다 알고 있다.

웅켐은 아마에치가 개수대에서 시금치를 씻는 동안 그녀의 생기 넘치는 어깨와 넓적하고 단단한 엉덩이를 쳐다본다. 웅켐은 오비오라가 미국에 데려온 소녀, 몇 달 동안이나 식기세척기에 감탄해 마지않던, 수줍으면서도 적극적이었던 열여섯 살 소녀를 아직도 기억한다. 오비오라는 아마에치의 아버지를 운전사로 고용하고 그에게 오토바이를 사 줬다. 그는 아마에치의 부모가 땅바닥에 무릎을 꿇고 그의 다리를 부여잡은 채로 연신 고맙다고 하는 바람에 몹시 당황했다는 이야기를 한 적이 있다.

아마에치가 시금치가 가득 담긴 체를 털고 있는데 웅켐이 말한다. "오비오라 **오가**의 애인이 라고스 집에 이사를 들어왔대."

아마에치가 들고 있던 체를 개수대에 떨어뜨린다. "뭐라고요, 사모님?"

"들었잖아." 웅켐이 말한다. 그녀와 아마에치는 아이들이 어떤 「러그래츠」 캐릭터를 제일 잘 흉내 낸다든지, 졸로프 밥에는 바스마티 라이스[13]보다 엉클 벤스 쌀[14]이 낫다든지, 미국 애들이 어른한테 말할 때 제 또래한테 이야기하듯 한다든지 같은 얘기만 한다. 오비오라에 대해서는 그가 뭘 먹을지, 그의 셔츠를 어떻게 세탁할지, 그가 언제 미국에 오는지 외에는 한 번도 얘기한 적이 없었다.

---

13 인도와 파키스탄에서 재배되는 쌀. 낟알이 가늘고 길쭉하며 점성이 없다.

14 미국의 식품 회사 마스 사에서 판매하는 쌀의 상표명.

"그런데 그걸 어떻게 아세요, 사모님?" 마침내 아마에치가 뒤돌아서 웅켐을 쳐다보며 묻는다.

"내 친구 이제마마카가 전화해서 말해 줬어. 얼마 전에 나이지리아에 다녀왔대."

아마에치는 마치 그 말을 취소하라는 듯한 도전적인 눈빛으로 웅켐을 바라본다. "하지만 사모님…… 확실한 얘기래요?"

"그런 걸로 거짓말할 애가 아닌 건 확실해." 웅켐이 의자 등받이에 기대며 말한다. 그녀는 이 상황이 우스꽝스럽다고 생각한다. 남편의 애인이 자기 집에 이사 들어왔음을 확언해 주고 있는 지금의 이 상황. 어쩌면 의심해 봐야 할지도 모른다. 이제마마카의 얄팍한 질투심을, 이제마마카가 늘 그녀를 허물어뜨릴 말을 준비해 두고 있음을 기억해야 할지도 모른다. 그러나 이런 것들은 사실 하나도 중요치 않다. 자신의 집에 정말로 낯선 여자가 있음을 그녀가 알기 때문이다. 라고스의 집, 드높은 대문 뒤에 대저택들이 숨어 있는 빅토리아 가든 시티의 그 건물을 집이라 부르는 건 옳지 않은 것 같다. 진짜 집은 여기, 여름이면 스프링클러가 완벽한 활 모양의 물줄기를 뻗는, 필라델피아 근교의 이 갈색 집이 진짜 집이다.

"다음 주에 오비오라 **오가**가 오시면요, 사모님, 같이 한번 얘기해 보세요." 아마에치가 냄비에 식용유를 부으면서 체념한 듯 말한다. "그러면 사장님이 그 여자더러 나가라고 하실 거예요. 그 여자를 사모님 집에 들이는 건 옳지 않아요."

"그래서 여자를 내쫓으면, 그다음엔?"

"사장님을 용서하셔야죠, 사모님. 남자들은 원래 다 그래요."

응켐은 아마에치를 바라본다. 푸른 슬리퍼에 싸인 그녀의 두 발이 얼마나 단호하고 확고하게 땅을 딛고 있는가를 본다. "내가 너한테, 사장님에게 애인이 있다는 말만 했다면 어땠을까? 그 여자가 이사 들어왔다고 하지 않고 그냥 애인이 있다고만 했다면."

"모르겠어요, 사모님." 아마에치가 응켐의 시선을 피한다. 그녀는 지글지글하는 기름에 양파 썬 것을 획 붓고는 힉 소리를 내며 뒤로 물러난다.

"너는 오비오라 **오가**한테 늘 애인이 있었다고 생각하는 거지?"

아마에치가 양파를 뒤적인다. 응켐은 자신의 손이 떨리고 있음을 느낀다.

"제가 끼어들 일이 아니에요, 사모님."

"아마에치, 너랑 이 문제를 얘기할 생각이 없었다면 아예 말을 꺼내지도 않았을 거야."

"하지만 사모님도 아시잖아요."

"내가 안다고? 내가 뭘 알아?"

"오비오라 **오가**한테 다른 여자들이 있다는 건 아시잖아요. 대놓고 물어보시진 않지만 속으론 알고 계시잖아요."

응켐은 왼쪽 귀에서 기분 나쁜 찌릿찌릿함을 느낀다. 내가 뭘 안다는 걸까? 내가 다른 여자들에 대해 구체적으로 생각하길 거부한다는 것? 그런 여자들이 있을 가능성조차 생각하길 거부한다는 것?

"오비오라 **오가**는 좋은 분이세요, 사모님. 사모님을 사랑하시고, 때리지도 않으시잖아요." 아마에치는 냄비를 불에서 내려놓고 응켐을 지그시 바라본다. 목소리는 한층 더 부드러워져서, 거의 달래는 투다. "많은 여자들이 질투할 거예요. 어쩌면 사모님 친구 분도 질투하시는지 몰라요. 어쩌면 진짜 친구가 아닌지도 모르죠. 사모님한테 하지 말아야 할 말이 있는 법인데. 사모님이 모르시는 게 좋은 것들이 있으니까요."

옹켐은 자신의 짧고 꼬불꼬불한 머리를 손으로 쓸어 넘긴다. 아까 바른 텍스처라이저와 헤어 젤 때문에 머리가 끈적끈적하다. 그녀는 손을 씻으려고 일어난다. 그녀가 모르는 게 나은 것들이 있다는 아마에치의 말에 동의하고 싶지만 더 이상 확신할 수가 없다. 어쩌면 이제마마카가 나한테 말한 게 그리 나쁜 일이 아닌지도 몰라, 그녀는 생각한다. 이제마마카가 왜 전화했는지는 더 이상 중요치 않다.

"감자 다 익었나 확인해 봐." 그녀가 말한다.

그날 저녁에 애들을 재우고 나서 그녀는 부엌 전화기를 들고 열네 자리 번호를 누른다. 그녀가 나이지리아에 전화를 거는 일은 거의 없다. 월드넷 국제 전화 요금이 싸기 때문에 늘 오비오라가 휴대 전화로 건다.

"여보세요? 안녕하십니까." 남자 목소리다. 교육 못 받은 남자. 시골 이보어 악센트.

"여기는 미국 집이에요."

"아, 사모님!" 목소리가 변한다. 따듯해진다. "안녕하세요, 사모님."

"전화받은 사람은 누구죠?"

"우첸나입니다, 사모님. 새로 온 심부름꾼이에요."

"언제 새로 왔어요?"

"이제 이 주 됐습니다, 사모님."

"오비오라 **오가**는 계신가요?"

"아니요, 사모님. 아부자에서 안 돌아오셨습니다."

"거기 다른 사람은 아무도 없어요?"

"네?"

"거기 다른 사람은 아무도 없냐고요."

"실베스터와 마리아가 있습니다, 사모님."

응켐이 한숨을 쉰다. 집사와 요리사가 있으리라는 건 물론 알고 있다. 지금 나이지리아는 자정이다. 하지만 이 새로 온 심부름꾼, 오비오라가 그녀에게 얘기하는 걸 깜박한 이 새로 온 심부름꾼이 뭔가 우물쭈물하는 것 같지 않은가? 곱슬머리 여자가 거기 있나? 아니면 오비오라가 아부자에 출장 가는데 따라갔나?

"거기 다른 사람은 아무도 없어요?" 응켐이 다시 한번 묻는다.

침묵. "사모님?"

"그 집에 실베스터와 마리아 말고 다른 사람은 없냐고요."

"없습니다, 사모님. 아무도 없어요."

"확실해요?"

긴 침묵. "네, 사모님."

"알았어요, 오비오라 **오가**한테 내가 전화했다고 해요."

응켐은 빨리 전화를 끊는다. 내가 이 지경이 되다니, 그녀는 생각한다. 일면식도 없는 새 심부름꾼한테 남편 뒤를 캐다니.

"한잔하실래요?" 아마에치가 그녀를 쳐다보며 묻는다. 응켐은 눈꼬리가 살짝 올라간 아마에치의 눈에서 반짝이는 액체의 정체가 동정일까 생각한다. 몇 년 전 옹켐이 영주권을 받은 날부터, 한잔하는 것은 그녀와 아마에치만의 의식이 되었다. 그날 아이들을 재운 뒤에 그녀는 샴페인 한 병을 따서 아마에치와 자신을 위해 각각 한 잔씩 따랐다. "미국을 위하여!" 아마에치가 너무 큰 소리로 웃어 대는 가운데, 그녀는 그렇게 말했다. 그녀는 더 이상 미국에 재입국하기 위해 비자 신청을 하지 않아도 되었고, 더 이상 미국 대사관에 가서 깔보는 듯한 질문들을 참고 있지 않아도 되었다. 샐쭉해 보이는 그녀의 사진이 박힌, 빠닥빠닥한 플라스틱 카드 덕분에. 그리고 이제는 그녀가 정말로 이 나라에 속하기 때문에. 호기심과 상스러움의 나라, 밤에 운전할 때 무장 강도를 두려워할 필요가 없는 나라, 식당에서 일인분을 주문하면 세 명이 충분히 먹을 수 있는 양을 내놓는 나라.

하지만 그녀도 고향이, 친구들이, 이보어와 요루바어와 피진 잉글리시[15]에 둘러싸이는 것이 그립긴 하다. 그리고 거리의 노란 소화전이 눈에 덮일 때면 비가 오는 동안에도 쨍쨍 내리쬐는 라고스의 태양이 그립다. 그녀는 가끔씩 고향으로 돌아가는 것에 대해 생각하곤 하지만 한 번도 심각하게, 구체적으로 생각해 본 적은 없다. 그녀는 동네 이웃과 함께 일주일에 두 번 필라델피아에서 필라테스 수업을 듣는다. 그녀가 아이들 학교에 쿠키를 구워 가면 늘 인기 만점이다. 그녀는 모든 은행에 드라이브 인이 있길 바란다. 미국은 그녀의 마음속에 뿌리를 내렸다. 미국에 정이 들어 버

---

15   이보어, 요루바어 같은 지역 토착어와 영어가 혼합된 언어. 어휘와 문법이 간단하다.

린 것이다. "그래, 한잔하자." 그녀가 아마에치에게 말한다. "냉장고에 있는 포도주랑 잔 두 개 가져와."

응켐은 음모를 제모하지 않았다. 오비오라를 데리러 공항에 가고 있는 그녀의 다리 사이에는 가는 줄이 없다. 그녀는 뒷좌석에 안전벨트를 매고 앉아 있는 오케이와 아단나를 백미러로 쳐다본다. 그들은 오늘 조용하다. 응켐의 침묵을, 그녀의 얼굴에 웃음기가 없음을 눈치채기라도 한 것처럼. 예전의 그녀는 자주 웃곤했다. 공항에 오비오라를 데리러 갈 때, 그를 껴안을 때, 그가 아이들을 안는 것을 바라볼 때. 그들은 첫날 저녁은 외식을 했다. 칠리스 같은 식당에서 오비오라는 아이들이 메뉴에 색칠하는 모습을 물끄러미 바라보았다. 집에 도착하면 오비오라는 선물을 나눠 주었고, 아이들은 늦게까지 새 장난감을 가지고 놀았다. 그리고 응켐은 그가 새로 사 온 강렬한 향수 — 무엇이건 간에 상관없이 — 를 뿌리고 일 년 중 두 달 동안만 입는 레이스 잠옷을 입고서 잠자리에 들었다.

그는 늘 아이들이 할 수 있는 것, 아이들이 좋아하고 싫어하는 것에 감탄했다. 그녀가 이미 전화로 다 얘기해 준 것이었는데도 말이다. 오케이가 어딘가 긁혀서 그에게 달려가면 그는 상처에 뽀뽀를 해 주고는 미국 풍습은 참 괴상하다며 비웃었다. 침을 바르면 상처가 낫기라도 하나? 그는 묻곤 했다. 또 그의 친구들이 찾아오거나 전화를 하면 늘 아이들에게 삼촌한테 인사하라고 시켰는데 그 전에 먼저 친구들을 이렇게 놀리곤 했다. "애들 영어가 좀 이상해도 이해해 줘. 얘들은 이제 **아메리카나거든!**"

공항에서 아이들은 여느 때처럼 야단스럽게 "아빠!" 하고 소리치면서 오비오라를 껴안는다.

웅켐은 그들을 바라본다. 머지않아 아이들은 더 이상 장난감과 여름휴가에 넘어가지 않고, 일 년에 몇 번밖에 못 보는 아버지에게 캐묻기 시작할 것이다.

오비오라는 그녀의 입술에 키스한 뒤에 다시 뒤로 물러나서 그녀를 쳐다본다. 그의 모습은 변한 게 없어 보인다. 비싼 재킷과 자주색 셔츠를 입은, 키 작고 피부색이 옅은 남자. "여보, 잘 있었어?" 그가 묻는다. "당신 머리 잘랐어?"

웅켐은 어깨를 으쓱하고 애들한테나 먼저 신경 쓰라는 의미의 미소를 지어 보인다. 아단나는 오비오라의 손을 잡아당기면서 묻는다. 아빠 뭘 가져왔냐고, 차 안에서 아빠 가방 열어 봐도 되냐고.

저녁 식사를 마치고 나서 웅켐은 침대에 앉아 이페[16] 청동 두상을 찬찬히 살펴본다. 오비오라의 말에 따르면 그것은 사실 황동으로 만들어졌다고 한다. 이 얼룩덜룩한 실물 크기의 두상은 터번을 쓰고 있다. 그것은 오비오라가 처음으로 가져온 진품이다.

"아주 조심해서 다뤄야 돼." 그가 말한다.

"진품이라고?" 그녀가 깜짝 놀라며 두상의 얼굴에 평행하게 나 있는 절개선을 어루만진다.

"개중에는 11세기까지 거슬러 올라가는 것도 있어." 그는 그녀 옆에 앉아 구두를 벗는다. 그의 목소리는 높고 들떠 있다. "하지만

---

16 요루바족이 나이지리아 남부에 세운 왕국이자 그 중심 도시.

이건 18세기 거야. 놀랍지. 그만한 값을 줄 가치가 있어."

"이건 어디에 사용되던 거야?"

"궁전 장식품으로. 대부분은 왕을 기리기 위해 만들어졌지. 정말 완벽하지 않아?"

"그래." 그녀가 말한다. "분명 이걸로도 끔찍한 일들을 했을 거야."

"응?"

"베닌 가면이 그랬던 것처럼 말이야. 당신이 그랬잖아, 왕과 함께 묻기 위해 사람들 머리를 잘랐다고."

오비오라가 그녀를 빤히 쳐다본다.

그녀는 손톱으로 청동 두상을 톡톡 두드린다. "그 사람들이 행복했을 거라고 생각해?" 그녀가 묻는다.

"누구 말이야?"

"왕을 위해 살인해야 했던 사람들. 그들은 틀림없이 그런 관습을 바꾸고 싶었을 거야. 그 사람들이 행복했을 리 없어."

오비오라가 고개를 갸우뚱하며 그녀를 쳐다본다. "뭐, 900년 전에는 '행복'이라는 말을 지금의 당신과 다르게 정의했을지도 모르지."

그녀는 청동 두상을 내려놓는다. 그녀는 그가 생각하는 '행복'의 정의가 무엇인지 묻고 싶다.

"머리는 왜 잘랐어?" 오비오라가 묻는다.

"마음에 안 들어?"

"난 당신 긴 머리가 좋았단 말이야."

"짧은 머리는 싫어?"

"왜 잘랐어? 미국에서는 그게 새로운 유행인가?" 그는 껄껄 웃으면서 샤워를 하려고 셔츠를 벗는다.

그의 배가 달라 보인다. 전보다 더 둥글고 불룩해졌다. 그녀는 이십 대 여자들이 저렇게 노골적인, 나태한 중년의 상징을 어떻게 참을 수 있을까 생각한다. 예전에 사귀었던 유부남들을 생각해 내려 애쓴다. 그들도 오비오라처럼 배가 나왔던가? 기억이 나지 않는다. 갑자기 그녀는 아무것도 기억할 수가 없다. 자신의 삶이 어디로 가 버렸는지 기억할 수가 없다.

"당신이 좋아할 줄 알았어." 그녀가 말한다.

"당신은 얼굴이 예뻐서 뭘 해도 잘 어울리지만, 여보, 난 당신 머리가 길었을 때가 더 좋았어. 다시 길러야겠네. 거물의 아내에게는 우아한 긴 머리가 더 잘 어울려." 그는 "거물"이라고 말할 때 얼굴을 찡그리더니 곧 겸연쩍은 듯 웃는다.

그는 이제 완전히 발가벗었다. 그가 기지개를 켜자 그녀는 그의 배가 위아래로 출렁이는 것을 바라본다. 신혼 때는 그와 함께 샤워하러 들어가서 바닥에 무릎을 꿇고 그의 물건을 입안에 넣곤 했다. 오비오라와 그들을 둘러싼 수증기에 흥분했었다. 하지만 지금은 상황이 달라졌다. 그녀는 그의 배처럼 물렁물렁해졌다. 고분고분하고 유순해졌다. 그녀는 그가 욕실로 걸어 들어가는 모습을 바라본다.

"일 년 치 결혼 생활을 여름 두 달과 12월의 삼 주 안에 욱여넣을 수 있을까?" 그녀가 묻는다. "결혼 생활을 압축할 수 있냐고."

오비오라가 욕실 문을 열어 둔 채로 변기 물을 내린다. "응?"

"**라푸바**. 아무것도 아니야."

"당신도 이리 들어와."

그녀는 텔레비전을 켜고 그 말을 못 들은 척한다. 짧은 곱슬머리 여자가 오비오라와 함께 샤워를 할까 생각한다. 라고스 집의 샤워실을 머릿속으로 그려 보려 하지만 할 수가 없다. 금장식이 많았던 것 같은데…… 하지만 호텔 욕실과 헷갈리는 걸 수도 있다.

"여보? 어서 들어오라니까." 오비오라가 욕실 밖을 살짝 엿보면서 말한다. 그가 그런 부탁을 한 것은 이삼 년 만이다. 그녀는 옷을 벗기 시작한다.

샤워실 안에서 그녀는 그의 등에 비누를 칠하면서 말한다. "라고스에서 아단나랑 오케이가 다닐 학교를 찾아야겠어." 그런 말을 할 계획은 없었지만 뱉고 나서 보니 맞는 말 같다. 그것은 그녀가 줄곧 하고 싶었던 말이다.

오비오라가 뒤돌아서 그녀를 쳐다본다. "뭐라고?"

"이번 학년이 끝나면 우린 나이지리아로 돌아갈 거야. 라고스에 아주 살러 갈 거라고. 우린 돌아갈 거야." 그녀는 천천히 말한다. 그를 납득시키고, 자기 자신도 납득시키기 위해서. 오비오라는 계속해서 그녀를 빤히 쳐다본다. 그녀는 자신이 언성 높이는 것을 그가 들어 본 적이 없음을, 그녀가 자기주장 하는 것을 들어 본 적이 없음을 안다. 처음에 그가 그녀에게 끌렸던 이유가 그것이 아니었나 하는 생각도 막연하게 든다. 그에게 모든 결정을 맡기는 것, 자기 의견까지 그가 대변하게 하는 것.

"우리가 휴일을 여기서 다 같이 보낼 수도 있어." 그녀가 말한다. 그녀는 "우리"를 힘주어 말한다.

"뭐……? 왜?" 오비오라가 묻는다.

"내 집에 새로운 심부름꾼이 언제 고용되는지 알고 싶거든." 응켐이 말한다. "애들한테 당신이 필요하기도 하고."

"당신이 정 원한다면……." 오비오라가 마침내 대답한다. "같이 상의해 보자."

그녀는 부드럽게 그를 돌려세우고 비누칠을 계속한다. 더 이상 할 얘긴 없다. 응켐은 안다. 결정은 이미 내려졌음을.

사적인 행위

치카가 먼저 가게 창문으로 들어가서 여자가 뒤따라 들어오
는 동안 덧창을 잡고 있는다. 가게는 폭동이 시작되기 한참 전부
터 버려져 있었던 것처럼 보인다. 진열대의 텅 빈 나무 선반이 노
란 먼지로 덮여 있고 구석에 쌓인 양철통 역시 마찬가지다. 가게
는 작다. 치카의 벽장보다도 작다. 여자가 들어오고 치카가 잡고
있던 손을 놓자 덧창이 끼익 끼익 소리를 낸다. 치카의 손은 떨리
고 종아리는 시장에서부터 굽 높은 샌들을 신고 뛰어온 탓에 타는
듯이 뜨겁다. 그녀는 여자에게 고맙다고 말하고 싶다. 내달리는
자신을 불러 세워 줘서, "그쪽 뛰지 마요!"라고 말해 줘서, 그들이
숨을 수 있는 이 빈 가게로 데려와 줘서. 하지만 그녀가 고맙다고
말하려는 순간, 여자가 자신의 목을 만지며 말한다. "나 뛰고 있을
때 목걸이 잃었네요."

"저는 전부 다 떨어뜨렸어요." 치카가 말한다. "오렌지를 사고
있었는데 오렌지랑 핸드백이랑 둘 다 떨어뜨렸네요." 그녀는 그

핸드백이 어머니가 얼마 전 런던에 다녀올 때 사다 준 진짜 버버리였다는 말은 덧붙이지 않는다.

여자가 한숨을 쉬자 치카는 여자가 목걸이 생각을 하고 있나 보다고 생각한다. 아마도 플라스틱 구슬을 실에 꿰어 만든 것이었으리라. 여자의 강한 하우사어 악센트가 아니었더라도 치카는 여자의 갸름한 얼굴과 발달한 광대뼈를 보고 그녀가 북쪽 사람임을, 스카프를 보고 이슬람교도임을 알 수 있었을 것이다. 지금은 스카프가 여자의 목에 걸려 있지만 원래는 느슨하게 얼굴에 감겨서 귀를 가렸을 것이다. 분홍색과 검은색이 섞인, 길고 얇은 그 스카프는 싸구려 물건 특유의 야한 화려함을 지니고 있었다. 치카는 여자도 자신을 쳐다보고 있을까, 자신의 옅은 피부색과 어머니 때문에 하는 수 없이 낀 묵주 반지를 보고 그녀가 이보족이고 기독교도임을 알아차렸을까 생각한다. 나중에 치카는 여자와 얘기를 나누다 알게 될 것이다. 하우사족 이슬람교도들이 이보족 기독교도들을 칼로 찍어 죽이고, 돌로 때려죽이고 있다는 사실을. 하지만 지금은 이렇게 말한다. "저를 불러 세워 주셔서 고마워요. 모든 일이 순식간에 일어나고 모두가 달아나 버려서 갑자기 혼자가 되니까 어찌할 바를 몰랐어요. 고마워요."

"이 장소 안전해요." 여자가 거의 속삭임이라 할 만큼 부드러운 목소리로 말한다. "그들 작은작은 가게 안 가요. 큰큰 가게랑 시장만 가요."

"맞아요." 치카가 말한다. 하지만 사실 그녀에겐 맞장구칠 이유도, 반대할 이유도 없다. 그녀는 폭동에 대해서는 아무것도 모른다. 가장 흡사한 경험이라고는 몇 주 전 학교에서 있었던 민주주의 집회뿐인데 그때 그녀는 밝은 녹색 나뭇가지를 들고 시위대와 함께 "군부는 물러가라! 아바차는 물러나라! 민주주의 만세!"라고 외쳤다. 그것도 언니 은네디가 조직책 중 한 명이 아니었다면 참가하지 않았을 것이다. 은네디는 기숙사를 방방이 찾아다니면서 학생들에게 포스터를 나눠 주고 '우리의 목소리를 내는 것'의 중요성을 설파했다.

치카의 손은 여전히 떨린다. 삼십 분 전에 그녀는 은네디와 함께 시장에 있었다. 그녀는 오렌지를 사고 있었고, 은네디는 땅콩을 사러 저쪽에 가고 없었다. 그런데 그때 영어, 피진 잉글리시, 하우사어, 이보어로 외치는 소리가 들렸다. "폭동이다! 이쪽으로 오고 있다! 사람이 살해당했다!" 그러자 주위 사람들이 서로를 밀치면서, 마를 가득 실은 수레를 넘어뜨리면서, 방금 전까지 힘들게 흥정하던 뭉그러진 채소를 팽개친 채 달리기 시작했다. 치카는 땀과 공포의 냄새를 맡았고, 다른 사람들처럼 큰길을 가로질러 뛰어가다 좁은 길로 접어들었고, 그곳이 위험하다고 두려워하다가(느끼다가) 여자를 보았다.

그녀와 여자는 한동안 말없이 가게 안에 서서 자신들이 방금 넘어온 창 밖을 내다본다. 나무 덧창이 끼익 끼익 소리를 내며 흔들린다. 처음에는 거리가 조용하다가 곧 뛰어가는 발소리가 들리기 시작한다. 그들은 둘 다 본능적으로 창가에서 물러나지만 치카는 남자와 여자가 걸어가는 모습을 볼 수 있다. 여자는 풀치마를 무릎 위까지 걷어 올렸고 등에는 아기를 포대기로 싸서 업고 있다. 남자가 이보어로 빠르게 말하는데 치카가 알아들은 말은 "삼촌 댁으로 도망갔을지도 몰라."가 전부다.

"창 닫아요." 여자가 말한다.

치카는 창문을 닫는다. 거리에서 들어오는 공기를 막아 버리자 실내의 먼지가 갑자기 많아지기라도 한 것처럼 머리 위에서 피어오르는 것이 보인다. 방 안은 갑갑하고 바깥 거리와는 완전히 다른 냄새가 난다. 거리에서는 크리스마스에 사람들이 죽은 염소의 털을 그슬리기 위해 모닥불에 집어 던질 때 나는 하늘색 연기 냄새가 난다. 그 거리를 그녀는 정신없이 달렸고, 은네디가 어느 쪽으로 뛰어갔는지 몰랐고, 옆에서 뛰던 남자가 친구인지 적인지 몰랐고, 난리 통에 엄마를 잃어버려 당황한 아이를 데려가야 하는지 어떤지 몰랐고, 누가 누구고 누가 누구를 죽이고 있는지 몰랐다.

나중에 그녀는 차창과 앞 유리가 있어야 할 자리에 삐죽삐죽한 구멍이 뚫린 불탄 차들의 잔해를 보게 될 것이고, 불타는 차들 — 너무 많은 것을 목격한 말 없는 증인들 — 이 야영객의 모닥불처럼 이 도시를 수놓은 모습을 상상하게 될 것이다. 그리고 이 모든 일이 주차장에서, 한 사내의 차가 길가에 놓인 코란을 밟고 지나갔을 때 시작되었음을 알게 될 것이다. 그 사내는 우연히도 이보족이었고 기독교도였다. 그래서 그 근처에 있던 남자들, 하루 종일 둘러앉아서 체커나 두는 남자들, 우연히도 이슬람교도였던 남자들이 사내를 픽업트럭에서 끌어내어 단숨에 칼로 목을 벤 다음, 잘라 낸 머리를 들고 시장으로 가서 다른 이들을 선동했다. 이 교도가 '성스러운 책'을 욕보였다면서. 치카는 사내의 머리를, 죽어서 창백해진 피부를 상상할 것이고 속이 쓰려 올 때까지 토할 것이다. 하지만 지금은 여자에게 이렇게 묻는다. "아직도 냇내 나나요?"

"네." 여자가 대답한다. 그녀는 녹색 풀치마를 끌러서 지저분한 바닥 위에 깐다. 이제 그녀는 블라우스와 솔기가 뜯어진, 반들거리는 검은색 슬립만 입고 있다. "와서 앉아요."

치카는 바닥에 펼쳐진 너덜너덜한 치마를 본다. 그것은 아마 여자가 가진 치마 두 벌 중 한 벌일 것이다. 그녀는 자신의 청치마와 자유의 여신상 무늬가 양각으로 새겨진 빨간 티셔츠를 내려다본다. 둘 다 그녀와 은네디가 친척들과 함께 뉴욕에서 몇 주 동안 여름휴가를 보낼 때 산 것이다. "아니에요, 당신 치마가 더러워지잖아요." 그녀가 말한다.

"앉아요." 여자가 말한다. "우리 여기서 오래 기다리고 있어요."

"얼마나 기다려야 할지……?"

"이 밤 혹은 내일 아침요."

치카는 말라리아에 걸렸나 확인할 때처럼 한 손으로 이마를 짚는다. 보통은 차가운 손바닥이 닿으면 진정되는데 지금 그녀의 손바닥은 땀으로 축축하다. "땅콩을 사고 있던 언니를 두고 왔어요. 지금 어디 있는지 모르겠네요."

"그녀 안전한 장소 가고 있어요."

"은네디예요."

"네?"

"우리 언니요. 이름이 은네디예요."

"은네디." 여자가 되뇐다. 그녀의 하우사어 악센트가 이보족 이름을 깃털처럼 부드럽게 감싼다.

나중에 치카는 은네디를 찾아 병원 영안실을 이 잡듯이 뒤지게 될 것이다. 그리고 지난주에 있었던 결혼식에서 자신과 은네디가 함께 찍은 사진을 쥐고 신문사를 찾아다니게 될 것이다. 그 사진 속에서 치카는 바보 같은 어색한 웃음을 짓고 있고 — 사진을 찍기 직전에 은네디가 꼬집었기 때문에 — 두 사람은 어깨가 드러나는 앙카라[17] 드레스를 쌍둥이처럼 똑같이 입고 있다. 그녀는 이 사진을 복사해서 시장과 근처 가게들의 벽에 붙이게 될 것이다. 그녀는 은네디를 찾지 못할 것이다. 그녀는 은네디를 영영 찾지 못할 것이다. 하지만 지금은 여자에게 이렇게 말한다. "언니랑 저는 이모를 만나러 지난주에 여기 왔어요. 지금 방학이거든요."

"어디서 학교 다녀요?" 여자가 묻는다.

"라고스 대학교요. 저는 의대에 다니고 언니는 정치학 전공이에요." 치카는 여자가 대학교에 다닌다는 게 무슨 뜻인지나 알까 생각한다. 그리고 자신이 학교를 언급한 이유는 단지 지금 자신에게 필요한 현실을 스스로에게 주입하기 위해서라고 생각한다. 그러니까 은네디가 폭동 속에서 실종되지 않았고, 어딘가 안전한 곳에 있고, 아마 평소처럼 여유로운 함박웃음을 짓고 있을 것이고, 아마 평소처럼 정치 얘기를 하고 있으리라는 것이다. 예를 들면 아바차 장군의 정부가 다른 아프리카 국가들에게 정통성 있는 것처럼 보이기 위해 외교 정책을 이용하고 있다거나 금발 붙임 머리가 대유행인 이유는 영국 식민 정책의 직접적인 결과라는 등의 주장 말이다.

---

17 아프리카의 내륙직인 수지 기공 면지물. 남염 기법으로 만든 화려한 무늬가 특징이다.

"우리는 여기 이모 댁에서 지낸 지 일주일밖에 안 됐어요. 전에는 한 번도 카노에 와 본 적이 없었죠." 치카가 말한다. 그리고 지금 자신이 이렇게 느끼고 있음을 깨닫는다. 자신과 언니가 폭동의 영향을 받지 않아야 한다고. 이런 폭동은 신문에서나 보던 것이었다. 이런 폭동은 다른 사람들에게나 일어나던 일이었다.

"당신 이모 시장에 있어요?" 여자가 묻는다.

"아뇨, 직장에 계세요. 이모는 사무국장이시거든요." 치카가 또다시 손으로 이마를 짚는다. 그녀는 허리를 숙여 바닥에 앉는다. 평소 같았으면 조금 떨어져 앉았겠지만 지금은 두 다리가 다 치마 위에 올라가게 앉느라 여자에게 바싹 다가앉는다. 여자에게서 무슨 냄새가 난다. 치카네 가정부가 침대보를 빨 때 쓰는 비누 향 같은 강한 냄새.

"당신 이모 안전한 장소 가고 있어요."

"그래요." 치카가 말한다. 그녀에겐 이 대화가 초현실적으로 느껴진다. 마치 자기가 자신을 쳐다보고 있는 것만 같다. "이런 일, 이런 폭동이 일어나고 있다는 게 아직도 믿어지지 않아요."

여자는 정면을 응시하고 있다. 그녀의 모든 것이 길고 늘씬하다. 앞으로 쭉 뻗은 다리, 헤나로 손톱을 물들인 손가락, 그리고 발까지도. "악마의 짓이에요." 한참 뒤에 여자가 말한다.

치카는 여자가 폭동을 단지 그렇게만 생각하는 걸까, 그저 악으로만 보는 걸까 생각한다. 은네디가 여기 있었으면 싶다. 그녀는 은네디의 코코아색 눈동자가 밝아지고 입술이 빠르게 움직이는 것을 상상한다. 은네디라면 폭동은 진공 상태에서는 일어나지 않는다고, 굶주린 민중이 서로를 죽여야 지도자가 안전하기 때문에 종교와 민족 문제는 자주 정치적으로 이용된다고 말했을 것이다. 그리고 치카는 여자의 식견이 이런 얘기를 조금이라도 이해할 정도나 될까 생각한 것에 양심의 가책을 느낀다.

"당신 지금 학교에서 아픈 사람 보고 있나요?" 여자가 묻는다.

치카는 자신의 놀란 표정을 여자가 보지 못하도록 얼른 시선을 돌린다. "임상 실습요? 네, 작년에 시작했어요. 부속 병원에서 환자를 봐요." 그녀는 불안감이 자주 엄습한다는 얘기나, 수석 레지던트가 자신에게 환자를 진찰하거나 진단을 내리라고 시킬까 봐 눈에 띄지 않으려고 다른 학생 예닐곱 명 뒤에 숨어 다닌다는 얘기는 덧붙이지 않는다.

"나 장사꾼이에요." 여자가 말한다. "양파 팔고 있어요."

치카는 여자의 말투에서 신랄함이나 비난조를 찾아보려 하지만 찾지 못한다. 여자의 목소리는 처음과 같이 차분하고 한결같다. 그녀는 단순히 자기가 하는 일을 말하고 있을 뿐이다.

"시장 가판대가 무사했으면 좋겠네요." 치카가 대답한다. 달리 할 말이 생각나지 않는다.

"폭동 하고 있을 때마다 시장 부서져요." 여자가 말한다.

치카는 여자에게 폭동을 몇 번이나 봤냐고 묻고 싶지만 그러지 않는다. 그녀는 예전 폭동들에 관해 신문에서 읽었다. 하우사족 이슬람교 광신자들이 이보족 기독교도들을 공격하기도 했고, 때로는 이보족 기독교도들이 복수의 살육전을 벌이기도 했다. 그녀는 서로를 비방하는 대화는 원하지 않는다.

"내 젖꼭지 고추처럼 뜨거워요." 여자가 말한다.

"네?"

"내 젖꼭지 고추처럼 뜨거워요."

치카가 놀라움을 꿀꺽 삼키고 무슨 말을 하기도 전에 여자가 블라우스를 걷어 올리더니 낡은 검은색 브래지어의 앞 고리를 끄른다. 그리고 브래지어 안에 접어 넣어 두었던 10나이라짜리, 20나이라짜리 지폐를 꺼낸 다음 젖가슴을 완전히 드러낸다.

"진짜 고추처럼 뜨거워요." 그녀는 무슨 헌납을 하듯 양손으로 자기 가슴을 받쳐서 치카에게 내밀며 말한다. 치카가 뒤로 물러난다. 그녀는 불과 일주일 전의 소아과 회진을 기억한다. 수석 레지던트인 올룬로요 선생은 모든 학생들이 소년 환자의 4도 심장 잡음을 촉진하길 원했다. 소년은 의아한 눈빛으로 그들을 쳐다봤다. 선생은 치카에게 제일 먼저 시켰고 그녀는 땀을 뻘뻘 흘렸고 머릿속이 하얘졌고 심장이 어디 있는지를 잊어버렸다. 마침내 떨리는 손을 소년의 젖꼭지 왼쪽에 놓고 피가 엉뚱한 방향으로 흐를 때 뛰는 맥박의 부르르 부르르 하는 진동을 손가락 밑에서 느끼자 소년이 그녀에게 미소를 지어 보이고 있는데도 그녀는 말을 더듬거리며 "미안해, 미안해."라고 말했다.

여자의 유두는 소년의 것과 전혀 다르다. 그것은 갈라졌고 탱탱하고 짙은 갈색이며 유륜은 좀 더 옅은 색깔이다. 치카는 그것을 유심히 들여다보고 손을 내밀어서 만져 본다. "아기가 있으세요?" 그녀가 묻는다.

"네. 한 살요."

"젖꼭지가 건조하긴 한데 감염된 것 같진 않아요. 아이한테 젖을 물린 뒤에 로션을 바르도록 하세요. 그리고 젖을 물릴 때는 젖꼭지랑 나머지 부분, 그러니까 유륜이 아기 입속에 완전히 들어가도록 하시고요."

여자가 치카를 빤히 쳐다본다. "이것 처음이에요. 나, 다섯 아이 갖고 있어요."

"저희 어머니도 똑같았어요. 여섯째를 낳았을 때 젖꼭지가 갈라졌죠. 처음엔 무엇 때문인지 몰랐는데 어느 날 친구가 수분이 부족해서 그런 거라고 알려 줬대요." 치카가 말한다. 그녀는 거짓말을 거의 하지 않지만 가끔은 하는데 그럴 때는 늘 특별한 이유가 있다. 그녀는 자기가 무엇을 위해서 거짓말을 했을까 생각한다. 왜 여자의 상황과 비슷한 가공의 과거를 만들어 내야 했을까. 어머니의 자식은 그녀와 은네디뿐이다. 게다가 어머니에게는 늘 전화 한 통이면 달려오는 이그보퀘 박사 ─ 영국식 교육과 가식으로 무장한 ─ 가 있었다.

"당신 어머니 젖꼭지에 뭐 문지르고 있어요?" 여자가 묻는다.

"코코아버터요. 튼 상처가 금방 나았죠."

"엥?" 여자가 치카를 한참 동안 쳐다본다. 마치 이 고백으로 두 사람 사이에 어떤 유대감이 생기기라도 한 것처럼. "좋아요, 구해서 쓸게요." 그녀는 잠시 스카프를 만지작거리더니 말한다. "나, 내 딸 찾고 있어요. 우리 오늘 아침 시장에 같이 가요. 걔 버스 정류장 근처서 땅콩 팔고 있어요. 왜냐하면 많은 손님 있기 때문에. 그때 폭동 시작되고 나 시장 위아래로 걔 찾고 있어요."

"아기를요?" 치카는 이 말을 내뱉은 순간 자기가 얼마나 멍청한 질문을 했는지 깨닫는다.

여자가 고개를 세차게 내젓는다. 순간적으로 그녀의 눈에 불안감, 아니, 분노가 스친다. "귀 문제 있어요? 나 하고 있는 말 안 들어요?"

"미안해요." 치카가 말한다.

"아기 집에 있어요! 이건 첫 번째 딸이에요. 할리마." 여자가 울기 시작한다. 그녀는 어깨를 들썩이며 소리 없이 흐느낀다. 치카가 아는 여자들이 하는 대성통곡, 나 혼자서는 감당할 수 없으니 날 껴안고 위로해 줘요라고 외치는 울음이 아니다. 여자의 울음은 개인적이다. 마치 다른 모든 사람의 개입을 배제하는, 의무적인 의식을 치르고 있는 듯하다.

나중에, 치카가 이모네 동네 밖에 있는 카노의 구시가를 구경하자며 은네디와 택시를 타고 시장에 가지 말걸 하고 후회할 때, 치카는 여자의 딸 할리마가 그날 아침에 아프거나 피곤하거나 게으름을 피워서 땅콩을 팔러 나가지 않았더라면 좋았을걸 하고 바라게 될 것이다.

여자가 블라우스 끝자락으로 눈물을 닦는다. "알라신, 당신 언니랑 할리마 안전한 장소에 지켜 줘요." 그녀가 말한다. 치카는 이슬람교도가 상대방 말에 동의를 표할 때 뭐라고 하는지 몰라서 — '아멘'일 리는 없으니 — 말없이 고개를 끄덕인다.

여자가 양철통이 쌓여 있는 가게 구석에서 녹슨 수도꼭지를 발견한다. 어쩌면 장사꾼 손 씻던 곳이에요, 그녀가 말한다. 그녀는 치카에게, 이 거리의 가게들은 정부가 불법 구조물이니 철거하라는 명령을 내린 몇 달 전부터 버려져 있었다고 얘기해 준다. 여자가 수도꼭지를 틀자 두 사람이 지켜보는 가운데 — 놀랍게도 — 물이 똑똑 떨어지기 시작한다. 색깔은 갈색이고 첫내가 너무 심해서 멀리 있는 치카도 맡을 수 있을 정도다. 하지만 어쨌든 물은 나온다.

"나 씻고 기도해요." 여자가 아까보다 큰 소리로 말한다. 그녀가 처음으로 활짝 웃자 고르게 났지만 앞니가 누렇게 변색된 이가 드러난다. 그녀의 볼에 파이는, 손가락 반이 들어갈 정도로 깊은 보조개는 그렇게 마른 얼굴에서는 보기 힘든 것이다. 여자는 수돗가에서 손과 얼굴을 대충 씻은 다음, 목에서 스카프를 풀어 바닥에 깐다. 치카는 시선을 돌린다. 그녀는 여자가 메카를 향해 무릎을 꿇고 있음을 알지만 쳐다보지 않는다. 그것은 여자의 울음처럼 사적인 행위이고 치카는 그 가게를 벗어나고 싶다. 혹은 자신도 기도할 수 있었으면, 신을 믿을 수 있었으면, 가게 안의 퀴퀴한 공기 속에서 전지전능한 존재를 볼 수 있었으면 좋겠다. 언제부터 신에 대한 자신의 믿음이 김 서린 욕실 거울에 비친 영상처럼 흐릿해졌는지는 기억나지 않는다. 한 번이라도 그 거울을 닦으려 해본 적이 있는지도 기억나지 않는다.

그녀는 어머니를 기쁘게 하기 위해 요즘도 끼고 다니는 — 때로는 새끼손가락에, 때로는 집게손가락에 — 묵주 반지를 만진다. 은네디는 더 이상 끼지 않는다. 그녀는 예전에 껄껄 웃으면서 이렇게 말했다. "묵주는 정말로 마법의 약 같은 거야. 고맙지만 난 그런 거 필요 없어."

나중에 가족들은 은네디가 무사히 발견되게 해 달라고 계속해서 미사를 봉헌할 것이다. 하지만 은네디의 영혼에 안식을 달라는 미사는 드리지 않을 것이다. 그리고 치카는 더러운 바닥에 머리를 조아리고 기도하던 여자를 떠올리고는 어머니에게 미사는 돈 낭비라고, 성당의 돈벌이 수단일 뿐이라고 말하려던 마음을 고쳐먹을 것이다.

여자가 몸을 일으키자 치카는 이상하게 기운이 솟는 것을 느낀다. 세 시간 이상이 흘렀으므로 그녀는 폭동이 잠잠해졌다고, 폭도들이 멀리 가 버렸다고 생각한다. 그녀는 가야 한다. 집에 가서 은네디와 이모가 무사한지 확인해야 한다.

"가야겠어요." 치카가 말한다.

여자의 얼굴에 또다시 불안감이 떠오른다. "바깥은 위험이에요."

"이젠 다들 갔을 거예요. 냇내도 안 나는걸요."

여자는 아무 말 없이 풀치마 위에 도로 앉는다. 치카는 그녀를 한동안 바라보다가 왠지 모를 실망감을 느낀다. 어쩌면 그녀는 여자에게서 축복 같은 것을 받고 싶은지도 모른다. "집이 여기서 얼마나 멀어요?" 치카가 묻는다.

"멀어요. 나 버스 두 개 타고 있어요."

"그러면 제가 이모네 운전기사랑 다시 와서 당신을 집에 데려다줄게요." 그녀가 말한다.

여자가 시선을 돌린다. 치카는 천천히 창문으로 다가가서 열어젖힌다. 그녀는 여자가 멈추라고, 돌아오라고, 서둘지 말라고 말하길 기대한다. 하지만 여자는 아무 말도 하지 않고 치카는 등 뒤의 조용한 시선을 느끼며 창문으로 나간다.

거리는 조용하다. 해가 지고 있는 가운데 황혼 속에서 치카는 주위를 둘러보지만 어디로 가야 할지 알 수 없다. 그녀는 마법 아니면 행운 혹은 신의 손에 의해 자신 앞에 택시가 나타나게 해 달라고 기도한다. 그리고 그 택시에 타고 있던 은네디가 여태껏 대체 어디 있었던 거냐며, 다들 너를 걱정했다고 말하길 기도한다. 치카는 시장을 향해 두 블록도 가기 전에 시체를 본다. 그녀는 시선을 다른 곳으로 돌린 채 계속 걷다가 시체의 열기가 느껴질 정도로 가까이 가고 만다. 그 시체는 아주 최근에 불탄 듯하다. 거기서 나는 살 타는 냄새는 아주 역겹고 그녀가 지금까지 맡아 본 어떤 냄새와도 다르다.

나중에 치카와 이모가 에어컨이 나오는 이모 차 앞좌석에 경찰관 한 명을 대동하고 은네디를 찾아 온 카노 시내를 돌아다닐 때 그녀는 다른 시체들을 보게 될 것이다. 대부분 불에 탄 그 시체들은 마치 누군가가 신경 써서 길가로 밀어내고 줄이라도 맞춘 것처럼 보도와 평행하게 누워 있을 것이다. 그녀는 그중에 오직 한 시체 — 벌거벗고, 뻣뻣하고, 뒤집혀 있는 — 만을 바라볼 것이다. 그리고 일부가 불탄 사내의 피부만 봐서는 그가 이보족인지 하우사족인지, 기독교도인지 이슬람교도인지 알 수 없다는 사실에 충격을 받을 것이다. 그녀는 BBC 라디오에서 살인과 폭동에 관한 뉴스를 듣게 될 것이다. "부족 갈등이 기저에 깔린 종교 문제"라고 목소리는 말할 것이다. 그녀는 라디오를 벽에 집어 던질 것이고 그 모든 시체들이 제한된 뉴스 길이에 맞게끔 포장되고 검열되고 편집된 데 대한 강렬한 분노가 그녀의 전신을 타고 흐를 것이다. 하지만 지금은 불탄 시체의 열기가 너무 가깝고 생생하고 뜨거워서 뒤돌아 다시 가게를 향해 뛰기 시작한다. 달리는 도중에 종아리에 날카로운 통증을 느낀다. 그녀는 가게에 도착해서 창문을 두들긴다. 여자가 열어 줄 때까지 쉬지 않고 두들긴다.

치카는 바닥에 앉은 다음 점점 희미해지는 빛 속에서 자기 다리를 흘러내리는 핏줄기를 자세히 들여다본다. 두 눈이 머리 속에서 쉴 새 없이 요동치는 것만 같다. 낯설어 보인다, 그 피는. 누가 그녀의 다리에 토마토퓌레를 뿌리기라도 한 것 같다.

"당신 다리. 피 있어요." 여자가 조금 지친 듯이 말한다. 그녀는 수도꼭지에 가서 스카프 한쪽 끝을 적셔 와서는 치카 다리의 베인 상처를 닦아 주더니 젖은 스카프를 다리에 칭칭 감고 매듭을 지어 묶는다.

"고마워요." 치카가 말한다.

"화장실 원해요?"

"화장실요? 아뇨."

"저기 양철통, 우리 화장실로 사용하고 있어요." 여자가 말한다. 그녀가 양철통 하나를 들고 가게 뒤쪽으로 사라진 뒤, 곧 냄새가 치카의 코에까지 풍겨 온다. 그 냄새가 먼지 냄새, 녹물 냄새와 섞이자 치카는 현기증과 메스꺼움을 느낀다. 그녀는 눈을 내리감는다.

"아, 미안해요! 내 배 안 좋아요. 오늘 모든 일 일어나서." 여자가 치카의 등 뒤에서 말한다. 잠시 후 여자는 창문을 열고 양철통을 밖에 내놓은 다음, 수도에서 손을 씻는다. 그녀는 돌아와서 말없이 치카와 나란히 앉는다. 조금 뒤에 멀리서 시끄러운 구호 소리가 들려오는데 무슨 말인지 치카는 알아들을 수가 없다. 가게 안은 이제 거의 완전한 암흑이다. 그때 여자가 바닥에 드러눕는다. 상체만 치마 위에 있고 다리는 맨바닥 위로 삐져나온 채.

나중에 치카는《가디언》에서 "하우사어를 사용하는 북부의 이슬람교도들은 전에도 비 이슬람교도에게 폭력을 행사한 바 있다."라는 기사를 읽게 될 것이고 은네디를 생각하며 슬퍼하다가 자신이 하우사족이자 이슬람교도인 여자의 젖꼭지를 진찰했던 것과 그녀의 친절을 경험했던 것을 더 이상 기억하지 않기로 결심할 것이다.

치카는 밤새 잠을 이루지 못한다. 창문이 꽉 닫혀 있어서 공기는 갑갑하고 모래처럼 굵은 먼지가 콧속을 파고든다. 창가에서는 후광과 함께 떠다니면서 그녀를 비난하듯 손가락질하는 불탄 시체가 계속 보인다. 마침내 여자가 일어나서 창문을 여는 소리가 들리더니 새벽의 어스름한 푸른 빛이 들어온다. 여자는 한동안 그렇게 서 있다가 창밖으로 나간다. 지나가는 사람들의 발소리가 들린다. 여자가 누군가를 알아보고 소리쳐 부른 뒤에 하우사어로 재잘대는 소리가 들리지만 치카는 알아듣지 못한다.

여자가 다시 가게 안으로 들어온다. "위험 끝났어요. 아부예요. 아부, 저장 식품 팔고 있어요. 자기 가게 보러 가고 있어요. 모든 장소에 경찰 눈물 가스 있어요. 군인남자 오고 있어요. 나 이제 군인남자 누구 괴롭히기 전에 가요."

치카가 천천히 일어나서 기지개를 켠다. 관절이 쑤신다. 그녀는 담장으로 둘러싸인 사유지에 있는 이모네 집까지 걸어가게 될 것이다. 거리에 택시는 한 대도 없고 군용 지프차와 경찰의 박살난 스테이션왜건만 있기 때문이다. 그녀가 집에 도착하면 이모는 물 한 컵을 손에 들고 이 방 저 방을 왔다 갔다 하면서 "내가 왜 너랑 은네디를 오라고 했을까? 내 **치**가 왜 나를 속인 걸까?"라고 이보어로 계속 중얼거릴 것이다. 그리고 치카는 이모의 어깨를 그러잡고 소파로 데려갈 것이다.

하지만 지금은 다리에서 스카프를 풀어 피딱지를 털기라도 하듯 흔든 다음에 여자에게 건네준다. "고마워요."

"다리 잘잘 씻어요. 언니 만나요, 가족들 만나요." 여자가 풀치마를 허리에 두르며 말한다.

"그쪽 가족들도 만나시길 바랄게요. 아기와 할리마도요." 치카가 말한다. 나중에 집에 걸어갈 때 그녀는 말라붙은 피로 얼룩진 돌을 집어 들고 엽기적인 기념품처럼 가슴에 꼭 안을 것이다. 그리고 돌을 그러쥐는 바로 그 순간에 이상한 예감이 뇌리를 스치면서 은네디를 영영 찾지 못할 것임을, 언니가 죽었음을 알게 될 것이다. 하지만 지금은 여자에게 돌아서면서 이렇게 말한다. "그 스카프 제가 가져도 될까요? 피가 다시 날 것만 같아서요."

여자는 무슨 말인지 모르겠다는 듯이 잠시 쳐다본다. 그리고 고개를 끄덕인다. 어쩌면 앞으로 닥쳐올 슬픔이 이미 그녀의 얼굴에 나타나기 시작했는지도 모르지만 여자는 희미하고 심란한 미소를 지은 후 치카에게 스카프를 돌려주고는 뒤돌아서 창문으로 나간다.

유령

오늘 나는 오래전에 죽은 줄 알았던 이켄나 오코로를 보았다. 어쩌면 나는 허리를 숙이고 모래 한 줌을 집어서 그에게 던졌어야 했는지도 모른다. 우리 부족은 어떤 사람이 유령이 아니라는 걸 확인하고 싶을 때 그렇게 한다. 하지만 나는 서양식 교육을 받은, 일흔한 살의 은퇴한 수학 교수이므로 우리 부족의 방식을 관대하게 웃어넘기기에 충분한 지식으로 무장하고 있어야 마땅하다. 나는 그에게 모래를 던지지 않았다. 어차피 내가 하고 싶었어도 그렇게 할 수도 없었다. 우리가 만난 곳이 학교 재무과 건물 앞의 콘크리트 마당이었기 때문이다.

내가 또다시 거기에 간 건 연금이 들어왔나 물어보기 위해서였다. "안녕하세요, 교수님." 꺼칠한 얼굴의 직원 우구오케가 말했다. "죄송해요, 돈이 아직 안 들어왔네요."

또 다른 직원도 — 이름을 지금은 잊어버렸는데 — 고개를 주억거리며 사과했지만 동시에 콜라 열매의 분홍색 과육을 씹고 있었다. 그들은 이런 일에 익숙했다. 나도 이런 일에 익숙했다. 화염목 밑에 모여서 손짓 발짓을 해 가며 큰 소리로 떠드는 추레한 사내들 역시 마찬가지였다. 교육부 장관이 연금을 다 빼돌렸대, 한 사내가 말했다. 다른 사내는 부총장이 여러 개의 고금리 개인 계좌에 돈을 집어넣었다고 말했다. 그들은 부총장을 저주했다. 그의 성기가 쪼그라들라고. 그의 아이들이 자식을 못 낳게 되라고. 그가 설사병으로 죽으라고. 내가 다가가자 그들은 나에게 인사하고는 일이 이렇게 되어 유감이라는 듯이 고개를 내저었다. 마치 내 교수 등급 연금이 그들의 사환 등급 혹은 운전사 등급 연금보다 더 중요하기라도 한 것처럼. 그들은 나를 교수님이라고 불렀다. 대부분의 사람들이 그렇게 불렀고 나무 밑에 광주리를 늘어놓고 앉아 있는 행상꾼들 역시 마찬가지였다. "교수님! 교수님! 이리 오셔서 좋은 바나나 좀 들여가세요!"

나는 1980년대에 내가 학장이었을 당시 우리 집 운전사였던 빈센트와 얘기를 나눴다. "연금이 안 나온 지 벌써 삼 년째예요, 교수님." 그가 말했다. "이래서 사람들이 은퇴하면 죽나 봐요."

"**오 조카.**" 내가 말했다. 물론 그것이 얼마나 끔찍한 일인지 내가 그에게 말해 줄 필요는 없었지만.

"응키루카는 어때요, 교수님? 미국에 잘 있죠?" 그는 늘 우리 딸에 관해 묻는다. 그는 내가 아내 에베레와 함께 그 애를 만나러 갈 때 에누구의 의대까지 우리를 태워다 주곤 했다. 에베레가 죽었을 때 그가 친척들과 함께 **음그발루**를 표하러 와서, 감동적이지만 조금 길다 싶은 추도사를 낭독했던 것이 기억난다. 에베레가 운전사인 자신에게 정말로 잘해 줬고 응키루카의 낡은 옷을 자기

애들 입으라고 줬다는 등의 이야기였다.

"응키루카는 잘 있네." 내가 말했다.

"전화 오면 제 안부도 꼭 전해 주세요, 교수님."

"그러지."

그는 계속해서, 이 나라 사람들은 감사 인사 하는 법을 배우지 못했다며, 기숙사 학생들이 구두 수선비를 제때 주지 않는다는 얘기를 했다. 하지만 내 주의를 끈 것은 그의 목젖이었다. 그것은 주름진 피부를 당장이라도 뚫고 나올 듯이 격렬하게 위아래로 움직였다. 빈센트는 나보다 나이가 어리니 아마 육십 대 후반일 텐데 더 늙어 보인다. 남은 머리카락도 별로 없다. 나는 예전에 그가 나를 학교까지 태워다 주는 동안 얼마나 쉴 새 없이 떠들어 댔던지를 잘 기억한다. 그리고 내가 그러라고 하지도 않았는데 내 신문을 즐겨 읽곤 했던 것도 기억한다.

"교수님, 바나나 안 사실래요? 저희는 굶어 죽어 가고 있어요." 화염목 밑에 모인 사내들 중 한 명이 말했다. 그의 얼굴은 낯익었다. 아마 내 이웃인 이제례 교수의 정원사인 듯하다. 그의 말투는 농반진반이었지만 나는 그들에게서 땅콩과 바나나 한 송이를 샀다. 그러나 그들에게 정말로 필요한 것은 로션이었다. 그들의 얼굴과 팔은 마치 재에 뒤덮인 것처럼 보였다. 이미 3월이 가까웠는데도 하마탄[18]은 여전히 위세를 떨치고 있었다. 건조한 바람, 옷에서 나는 정전기, 속눈썹 위에 앉은 고운 먼지가 이를 증명했다. 나는 오늘 평소보다 로션을 많이 바르고 입술에는 바셀린을

---

18 주로 겨울철에 사하라 사막 남부에서 불어오는 건조한 모래바람.

발랐지만 건조함 때문에 손바닥과 얼굴이 당겼다.

에베레는 특히 하마탄 철에 내가 로션을 잘 안 바른다고 놀리곤 했다. 그리고 아침 목욕 후에 가끔씩 내 팔다리와 등에 니베아를 천천히 발라 주곤 했다. 이 고운 피부를 잘 관리해야지! 그녀는 특유의 장난스러운 웃음을 웃으며 말하곤 했다. 그녀는 늘 자기가 내 피부에 넘어간 거라고 말했다. 나는 1961년 일라이어스로에 위치한 그녀의 아파트에 우글거리던 다른 구애자들과 달리 무일푼이었기 때문이다. "티 없는" 피부라고 그녀는 불렀다. 나는 짙은 밤색인 내 피부에서 특별한 점을 찾아 볼 수 없었지만 에베레의 마사지를 받으며 어느 정도 세월이 흐르자 조금 의기양양해하게 되었다.

"고맙습니다, 교수님!" 행상꾼들은 이렇게 말하더니 누가 돈을 나눌 것인가를 놓고 자기들끼리 장난치기 시작했다.

나는 가만히 서서 그들의 대화에 귀 기울였다. 나 때문에 그들이 평소보다 점잖게 말하고 있다는 건 알고 있었다. 목공은 벌이가 시원찮고, 아이들은 아프고, 빚쟁이 문제는 더 늘어났다고 했다. 그들은 자주 웃었다. 물론 가슴속에는 응어리가 맺혀 있겠지만, 당연히 그럴 법하니까, 어쨌든 온정신은 유지하고들 있었다. 내가 만약 통계청에서 일할 때 모아 놓은 돈이 없었거나 내가 필요 없다는데도 응키루카가 부득부득 달러화를 보내지 않았다면 과연 내가 저들 같을 수 있었을까, 그런 생각이 자주 든다. 아니었을 것 같다. 아마도 거북이처럼 제 등딱지 속에 웅크리고 앉아서 내 품위가 조금씩 좀먹어 가도록 내버려 두었을 것이다.

나는 마침내 그들에게 작별 인사를 하고 재무과 건물로부터 사범 대학 건물을 가려 주는 목마황 근처에 주차해 둔 내 차를 향해 걸어갔다. 이켄나 오코로를 본 것은 바로 그때였다.

그가 먼저 나를 불렀다. "제임스? 제임스 느워예, 자넨가?" 그가 입을 헤벌린 채 서 있었기 때문에 나는 그의 치아가 여전히 온전함을 알 수 있었다. 나는 작년에 하나를 잃었다. 웅키루카가 "시술"이라 부르는 걸 내가 받지 않겠다고 고집부린 거였지만 이켄나의 온전한 이를 보니 왠지 속이 쓰렸다.

"이켄나? 이켄나 오코로?" 나는 있을 수 없는 일이라는 뉘앙스를 풍기는, 자신 없는 어투로 물었다. 삼십칠 년 전에 죽은 사람이 살아 돌아온 것 아닌가.

"그래그래." 이켄나도 뭔가 주저하듯 내게 다가왔다. 우리는 악수를 하고 짧게 포옹을 했다.

이켄나와 나는 친한 친구 사이는 아니었다. 예전에 내가 그를 잘 알았던 이유는 누구나 그를 잘 알았기 때문이었다. 영국에서 자란 나이지리아인인 새로운 부총장이 모든 교수는 수업 시간에 넥타이를 매야 한다고 했을 때 반항적으로 화려한 색상의 튜닉[19]을 고수한 사람이 바로 그였다. 교원 클럽에서 연단에 올라가 정부에 탄원해야 한다고, 학교 사무원들에 대한 처우를 개선해야 한다고 목이 쉴 때까지 외쳤던 사람도 그였다. 그는 사회학 교수였는데 순수 학문을 하는 교수 대부분이 사회 과학을 하는 자들은 시간이 남아돌아서 읽을 가치도 없는 책만 줄기차게 써 대는, 머리가 텅텅 빈 놈들이라고 생각했음에도 이켄나만은 달리 보았다. 우리

---

19 허리 아래까지 내려오는 상의.

는 그의 명령조를 용서했고, 그의 팸플릿을 버리지 않았으며, 그가 사회 문제를 신랄하게 비판할 때 드러나는 박식함에 감탄했다. 그의 대담함에 우리는 설득당했다. 그의 왜소한 체구와 개구리 같은 눈, 옅은 색 피부는 여전했지만 이제는 낯빛도 칙칙하게 변하고 갈색 검버섯이 피어 있었다. 예전에 어떤 사람이 그에 대한 소문을 듣고 실제로 그를 보러 왔다가 깊은 실망감을 감추느라 고생했다는 얘기를 들은 적이 있다. 이켄나의 화려한 언변에는 왠지 모르게 출중한 외모가 따라와야만 할 것 같았기 때문이다. 하지만 우리 부족 속담에는, 유명한 동물이 반드시 사냥꾼의 바구니를 가득 채워 주는 것은 아니라는 말이 있다.

"자네 살아 있나?" 내가 물었다. 나는 적이 놀랐다. 나와 내 가족은 그가 죽은 날인 1967년 7월 6일에 그를 보았다. 우리가 급하게 은수카에서 피란을 떠나던 그날, 하늘의 태양은 이상한 붉은색으로 타올랐고, 정부군이 진격함에 따라 가까운 곳에서 포격 소리가 빵 빵 빵 하고 들려왔다. 우리 가족은 내 쉐보레 임팔라에 타고 있었다. 반군은 우리에게 캠퍼스 정문을 통과해도 좋다는 수신호를 보내면서 걱정하지 말라고, 폭도들 — 우리는 정부군을 이렇게 불렀다 — 은 며칠 안에 퇴각할 테니 여러분도 곧 돌아올 수 있을 거라고 외쳤다. 마을 주민들, 전쟁 뒤에는 먹을 걸 찾기 위해 교수들의 쓰레기통을 뒤지게 될 사람들 수백 명이 걸어가고 있었다. 여자들은 머리에 상자를 이고 등에 아기를 업고 있었고, 맨발의 아이들은 봇짐을 들고 있었고, 남자들은 마를 실은 자전거를 끌고 있었다. 나는 집에 두고 온 인형 때문에 우는 딸 지크를 에베레가 달래고 있을 때 이켄나의 녹색 카데트를 보았던 것을 기억한다.

그는 우리와 반대 방향으로, 캠퍼스를 향해 가고 있었다. 나는 경적을 울리면서 차를 세웠다. "돌아가면 안 돼!" 내가 소리쳤다. 하지만 그는 손을 흔들며 말했다. "가지러 갈 원고가 있어." 혹은 이렇게 말했다. "가지러 갈 물건이 있어." 나는 그가 돌아가는 것이 무모한 짓이라고 생각했다. 포성이 가까운 곳에서 들렸고 어차피 반군이 일이 주 안으로 폭도를 몰아낼 것이었기 때문이다. 하지만 나는 우리 편이 천하무적이고 비아프라[20]의 대의명분이 정당하다는 것 또한 믿었으므로 그 일에 대해 그리 깊이 생각하지 않았다. 그런데 우리가 피란 나온 날 은수카가 함락당했고 캠퍼스가 점거됐다는 얘기를 듣게 되었다. 그 소식을 가져온, 에지케 교수의 친척은 교수 둘이 살해당했다는 말도 했다. 둘 중 한 사람은 정부군과 언쟁을 벌이다가 총에 맞았다는 것이었다. 우리는 더 이상 들을 필요도 없이 그 사람이 이켄나임을 알았다.

이켄나는 내 질문에 웃음을 터뜨렸다. "그래, 난 살아 있어!" 그는 내 질문보다 자기 대답이 더 웃기다고 생각했는지 다시 한번 웃음을 터뜨렸다. 하지만 지금 생각해 보니 그의 웃음소리조차도 빛바래고 공허했고 예전에 자기 말에 동의하지 않는 사람들을 조롱할 때 교원 클럽 전체에 쩌렁쩌렁 울려 퍼지던 공격적인 소리와는 전혀 달랐다.

"하지만 우리는 자네를 봤어." 내가 말했다. "기억나나? 피란 가던 날?"

"그래." 그가 말했다.

20　1967~1970년에 존재했던 나이지리아 이보족의 공화국.

"사람들이 자네가 나오지 않았다고 했어."

"난 나왔어." 그가 고개를 끄덕였다. "난 나왔어. 그다음 달에 비아프라를 떠났지."

"떠났다고?" 그때 놀랍게도, 오래전 배신자들 이야기를 들었을 때 솟아올랐던 깊은 혐오감이 뇌리를 스치는 것을 느꼈다. 나이지리아로 안전하게 넘어가기 위해, 바리케이드 너머에 있는 소금과 고기와 시원한 물을 위해 우리 군인들과 우리의 정당한 대의와 이제 막 태어난 우리 나라를 팔아넘기 배신자들.

"아니 아니, 그런 게 아니야. 자네가 생각하는 것과는 다르네." 이켄나가 잠시 말을 멈췄을 때 나는 회색 셔츠 속에 있는 그의 어깨가 축 처진 걸 눈치챘다. "나는 적십자 비행기를 타고 떠났어. 스웨덴으로 갔지." 그의 말에는 자신감이 없었다. 한때 그토록 쉽게 남들을 행동하게 만들던 사람답지 않은, 낯선 소극성이 엿보였다. 나는 비아프라 독립 선언 이후 최초의 집회를 그가 조직했던 것을 기억한다. 우리 모두는 자유 광장에 모여서 이켄나의 연설을 들었고 환호성을 지르며 "독립 만세!"라고 외쳤다.

"스웨덴으로 갔다고?"

"그래."

그는 입을 다물었고 나는 그가 그 이상은 말해 주지 않으리란 걸, 그가 어떻게 살아서 캠퍼스를 나갔고, 어떻게 그 비행기에 올라타게 되었는지 말해 주지 않으리란 걸 알았다. 나는 전쟁 후반부에 비행기를 타고 가봉으로 탈출한 아이들은 알고 있지만 적십자 비행기를 타거나 그렇게 초반에 탈출한 사람은 알지 못한다. 우리 둘 사이에는 팽팽한 침묵이 흘렀다.

"그 후로 쭉 스웨덴에 있었나?" 내가 물었다.

"그래. 우리 가족이 모두 오를루에 있었을 때 그곳이 폭격을 당했네. 살아남은 사람이 없으니 내가 돌아올 이유도 없었지." 그는 말을 멈추고 뭔가 귀에 거슬리는 소리를 냈는데 아마 본인은 웃으려 한 모양이지만 실제로 나온 것은 여러 번의 기침이었다. "나는 아냐 박사와 한동안 연락을 하고 지냈네. 그가 나에게 캠퍼스가 재건 중이라는 얘기를 해 줬지. 그리고 자네가 전쟁 후에 미국으로 갔다는 얘기도 아마 그에게서 들은 것 같네."

사실 에베레와 나는 1970년에 전쟁이 끝나자마자 은수카로 돌아왔지만 며칠밖에 견디지 못했다. 너무 감당하기 힘들었다. 우리의 책들은 앞마당의 갈매나무 밑에 숯 더미가 되어 쌓여 있었다. 돌처럼 굳은, 욕조 안의 배설물 덩어리들은 휴지 대신 사용한 내 《수학 연보》 페이지들로 덮여 있었다. 그 위에 엉겨 붙은 더께 때문에 내가 연구하고 가르쳤던 공식들을 알아볼 수가 없었다. 우리의 피아노 — 에베레의 피아노 — 는 사라지고 없었다. 내가 이바단에서 첫 학위를 받을 때 입었던 졸업 가운은 뭔가를 닦아 내는 데 쓰인 듯했고 내가 쳐다보고 있다는 사실은 안중에도 없는 개미들이 그 안팎을 바쁘게 기어 다니고 있었다. 우리의 사진은 찢어지고 액자는 깨져 있었다. 그래서 우리는 미국으로 떠났고 1976년까지 돌아오지 않았다. 돌아온 뒤에 우리는 에젠웨제가(街)에 있는 다른 집을 배정받았다. 그리고 옛날 집을 보고 싶지 않았기 때문에 오랫동안 이모케가(街)를 피해 다녔다. 그 집에 새로 이사 온 사람들이 갈매나무를 잘라 버렸다는 얘기는 나중에 들었다. 나는 이 모든 얘기를 이켄나에게 들려줬지만 내 흑인 미국인 친구 척 벨이 교수 자리를 구해 준 버클리 시절 얘기는 하지 않았다. 이켄나는 한동안 조용하다가 이렇게 말했다. "자네 딸 지크는 어떻게 지내나? 이젠 다 큰 어른이 됐겠군."

그는 '가족의 날'에 우리가 지크를 교원 클럽에 데려갈 때마다 늘 그 애의 환타 값을 자기가 내겠다고 우기곤 했다. 지크가 거기 있는 애들 중에서 제일 예쁘기 때문이라고 그는 말했다. 하지만 사실은 대통령 이름에서 따온 그 애의 이름 때문이 아니었을까 생각된다.[21] 이켄나는 지크의 초기 지지자였으나 어느 순간 그의 국가주의 운동이 너무 온건해졌다며 등을 돌렸다.

"전쟁이 지크를 앗아 갔어." 내가 이보어로 말했다. 영어로 죽음에 대해 얘기하면, 적어도 나는, 종지부를 찍어 버리는 것만 같아서 늘 불편했다.

이켄나는 깊은 한숨을 내쉬었지만 그가 한 말은 **"은도."**, 즉 "유감일세."가 전부였다. 나는 지크가 어떻게 죽었냐고 — 어차피 경우의 수도 몇 가지 없지만 — 그가 묻지 않아서, 전쟁 중 죽음이 마치 예기치 못한 사고라도 되는 양 그가 충격받지 않아서 다행이라고 생각했다.

"우리는 전쟁 후에 아이 하나를, 딸 하나를 더 낳았어." 내가 말했다.

하지만 이켄나는 속사포처럼 떠들어 대고 있었다. "난 내가 할

---

21 은남디 아지키웨(1904~1996). 나이지리아 초대 대통령. '지크'는 그의 애칭이다. 이보족인 그는 비아프라 전쟁 말기에 연방 정부 파로 돌아서면서 국민의 지지를 잃었다.

수 있는 일을 했네.” 그가 말했다. “정말이야. 나는 국제 적십자 위원회를 떠났네. 거기엔 인류를 위해 발 벗고 나서지 못하는 겁쟁이들만 있었거든. 그들은 에케트에서 비행기가 격추되자마자 발을 뺐어. 그게 바로 고원²²이 원하는 것임을 모른다는 듯이. 하지만 세계 교회 협회의 비행기는 계속 울리 상공을 날아갔지. 야간 비행을 했거든! 그들이 만났을 때 나는 스웨덴 웁살라에 있었네. 그것은 2차 세계 대전 이래 최대 규모의 작전이었어. 나는 자금 조달을 맡았지. 온 유럽의 수도에서 비아프라 후원 대회를 개최했네. 자네, 런던 트래펄가 광장에서 있었던 대회 얘기는 들었나? 내가 그 주최자였어. 난 내가 할 수 있는 일을 했네.”

나는 이켄나가 과연 나한테 얘기를 하고 있는 것인지 확신이 안 섰다. 그는 수많은 사람에게 몇 번씩 반복했던 얘기를 하고 있는 듯했다. 나는 화염목 쪽을 쳐다봤다. 사내들은 여전히 거기 모여 있었지만 그들이 땅콩과 바나나 장사를 마감했는지는 알 수 없었다. 어쩌면 내가 아련한 향수에 잠기기 시작한 것이 이때부터인지도 모르겠다. 그 감정은 지금까지도 내게 남아 있다.

“크리스 오키그보도 죽었지, 안 그래?” 이켄나가 이렇게 물어서 나는 다시 현재로 돌아왔다. 잠시 동안, 내가 그 말을 부정하길 그가 바라는 걸까, 그래서 오키그보도 살아 돌아온 유령으로 만들고 싶은 걸까 생각했다. 하지만 오키그보는 죽었다. 우리의 천재,

---

22 야쿠부 고원(1934~). 1966~1975년까지 나이지리아 군사 정부의 수반을 지냈다. 비아프라 선생을 승리로 이끌고 패전민 포용에도 성공했지만 결국 쿠데타에 의해 축출당했다.

우리의 스타, 우리 모두를 감동시키던 시인. 비록 우리 과학자들이 늘 그의 시를 이해한 건 아니었지만.

"그래, 전쟁이 오키그보를 앗아 갔네."

"살아 있었다면 큰 인물이 되었을 텐데."

"그래. 하지만 그에겐 적어도 맞서 싸울 용기는 있었지." 나는 이 말을 뱉자마자 곧 후회했다. 그것은 단지 크리스 오키그보에게 경의를 표하기 위해 한 말이었다. 다른 교수들처럼 정부 부서에서 일할 수도 있었지만 그 대신 은수카를 지키기 위해 총을 집어 들었던 그. 나는 이켄나가 내 말뜻을 오해하지 않길 바랐으므로, 사과를 해야 하나 말아야 하나 고민했다. 길 건너편에서는 작은 회오리바람이 커져 가고 있었다. 우리 머리 위의 목마황들은 휘청거렸고 바람은 나무에서 마른 잎사귀들을 떨어내어 멀리 날려 보냈다. 나 스스로 불편했기 때문인지, 나는 이켄나에게 전쟁이 끝난 뒤에 에베레와 내가 은수카로 돌아온 날에 대해 얘기하기 시작했다. 황폐한 풍경, 폭격당한 지붕들, 에베레가 스위스 치즈[23] 같다고 했던, 총알구멍으로 도배된 집들. 우리가 아굴레리를 통과하는 길을 지나고 있을 때 비아프라 군인들이 우리 차를 세우더니 부상당한 군인을 욱여넣었다. 뒷좌석에 뚝뚝 떨어진 그의 피가 시트 커버의 찢어진 구멍으로 스며들어서 결국 시트 속 솜을 적시고 우리 차 부품에까지 엉겨 붙었다. 낯선 이의 피가. 내가 왜 하필이면 이 이야기를 이켄나에게 들려줬는지는 모르겠지만 그와 상관된 이야기인 것처럼 보이기 위해 나는 군인의 피에서 나는 비릿한 냄새를

23 에멘탈.

맡으니 그가 생각나더라고 덧붙였다. 왜냐하면 줄곧 정부 측 군인들이 그를 쏜 뒤에 죽게 내버려 뒀을 거라고, 그의 피가 땅을 물들이도록 내버려 뒀을 거라고 생각했기 때문이라고 나는 말했다. 이 말은 사실이 아니다. 나는 그런 생각을 한 적도 없고, 부상당한 군인을 보고 이켄나를 떠올리지도 않았다. 하지만 이켄나는 내 이야기가 이상하다고 속으로 생각했는지는 몰라도 그 말을 입 밖에 내진 않았다. 그는 고개를 끄덕이며 말했다. "나는 너무 많은 얘기를, 정말 너무 많은 얘기를 들었네."

"스웨덴 생활은 어떤가?" 내가 물었다.

그는 어깨를 으쓱했다. "작년에 은퇴했어. 그래서 나이지리아로 돌아와서 보기로 결심했지." 그가 말한 '보다'는 단순히 눈으로 본다는 뜻은 아닌 것 같았다.

"가족은?" 내가 물었다.

"재혼 안 했네."

"아." 내가 말했다.

"자네 부인은 어떻게 지내나? 이름이 은넨나였지?" 이켄나가 물었다.

"에베레야."

"아, 그래, 맞아, 에베레였지. 미인이었는데."

"에베레는 이제 여기 없네. 삼 년 됐어." 내가 이보어로 말했다. 그리고 이켄나의 눈에 눈물이 비치는 것을 보고 깜짝 놀랐다. 그는 에베레의 이름은 잊어버렸으면서도 그녀를 애도할 수는 있다. 혹은 사라진 가능성들에 대한 생각에 잠겨서 지나간 시간을 애도하고 있었는지도 모른다. 내가 지금에야 깨달은 것은, 이켄나가 '일어날 수도 있었지만 일어나지 않은 일들'의 무게를 지고 다니는 사내라는 사실이었다.

"유감이네." 그가 말했다. "정말 유감이야."

"괜찮아." 내가 말했다. "곧잘 들르니까."

"뭐라고?" 그가 당황한 표정으로 물었다. 분명 내 말을 들었을 텐데.

"아내가 들른다고. 우리 집에 들렀다 가곤 해."

"그래." 이켄나가 미친 사람을 달랠 때 쓰는 말투로 대꾸했다.

"내 말은, 아내는 미국에 자주 들렀어. 우리 딸이 거기서 의사를 하고 있거든."

"아, 그래?" 이켄나가 너무 밝은 목소리로 물었다. 그는 안도한 듯했다. 나는 그를 탓하지 않는다. 우리는 교육받은 사람들이다. 현실로 간주되는 것의 경계선을 엄격하게 지키라고 배운 사람들. 나도 장례식으로부터 삼 주 후에 에베레가 나타나기 전까지는 그와 같았다. 그때 옹키루카는 아들과 함께 막 미국으로 돌아간 뒤여서 난 혼자였다. 아래층 문이 닫혔다 열렸다 다시 닫히는 소리를 들었을 때 나는 대수롭게 생각하지 않았다. 밤바람 때문에 흔히 있는 일이었으니까. 하지만 침실 창밖의 나뭇잎들은 바스락거리지 않았고 인도 멀구슬나무와 캐슈나무도 휙휙 소리를 내지 않았다. 바깥은 바람이 전혀 불지 않았다. 그런데도 아래층 문은 열렸다 닫혔다를 반복했다. 돌이켜 보면 분명 겁먹을 만한 상황이었음에도 별로 겁먹지 않았던 것 같다. 나는 계단을 올라오는 발소리를 들었다. 에베레가 걷는 습관과 똑같이, 세 번째 발걸음마다 힘이 들어가는 소리. 나는 컴컴한 침실에 가만히 누워 있었다.

곧 누군가가 이불을 걷어 내는 것이, 내 팔다리와 가슴을 부드럽게 마사지하는 손길이, 로션의 부드러움과 촉촉함이 느껴졌고 이어서 기분 좋은 졸음 — 매번 반복되는데도 여전히 쫓아 버릴 수가 없는 — 이 몰려왔다. 그리고 나는, 그녀가 다녀갈 때면 늘 그러듯, 온몸에서 진한 니베아 냄새를 풍기며 잠에서 깼다.

나는 옹키루카에게 네 엄마가 건기에는 매주, 우기에는 그보다 가끔씩 찾아온다고 말하고 싶은 충동을 자주 느낀다. 하지만 내가 그런 말을 한다면 그 애에겐 마침내 여기 와서 나를 미국으로 끌고 갈 구실이 생길 것이고 그러면 나는 모든 것이 너무 편리해서 재미없는 삶을 살아야만 하게 될 것이다. 우리가 "기회"라 부르는 것으로 더럽혀진 삶. 내게는 맞지 않는 삶. 만약 1967년에 우리가 전쟁에서 이겼다면 어떤 일들이 일어났을지 궁금하다. 어쩌면 우리는 그런 기회들을 해외에서 찾고 있지 않았을지도 모르고, 나는 이보어를 못하는 손자를 걱정하지 않아도 됐을지도 모른다. 그 애는 지난번에 여기 왔을 때 자기가 왜 낯선 사람들에게 "안녕하세요."라고 말해야 하는지 이해하지 못했다. 그 애가 사는 세상에서는 간단한 예의범절에도 이유가 필요하기 때문이다. 하지만 누가 알겠는가? 어쩌면 우리가 이겼더라도 아무것도 달라지지 않았을지도 모른다.

"딸아이는 미국에서 잘 지내나?" 이켄나가 물었다.

"아주 잘 지내네."

"의사라고 했지?"

"그래." 나는 이켄나에게 더 자세히 말해 줘야 마땅하다고 느꼈다. 혹은 아까 내가 한 말 때문에 생긴 어색함이 아직 완전히 사라지지 않았다고 느꼈는지도 모른다. 그래서 나는 이렇게 말했다. "그 애는 코네티컷주의 작은 마을에 살아. 로드아일랜드주에서 가까운 쪽이지. 병원 이사회에서 의사를 구하는 광고를 내서 우리 애가 찾아갔더니 걔가 의사 자격증을 나이지리아에서 땄다는 걸 알자마자 자기들은 외국인을 원하지 않는다고 하더래. 하지만 그 애는 미국 시민이거든. 내가 전쟁 후에 미국으로 가서 버클리에서 강의할 때 그 애가 태어났기 때문에. 그래서 그들은 그 애를 고용할 수밖에 없었지." 나는 킥킥 웃으면서 이켄나도 함께 웃길 바랐다. 하지만 그는 웃지 않았다. 그는 진지한 표정으로 화염목 밑의 사내들을 쳐다보고 있었다.

"아, 그래. 적어도 지금은 우리 때만큼 나쁘진 않군. 1950년대 후반에 **오이보** 나라에서 학교 다니는 게 어땠는지 기억나나?" 그가 물었다.

나는 기억한다는 뜻으로 고개를 끄덕였지만 이켄나와 나의 유학 시절 경험은 똑같을 수가 없었다. 그는 옥스퍼드 졸업생이었고 나는 연합 흑인 대학 기금의 장학금을 받고 미국으로 간 학생들 중 하나였기 때문이다.

"교원 클럽은 껍데기만 예전 그대로더군." 이켄나가 말했다. "오늘 아침에 거기 들렀어."

"난 거기 안 간 지 오래됐네. 은퇴하기 전부터 내가 너무 늙었고 거기 어울리지 않는다고 생각했거든. 신임 교수들은 머저리들이야. 아무도 가르치지 않고 신선한 아이디어도 없지. 하나같이 학내 정치 놀음에만 몰두하고 학생들은 돈이나 몸으로 학점을 산다네."

"정말인가?"

"아, 그럼. 시대가 변했어. 평의원회 모임은 파벌 간 난투극으로 변했지. 끔찍해. 조세팟 우데아나 기억하나?"

"대단한 춤꾼이었지."

나는 잠시 당황했다. 조세팟에 대해 그런 식으로 생각해 본 지가 너무 오래되었기 때문이다. 전쟁 직전까지만 해도 그는 우리 캠퍼스 최고의 춤꾼이었다. "그래그래, 그랬지." 내가 대꾸했다. 나는 이켄나의 기억이, 내가 아직 조세팟을 고결한 사람으로 생각하던 시절에 머물러 있는 데 고마움을 느꼈다. "조세팟은 육 년 동안 부총장 자리에 있었는데 대학을 마치 자기 아버지 양계장 운영하듯 운영했네. 돈이 사라지고 나면 해외 유령 재단의 이름이 박힌 새 차들이 나타나곤 했지. 이 사건을 법정으로 가져간 사람들도 있었지만 결국엔 아무런 성과도 얻지 못했어. 그는 승진시킬 사람과 누락시킬 사람을 독단으로 결정했네. 한마디로 일인 위원회처럼 굴었지. 현 부총장은 아직까지도 그를 충성스럽게 섬기고 있어. 나는 정년퇴직한 후로 한 번도 연금을 받지 못했네. 지금도 재무과에서 오는 길이야."

"그런데 왜 아무도 조치를 취하지 않나? 왜?" 이켄나가 물었다. 아주 잠깐이었지만 옛날의 이켄나가 거기 있었다. 그 목소리 속에, 분노 속에. 그리고 나는 이 친구가 참 용맹한 사람이라는 사실을 떠올렸다. 어쩌면 그는 가까운 나무로 걸어가서 줄기를 주먹으로 칠지도 몰랐다.

"뭐—나는 어깨를 으쓱했다.—많은 교수들이 출생일을 바꾸고 있네. 인사과에 찾아가서 뇌물을 주고 생년을 오 년 늦추지.

아무도 정년퇴직하고 싶어 하지 않아."

"그건 옳지 않아. 절대 옳지 않다고."

"온 나라가 다 그래. 정말로. 여기뿐만이 아닐세." 나는 유감스럽게도 불가피한 상황이라고 말하듯 천천히 고개를 가로저어 보였다. 그것은 우리 부족이 이런 유의 일을 언급할 때 쓰는, 오랜 세월에 걸쳐 완성한 동작이었다.

"그래, 어디서나 도덕이 타락하고 있지. 방금 신문에서 가짜 약 기사를 읽었네." 이켄나가 말했다. 그 순간 나는, 그가 가짜 약 얘기를 꺼내다니 그것참 편리한 우연의 일치라고 생각했다. 유통 기한이 지난 약을 파는 것은 요즘 우리 나라에 가장 만연한 문제였으므로, 만약 에베레가 그렇게 죽지 않았다면, 나는 이것을 자연스러운 대화 전개로 생각했을 것이다. 하지만 나는 의심했다. 어쩌면 이켄나는 에베레가 입원해 있는 동안 점점 더 쇠약해졌다는 얘기를, 투약을 했는데도 상태가 호전되지 않아 주치의가 이상하게 생각했다는 얘기를, 내가 제정신이 아니었다는 얘기를, 이미 늦어 버린 후에야 약이 효과가 없음을 알아차렸다는 얘기를 어디서 들었는지도 몰랐다. 어쩌면 이켄나는 내가 이 모든 얘기를 하도록, 이미 살짝 엿보인 광기를 조금 더 내보이도록 유도하려는 건지도 몰랐다.

"가짜 약은 끔찍해." 나는 이 이상 말하지 않기로 결심하고 심각한 어조로 말했다. 하지만 내가 이켄나의 심중을 잘못 읽은 것인지 그는 그 주제에 대해 계속 얘기할 생각이 없었다. 그는 화염목 밑의 사내들을 다시 한번 쓱 쳐다보더니 내게 물었다. "그래, 요즘은 어떻게 지내나?" 그는 정말로 내가 여기서 어떤 종류의 삶을 사는지 궁금한 듯했다. 홀로, 이제는 예전 모습의 시든 껍데기만 남은 대학 캠퍼스에서, 영원히 나오지 않을 연금을 기다리면서. 나는 미소를 지으며, 쉬고 있다고 말했다. 원래 은퇴하면 쉬는 거 아닌가? 은퇴가 이보어로 '노년의 휴식' 아니던가?

나는 가끔씩 오랜 친구인 마두에웨 교수의 집에 들른다. 또 망고나무로 경계를 두른, 빛바랜 자유 광장을 가로질러 산책도 한다. 혹은 이케지아니로를 따라 걷기도 하는데 그 길을 과속으로 달리는 학생들의 오토바이는 도로의 웅덩이를 피하려다 아슬아슬하게 서로 스쳐 지나갈 때도 잦다. 우기가 되면 비에 흙이 떠내려가서 새로 파인 도랑을 발견할 때 대단한 성취감이 밀려드는 것을 느낀다. 나는 신문을 읽는다. 식사도 잘한다. 가사 도우미 해리슨이 일주일에 다섯 번 오는데 그가 끓인 **오누그부** 수프는 세계 최고다. 나는 딸과 자주 통화한다. 이 주에 한 번씩 전화가 불통이 되면 빨리 복구하기 위해 나이지리아 통신(NITEL)에 허겁지겁 달려가서 직원에게 뇌물을 준다. 나는 지저분하고 먼지 날리는 서재에서 아주 오래된 학술지를 발굴한다. 그리고 이제레 교수의 집에서 우리 집이 보이지 않도록 가려 주는 인도 멀구슬나무의 향기를 깊이 들이마신다. 그 향기에 무슨 치료 효과가 있다고 하는데 뭘 치료한다고 했는지 이제는 가물가물하다. 나는 성당에 가지 않는다. 에베레가 처음 다녀간 뒤로 발을 끊었다. 우리를 종교로 이끄는 것은 사후에 대한 불안감인데 에베레가 나타나면서 내 의문이 사라졌기 때문이다. 그래서 이제는 일요일마다 베란다에 앉아 독수리들이 지붕 위에 내려앉는 모습을 바라보면서, 그들이 아래를 내려다보며 의아해하겠거니 생각한다.

"그런 생활이 좋으세요, 아빠?" 응키루카는 요즘 나랑 통화할 때 은근히 귀에 거슬리는 미국식 악센트로 이렇게 묻는 데 맛을 들였다. 그건 좋고 나쁘고의 문제가 아니야. 그냥 내 삶일 뿐이지. 나는 딸에게 그렇게 말한다. 중요한 건 그것뿐이다.

먼지바람이 한 번 더 일어서 우리 둘 다 눈을 보호하려고 깜박일 때 나는 이켄나에게 우리 집에 가서 편하게 앉아 이야기를 나누자고 하고 싶어졌다. 하지만 그는 지금 에누구에 가는 길이라고 말했다. 내가 나중에라도 오라고 하자 그는 알겠다는 뜻의 모호한 손짓을 해 보였다. 하지만 나는 그가 오지 않으리란 걸 알았다. 그를 다시 보는 일은 없을 것이다. 나는 그 바싹 마른 괴짜가 걸어가는 뒷모습을 가만히 쳐다보았다. 그리고 차를 몰고 집으로 돌아오면서 전쟁 전의 좋은 시절에 교원 클럽에 출입하던 우리 모두가 살 수도 있었을 삶과 실제로 살았던 삶에 대해 생각했다. 나는 천천히 운전했다. 도로의 질서를 깡그리 무시하는 폭주족도 있고 내 시력도 예전 같지 않기 때문이다.

나는 지난주에 벤츠를 후진시키다가 살짝 긁었다. 그래서 오늘 차고에 집어넣을 때는 아주 조심했다. 내 차는 이십삼 년이나 되었지만 아직도 잘 굴러간다. 나는 이 차가 독일 — 내가 과학원상을 받으러 갔다가 차를 구입한 — 에서 처음 도착했을 때 응키루카가 얼마나 좋아했는지 기억한다. 그것이 당시 최신 모델이었음을 나는 모르고 샀지만 응키루카의 친구들은 십 대 아이들이라 잘 알았다. 그 애들은 다 같이 속도계를 구경하러 와서 계기판 윗부분을 만져 봐도 되냐고 물었다. 물론 지금은 누구나 벤츠를 몬다. 사람들은 베냉 최대의 도시인 코토누에서 백미러나 헤드라이트가 없는 중고를 산다. 에베레는 그런 차들을 비웃곤 했다. 우리 차는 오래됐지만 사람들이 안전벨트도 없이 몰고 다니는 그런 **투케 투케**[24]보다 훨씬 좋다고. 그녀의 유머 감각은 지금도 여전하다. 집에 와 있을 때 그녀는 가끔씩 손가락으로 내 고환을 어루만지며 간질이곤 한다. 전립선 약 때문에 거기가 둔해졌다는 건 그녀도 잘 안다. 그저 나를 놀리려고, 특유의 장난기 어린 웃음을 웃으려고 그러는 것이다. 에베레의 매장지에서 우리 손자가 「계속 웃으세요, 할머니」라는 자작시를 낭송했을 때 나는 참 완벽한 제목이라고 생각했고 그 어린애다운 문장을 듣다가 거의 울 뻔했다. 응키루카가 대부분 써 준 것 같다는 의심이 들었는데도 말이다.

　나는 차에서 내려 집으로 걸어가면서 정원을 둘러봤다. 해리슨이 정원도 조금 돌보는데 지금 같은 건기에는 주로 물만 주는 편이다. 장미 덤불은 줄기만 남았지만 튼튼한 체리 덤불은 그래도 탁한 녹색을 띠었다. 나는 텔레비전을 켰다. 전자 공학을 전공하고 있는 영특한 젊은이인, 오타그부 박사의 아들이 지난주에 와서 고쳐 주고 갔는데도 화면에서는 여전히 비가 내렸다. 지난번 폭풍우 이후로 위성 채널이 나가 버렸지만 난 아직 그걸 고쳐 달라고 말하러 위성 방송 회사에 찾아가지 않았다. BBC나 CNN 없이도 몇 주는 버틸 수 있고 나이지리아 방송(NTA)의 프로그램도 꽤 괜찮다. 며칠 전 가짜 약을 수입한 혐의로 기소된 사내의 인터뷰를 방송한 것도 NTA였다. 이번에는 장티푸스 약이었다. "제 약은 사

24　나이지리아의 버스는 단포 혹은 투케 두게(미니밴)와 몬루에(그보다 큰 노란 버스)로 나뉘는데 난폭 운전과 바가지요금, 노후된 차량으로 유명하다.

람들을 죽이지 않습니다." 그는 대중에게 호소하듯 눈을 크게 뜨고 카메라를 정면으로 쳐다보면서 순순한 태도로 말했다. "단지 병을 고치지 않을 뿐이지요." 나는 그 남자의 두꺼운 입술을 더 이상 쳐다보고 있을 수가 없어서 텔레비전을 껐다. 하지만 화가 나지는 않았다. 만약 에베레가 찾아오지 않았다면 무지막지하게 화가 났을 것이다. 나는 그저 그가 다시 풀려나 중국이나 인도 같은 곳에 가서, 사람들을 죽이지는 않지만 병마가 그들을 확실하게 죽이게끔 하는 유통 기한 지난 약들을 또 사 오지 못하게 되기만을 바랐다.

나는 전쟁 후의 그 오랜 세월 동안 이켄나 오코로가 죽지 않았다는 사실이 왜 알려지지 않았을까 생각했다. 사실, 죽은 줄 알았던 사람이 1970년 1월로부터 몇 달, 심지어는 몇 년 후에 자기 집 앞마당으로 걸어 들어왔다는 이야기는 종종 들었다. 불신과 희망 사이에서 어쩔 줄 몰랐던 가족들이 그 지친 사람에게 던졌을 모래의 양은 그저 상상만 할 수 있을 뿐이다. 하지만 우리는 전쟁에 대해서는 거의 이야기하지 않았다. 얘기를 하더라도 아주 모호하게만 했다. 마치 우리가 진흙탕 방공호 속에 숨어 있다가 공습이 끝나면 분홍색이 점점이 보이는 숯덩이 시체들을 묻었던 것, 카사바 껍질을 먹었던 것, 아이들의 배가 영양실조로 부풀어 올랐던 것은 중요치 않고 그저 우리가 살아남았다는 사실만이 중요한 것처럼. 그것은 비아프라 생존자들 간의 암묵적 합의였다. 첫애 이름을 지크로 지을 때는 몇 달 동안 왈가왈부했던 에베레와 나도 '앞날이 더 낫다.'라는 뜻의 웅키루카에는 금방 합의했다.

나는 지금 서재에 앉아 있다. 한때 학생들의 보고서에 점수를 매기고 웅키루카의 중등학교 수학 숙제를 도와줬던 곳. 안락의자의 가죽은 해어졌다. 책꽂이 위쪽의 파스텔색 페인트는 벗겨지고 있다. 전화기는 책상 위의 두꺼운 전화번호부 위에 놓여 있다. 어쩌면 전화벨이 울리고 웅키루카가 우리 손자 얘기를, 그 애가 오늘 학교에서 얼마나 잘했는지를 얘기할지도 모른다. 나는 미국인 선생들이 신중하지 못하고 너무 쉽게 A를 준다고 생각하지만 그래도 그 얘기를 들으면 미소 지을 것이다. 만약에 전화가 한동안 울리지 않으면 나는 목욕을 하고 잠자리에 들 것이다. 그리고 침실의 고요한 어둠 속에 누워서 귀를 쫑긋 세우고 문이 열렸다 닫히는 소리가 나길 기다릴 것이다.

지난주 월요일에

지난주 월요일부터 카마라는 거울 앞에 오랫동안 서 있기 시작했다. 몸을 왼쪽 오른쪽으로 틀면서 자신의 불룩한 배를 들여다보며 그것이 책 표지처럼 편편한 모습을 상상했고, 그다음엔 눈을 감고 트레이시가 물감에 물든 손가락으로 그곳을 어루만지는 상상을 하곤 했다. 그녀는 지금도 변기 물을 내린 뒤에 욕실 거울 앞에서 그렇게 했다.

밖으로 나와 보니 욕실 문 앞에 조시가 서 있었다. 트레이시의 일곱 살배기 아들. 그 애는 자기 엄마처럼 눈썹이 두껍고 곧았다. 마치 누가 그 애의 눈 위에 직선 두 개를 그려 놓은 것처럼.

"쉬야 했어요, 응가 했어요?" 조시가 아기 말투를 흉내 내며 물었다.

"쉬야." 그녀는 부엌으로 걸어갔다. 회색 베니션 블라인드가 조리대 위에 네모난 그림자 조각들을 던지는 곳, 그들이 오후 내내 읽기 대회 연습을 한 곳. "시금치즙은 다 마셨니?" 그녀가 물었다.

"네." 조시는 그녀를 쳐다보고 있었다. 그 애는 알았다. 알아야만 했다. 그녀가 녹색 주스 잔을 자신에게 건네줄 때마다 욕실에 가는 이유는 오직 그걸 버릴 기회를 주기 위해서라는 것을. 이 의식은 조시가 처음으로 시금치즙을 맛보고, 얼굴을 찌푸리고, "웩. 이거 싫어요."라고 말한 날부터 시작됐다.

"아빠가 매일 저녁밥 먹기 전에 마셔야 한댔어." 카마라가 말했다. "반 잔밖에 안 되니까 일 분이면 쏟아 버릴 수 있을 거야." 그녀는 이렇게 덧붙이고 돌아서서 욕실로 갔다. 그뿐이었다. 그녀가 나왔을 때 유리잔은 지금처럼 빈 채로 개수대 옆에 놓여 있었다.

"자, 이제 저녁만 먹으면 준비 완료 되는 거다. 아빠가 오시자마자 제이니 브레이니[25]에 갈 수 있게, 그렇지?" 그녀가 말했다. "준비 완료" 같은 미국식 표현은 여전히 말하기 어색했지만 그래도 조시를 위해 썼다.

"네." 조시가 말했다.

"필래프랑 뭘 같이 먹고 싶니? 생선 필레? 아니면 닭고기?"

"닭고기요."

그녀는 냉장고를 열었다. 맨 위 칸은 유기농 시금치즙이 든 플라스틱 병으로 가득했다. 이 주 전에 닐이 『아이들을 위한 허브 음료』를 읽고 있을 때는 허브차 캔이 그곳을 차지하고 있었다. 그리고 그 전에는 두유가 있었고, 그 전에는 뼈 성장에 좋다는 단백질 음료가 있었다. 시금치즙도 곧 사라지리라는 걸 카마라는 알았다. 오늘 오후에 출근했을 때 제일 먼저 알아챈 것이 『녹즙 만들기 완

---

25 미국의 대표적인 장난감 전문점.

전 정복』이 더 이상 조리대 위에 없다는 사실이었기 때문이다. 닐이 주말 동안 서랍에 넣어 버렸음이 분명했다.

카마라는 유기농 닭 가슴살을 꺼냈다. "소파에 누워서 영화나 보지 그러니, 조시?" 그녀가 말했다. 아이는 부엌에 앉아서 그녀가 요리하는 모습을 보고 싶어 했지만 무척 피곤해 보였다. 다른 네 명의 결승 진출자들도 아마 조시만큼 피곤할 것이다. 익숙지 않은 긴 단어들을 발음하느라 입도 아플 테고 내일 대회 생각에 몸도 바짝 긴장했을 것이다.

카마라는 조시가 「러그래츠」 DVD를 플레이어에 집어넣고 소파에 앉는 것을 쳐다보았다. 올리브색 피부와 곱슬머리를 가진 호리호리한 아이. 나이지리아에서는 그런 애들을 "혼혈"이라고 불렀는데 그 단어는 자동적으로 멋있는 아이, 옅은 피부색과 잘생긴 외모, 백인 조부모를 방문하기 위한 해외여행을 뜻했다. 카마라는 예전엔 혼혈아들의 매력에 불만을 품었다. 하지만 미국에서 "혼혈"은 나쁜 말이었다. 카마라는 《필라델피아 시티 페이퍼》에서 "넉넉한 보수, 대중교통 편리, 자가용 필요 없음."이라는 보모 구인 광고를 보고 전화했을 때 이 사실을 알게 됐다. 닐은 그녀가 나이지리아인이라는 말에 놀란 듯했다.

"영어를 잘하시네요." 그가 말했다. 그녀는 마치 영어가 자신의 소유물이라도 되는 양 놀라는 그의 태도에 기분이 나빴다. 그리고 그것 때문에, 토베치가 얘기하지 말라고 했음에도 불구하고, 자기가 석사 학위 소지자라고 닐에게 말했다. 자신은 남편과 함께 살기 위해 얼마 전 미국에 왔으며 영주권 수속이 완료되어 제대로 된 취업 비자를 받을 수 있을 때까지 기다리는 동안 용돈이나 벌려고 전화한 거란 말도 덧붙였다.

"저는 조시의 학기가 끝날 때까지 있어 주실 수 있는 분을 원하는데요." 닐이 말했다.

"문제없어요." 카마라가 재빨리 대답했다. 석사 학위가 있다는 말은 정말 괜히 했다는 생각이 들었다.

"혹시 조시에게 나이지리아 말을 가르쳐 주실 수 있나요? 그 애는 지금도 일주일에 두 번씩 방과 후에 프랑스어를 배우고 있어요. 조시는 템플 베스 힐렐의 영재반에 다녀요. 거기엔 네 살짜리들을 위한 입학시험이 있거든요. 애가 굉장히 조용하고 순하고 똑똑해요. 하지만 유치원이나 동네에 다른 이(二)인종 아이가 없어서 걱정이에요."

"이인종요?" 카마라가 물었다.

닐이 헛기침을 했다. "제 아내는 아프리카계 미국인이고 저는 백인, 유대인이에요."

"아, 혼혈아란 말이군요."

잠시 침묵이 흐른 뒤에 닐이 목소리를 깔면서 말했다. "그 단어는 사용하지 마세요."

그의 말투 때문에 카마라는 "죄송해요."라고 말했지만 자기가 무엇 때문에 사과하는지 알 수 없었다. 또 그 말투 때문에 일자리를 얻긴 글렀다고 확신했으므로 그가 주소를 알려 주면서 내일 볼 수 있겠냐고 물었을 때 깜짝 놀랐다. 그는 키가 크고 턱이 길었다. 그리고 말하는 품에 뭔가 부드럽고 달래는 듯한 면이 있었는데 그것은 아마 그가 변호사이기 때문이리라고 그녀는 추측했다. 그는 부엌에서 면접을 봤다. 조리대에 기대서 그녀의 출신과 나이지리아에서의 삶에 관해 물었고 조시가 유대인과 아프리카계 미국인이라는 자신의 뿌리를 둘 다 알도록 키우고 있다고 말했다. 그리고 그 말을 하는 동안 전화기에 붙어 있는 은색 '총기 반대' 스티커를 계속 문질러 댔다. 카마라는 애 엄마는 어디 있나 궁금했다. 어쩌면 닐이 그녀를 죽여서 여행 가방 안에 넣어 놨는지도 몰랐다. 카마라는 지난 몇 달 동안 법률 TV를 보면서 지냈고 미국인들이 얼마나 미치광이인지 알게 됐다. 하지만 닐이 말하는 걸 듣고 있을수록 그가 개미 한 마리 죽이지 못할 위인임을 확신하게 됐다. 그녀는 그의 내면에 유약함과 걱정 꾸러미가 있음을 간파했다. 그는 조시가 다른 애들과 다르다는 사실 때문에 유치원에서 힘들어하는 것 같아서, 조시가 불행할까 봐, 자기가 많이 못 놀아 줘서, 조시가 외아들이라서, 나중에 머리가 굵어지면 어린 시절에 불만을 갖게 될까 봐, 조시가 우울증에 걸릴까 봐 걱정이라고 말했다. 중간쯤에 카마라는 말허리를 자르고 묻고 싶었다. "왜 아직 일어나지도 않은 일을 걱정하세요?" 하지만 그녀는 자기가 고용됐는지 확신할 수 없었기 때문에 그러지 않았다. 그가 그녀에게 채용됐다고 말했을 때도 — 방과 후부터 6시 30분까지, 시간당 12달러, 현찰로 지불 — 그녀는 여전히 아무 말도 하지 않았다. 그에게 필요해 보이는 것, 절실하게 필요한 것은 그녀의 경청이었고 그것은 별로 힘들지 않은 일이었기 때문이다.

닐은 자신의 훈육 방법이 이성을 바탕으로 했다고 말했다. 그리고 학대는 훈육이 아니라고 생각하기 때문에 자기는 절대로 조시를 때리지 않을 거라고도 했다. "어떤 행동이 왜 옳지 않은지 조시에게 이해시키면 그 행동을 멈출 거예요." 닐이 말했다.

체벌은 훈육이라고 카마라는 말하고 싶었다. 그리고 학대는 전혀 다른 거라고. 학대는 뉴스에 나오는 미국인들이 하는 짓, 자기 자식의 살을 담뱃불로 지지는 일을 뜻했다. 하지만 그녀는 토베치가 시킨 대로 말했다. "저도 체벌에 대해서는 같은 생각이에요. 그리고 물론 아버님이 허락하시는 훈육 방법만 쓸 거고요."

"조시는 건강식을 먹어요." 닐이 말을 계속했다. "과당 함량이 높은 콘시럽이나 표백 밀가루, 트랜스 지방은 거의 쓰지 않죠. 제가 적어 드릴게요."

"네." 그녀는 방금 그가 말한 것들이 무엇인지 알지 못했다.

떠나기 직전에 그녀는 이렇게 물었다. "어머님은요?"

"트레이시는 화가예요. 요즘은 지하실에서 많은 시간을 보내죠. 대작을 의뢰받아 그리고 있거든요. 그런데 마감이 있어서……." 그가 말끝을 흐렸다.

"아." 카마라는 어리둥절해서 그를 쳐다보았다. 그가 한 말 중에 그녀가 당연히 이해했어야 하는데 너무 미국적이어서 이해 못한 게 있나, 애 엄마가 왜 함께 면접을 보지 않았는지 설명해 주는 뭔가가 있었나 생각했다.

"조시가 지하실에 내려가는 게 금지돼 있으니까 당신도 내려가면 안 돼요. 문제가 있으면 나한테 전화하세요. 번호는 냉장고에 붙여 놨어요. 트레이시는 저녁이 되기 전에는 올라오지 않아요. 수프와 샌드위치가 매일 배달되니까 아래층에만 있어도 부족한 게 없거든요." 닐이 말을 멈췄다. "어떤 이유로도 그녀를 귀찮게 하면 안 된다는 거 명심하세요."

"저는 누구를 귀찮게 하러 온 게 아니에요." 카마라가 조금 차

갑게 말했다. 그가 갑자기 나이지리아 사람들이 가정부에게 쓰는 말투로 자기한테 말하는 것 같았기 때문이다. 남의 애 뒤나 닦아 주는, 이런 천한 일을 하라는 토베치의 말에 넘어가지 말았어야 했다. 메인 라인[26]에 사는 백인 부자들은 돈을 어떻게 써야 좋을지를 모른다는 그의 말을 듣지 말았어야 했다. 하지만 상처받은 자존심을 달래며 기차역으로 걸어가는 동안에도 그녀는 이미 자기가 토베치의 설득에 넘어간 것이 아님을 알고 있었다. 그녀는 일을 원했다. 어떤 일이든 상관없었다. 그녀에게는 매일 아파트에서 나올 구실이 필요했다.

그로부터 석 달이 지났다. 조시를 돌본 지 석 달. 닐의 넋두리를 들어 준 지, 과보호에 가까운 지시를 따른 지, 그에게 안쓰러운 마음이 생기기 시작한 지 석 달. 트레이시를 못 본 지 석 달. 처음에는 긴 드레드록 머리와 땅콩버터색 피부를 가진, 서재 선반 위의 결혼사진 속에 맨발로 서 있는 여인의 정체가 궁금했다. 카마라는 트레이시가 지하실에서 나오긴 하는지, 나오면 언제 나오는지 알고 싶었다. 가끔씩 밑에서 소리가 들려오기도 했다. 문이 쾅 닫히는 소리나 희미한 클래식 선율이. 그녀는 트레이시가 자기 애를 보기는 하는지 궁금했다. 한번은 조시를 꼬드겨서 엄마 얘기를 들어 보려고 했더니 "엄마는 일하느라 아주 바빠요. 우리가 귀찮게 굴면 화낼 거예요."라는 대답이 돌아왔다. 아이가 세심하게 무표정한 얼굴을 하고 있어서 그녀는 더 물어보려다 말았다. 카마라

---

26 필라델피아의 부촌. 펜실베이니아 철도의 메인 라인(본선)을 중심으로 형성된 지역이라서 이런 이름이 붙었다.

는 아이의 숙제를 도와주었고, 함께 카드놀이를 했고, 함께 DVD를 보았고, 어렸을 때 잡던 귀뚜라미 얘기를 들려줬고, 아이가 열심히 즐겁게 듣는 모습에 자신도 기쁨을 느꼈다. 트레이시의 존재는 점점 미미해졌다. 카마라가 나이지리아에 있는 어머니한테 전화할 때 수화기에서 들리는 잡음 같은 무의미한 배경이 되었다. 지난주 월요일 전까지만 해도 그랬다.

그날 조시는 욕실에 있었고 카마라는 부엌 식탁에 앉아서 조시의 숙제를 봐주다가 뒤에서 무슨 소리가 나는 것을 들었다. 조시라 생각하고 뒤돌아봤는데 트레이시가 나타났다. 몸매가 드러나는 레깅스와 딱 달라붙는 스웨터 차림으로 미소를 띤 채 곁눈질을 하며, 물감에 물든 손가락으로 긴 드레드록 머리를 쓸어 넘기면서. 이상한 순간이었다. 그녀와 눈이 마주치자 카마라는 갑자기 살을 빼고 다시 화장을 하고 싶어졌다. 너랑 같은 여자라고? 너랑 같은 게 달린? 친구 친웨가 들었다면 아마 그렇게 말했을 것이다. **투피아!** 그런 멍청한 소리가 어디 있어? 카마라도 지난주 월요일부터 스스로에게 그렇게 말해 왔다. 튀긴 플랜틴[27]을 끊고, 사우스가에 있는 세네갈 미용실에서 머리를 땋고, 화장품 가게에서 셀 수 없이 많은 마스카라를 비교 분석 하는 동안에도 그렇게 되뇌었다. 하지만 그렇게 곱씹는다고 달라지는 건 없었다. 그날 오후 부엌에서 있었던 일이 그녀에게 터무니없는 희망을 꽃피웠기 때문에, 트레이시가 언젠가 다시 위층에 올라오리라는 기대감이 그녀의 삶을 이끄는 원동력이 되었기 때문에.

---

27 바나나의 일종이지만 반드시 불에 익혀 먹는다.

카마라는 닭 가슴살을 오븐에 집어넣었다. 닐은 제시간에 오지 못하는 날엔 시간당 3달러씩 더 줬고, 그 대신 그녀는 조시의 저녁을 요리했다. '저녁을 요리한다.'는 말이 굉장히 어려운 일처럼 들린다는 점이 그녀는 좋았다. 사실 그것은 상자를 열고, 봉지를 뜯고, 음식을 오븐과 전자레인지에 집어넣는, 군더더기 없는 단순 동작의 연속이었기 때문이다. 닐은 그녀가 나이지리아에서 쓰던, 시커먼 연기가 뭉게뭉게 솟아나는 등유 풍로를 봤어야 했다. 오븐이 삑삑 소리를 냈다. 그녀는 조시의 접시에 담긴 밥 주위에 닭고기를 늘어놨다.

"조시." 그녀가 불렀다. "저녁 다 됐다. 후식은 요구르트 아이스크림 먹을래?"

"네." 조시가 씩 웃자 그녀는 아이의 입술 모양이 트레이시와 똑같이 생겼다고 생각했다. 그리고 다음 순간, 조리대 귀퉁이에 발가락을 부딪쳤다. 지난주 월요일 이후로 그녀는 너무 자주 여기저기에 부딪쳤다.

"괜찮아요?" 조시가 물었다.

그녀는 발가락을 문질렀다. "괜찮아."

"잠깐만요." 조시가 바닥에 무릎을 꿇더니 그녀의 발에 입을 맞췄다. "됐어요. 이제 안 아플 거예요."

그녀는 자기 앞에 수그린 작은 머리와 속수무책으로 꼬불꼬불한 곱슬머리를 내려다보고는 아이를 꼭 안아 주고 싶다고 느꼈다. "고맙다, 조시."

전화벨이 울렸다. 닐의 전화가 틀림없었다.

"안녕, 카마라. 별일 없어요?"

"아무 일 없어요."

"조시는 어때요? 내일 시합 걱정된대요? 긴장했나요?"

"괜찮아요. 방금 연습 마쳤어요."

"잘됐네요." 침묵. "잠깐 전화 좀 바꿔 줄래요?"

"지금 화장실에 있어요." 카마라는 목소리를 낮추고, 서재에서 DVD 플레이어를 끄고 있는 조시를 쳐다봤다.

"알았어요. 그럼 좀 이따 봐요. 방금 마지막 의뢰인을 사무실 밖으로 밀어내다시피 했어요. 법정까지 안 가고 겨우 남편과 합의하게 해 줬더니 너무 오래 눌러앉아 있더라고요." 그가 짧게 웃었다.

"알았어요, 그럼." 카마라는 수화기를 내려놓으려다가 닐이 아직 끊지 않았음을 알아차렸다.

"카마라?"

"네?"

"저는 내일이 조금 걱정돼요. 조시 나이에 그런 대회에 나가도 괜찮은지 잘 모르겠어요."

카마라는 수돗물을 틀어서 개수대 바닥에 남아 있던 녹색 액체를 흘려보냈다. "괜찮을 거예요."

"제이니 브레이니에 가는 동안에라도 대회 생각을 안 하면 좋을 텐데."

"괜찮을 거예요." 카마라는 똑같은 말을 반복했다.

"제이니 브레이니에 같이 가 줄래요? 집에는 내가 태워다 줄게요."

카마라는 그냥 집에 가는 게 좋겠다고 말했다. 그녀는 자기가 왜 조시가 화장실에 있다고 거짓말했는지 알 수가 없었다. 말이 그냥 술술 흘러나왔다. 예전 같았으면 닐과 수다도 떨고 장난감 가게에도 같이 갔을 것이다. 하지만 이제는 닐과 그렇게 친근하게 어울리고 싶지가 않았다.

그녀는 여전히 수화기를 들고 있었다. 삑삑 소리가 나기 시작했다. 그녀는 얼마 전 닐이 전화기 본체에 붙인 '우리 천사들을 보호합시다.' 스티커를 어루만졌다. 그 스티커를 붙이기 전날 그는 인터넷에서 최근 그 동네에 이사 온 소아 성애자의 사진을 봤는데 UPS 배달부와 똑같이 생겼다며 광분해서 전화를 했다. 조시 어디 있어요? 조시 어디 있어요? 닐은 마치 조시가 집 안 어딘가가 아닌 다른 곳에 있기라도 한 것처럼 그렇게 물었다. 카마라는 그를 측은해하며 전화를 끊었다. 그녀는 미국인의 육아란 끝없는 걱정의 연속이며 그 원인은 넘치는 음식임을 알게 되었다. 터질 것 같은 배 때문에 미국인들은 자기 자식이 방금 뉴스에 나온 희귀병에 걸렸을지도 모른다고 걱정할 시간을 갖게 됐다. 그리고 자식을 실망과 욕구와 실패로부터 보호할 권리가 자신에게 있다고 생각하게 됐다. 터질 것 같은 배 때문에 미국인들은 스스로를 좋은 부모라고 칭송할 사치를 누리게 됐다. 자기 자식을 돌보는 것이 당연한 일이 아닌, 특별한 일이기라도 한 것처럼. 예전에 카마라는 여자들이 텔레비전에 나와서 자기가 자식들을 얼마나 사랑하는지, 그들을 위해 뭘 희생했는지 얘기하는 것을 좋아했다. 그런데 지금은 짜증이 났다. 자신의 생리는 다달이 부득부득 시작되고 있는데 매니큐어 칠한 여자들이 아무런 노력도 없이 아이 엄마가 되고 "올바른 양육" 같은 산뜻한 표현을 입에 올리는 걸 보면 분통이 터졌다.

그녀는 수화기를 내려놓은 다음 얼마나 잘 떨어지나 보려고 검은색 스티커를 잡아당겨 봤다. 닐과 면접을 봤을 때 전화기에 붙어 있었던 '총기 반대' 스티커는 은색이었다. 그날 그녀가 집에 와서 토베치에게 제일 먼저 했던 얘기는, 닐이 무슨 의식이라도 치르듯 스티커를 계속 문질러 대는 게 정말로 이상해 보였다는 말이었다. 하지만 토베치는 스티커엔 관심이 없었다. 그는 집에 관해, 그녀가 알 수 없는 구체적인 사실들을 물었다. 식민지 시대 양식이야? 얼마나 오래됐어? 그런 질문을 하는 동안 그의 눈은 눈물 어린 꿈으로 빛났다. "우리도 언젠가는 아드모어나 메인 라인의 다른 동네에 있는 그런 집에서 살게 될 거야." 그가 말했다.

그녀는 아무 말도 하지 않았다. 그녀에게 중요한 것은 그들이 어디에 사느냐가 아니라 변해 버린 그들의 모습이었기 때문이다.

그들은 은수카의 대학교에서 만났다. 둘 다 졸업반이었고 그는 공학도, 그녀는 화학도였다. 그는 조용하고, 책벌레고, 왜소하고, 부모들이 "전도유망하다"고 하는 유의 청년이었다. 하지만 카마라가 끌렸던 점은 늘 감탄하며 그녀를 바라보는 그의 눈빛이었다. 그 눈빛은 그녀의 자신감을 북돋아 줬다. 한 달 후 그녀는 그의 방으로 이사 들어갔다. 그는 캠퍼스 가로수 길에 있는 남자 기숙사에서 살고 있었다. 그들은 어디든 함께 갔다. 오카다를 탈 때도 카마라가 토베치와 운전사 사이에 끼어 앉았다. 그들은 벽이 더러운 욕실에서 함께 양동이로 목욕을 했고 마당에 작은 풍로를 놓고 요리를 했다. 그의 친구들이 그들을 "한 쌍의 바퀴벌레"라고 부르기 시작했을 때 그는 그들이 뭘 모른다는 듯 씩 웃었다. 결혼식은 두 사람이 청년 봉사단[28] 복무를 마친 직후에 열렸는데 목회자인 숙부가 갑자기 토베치가 미국 비자를 받을 수 있도록 도와주겠다고 하는 바람에 허겁지겁 치러졌다. 복음주의 교회 선교단 회의차 미국에 가는 일행 명단에 그의 이름을 넣어 주겠다는 것이었다. 미국에 가면 고생길이 훤하다는 건 두 사람 다 잘 알았다. 열심히 일할 각오가 돼 있는 사람만이 그곳에서 성공할 수 있었다. 토베치는 미국에 가서 일자리를 얻고 이 년 동안 일해서 영주권을 받은 다음 그녀를 초청하기로 했다. 하지만 이 년이 지나고 사 년이 지나도 그녀는 에누구의 중등학교에서 교사로 일하고 있었고, 야간 대학원에서 석사 과정을 듣고 있었으며, 친구네 아이들의 세례식에 참석하고 있었다. 한편 토베치는 필라델피아에서 택시를 몰고 있었다. 나이지리아인 사장은 모든 운전사들을, 취업 비자가 없다는 이유로 착취하고 있었다. 또 일 년이 흘렀다. 토베치는 자신이 원하는 만큼 많은 돈을 보내 줄 수 없었다. 대부분의 돈이 그가 "서류 수속"이라 부르는 데 들어가고 있었기 때문이다. 카마라의 이모들은 점점 더 큰 소리로 속닥거리기 시작했다. 그 녀석은 대체 뭘 기다리고 있는 거야? 제 앞가림 할 능력이 없고 마누라를 데려갈 수 없으면 우리한테 말을 해야 할 거 아냐! 나이 먹는 게 여자한테 얼마나 중요한데! 통화할 때마다 그녀는 그의 목소리에서 피로감을 느꼈다. 그녀는 그를 위로했고 그리워했고 혼자 있을 때

---

28 나이지리아의 고등 교육 기관 졸업자들은 의무적으로 일 년 동안 청년 봉사단에 복무해야 한다. 이들은 거주지에서 먼 지방에 배치되어 다른 부족들의 생활 양식을 배운다.

울곤 했다. 그러다 마침내 그날이 왔다. 그날 토베치는 전화해서 말했다. 지금 자기 앞의 탁자 위에 영주권이 있다고, 그런데 이제 보니 초록색도 아니라고.[29]

카마라는 필라델피아 공항에 도착했을 때 공기에서 나던, 에어컨 특유의 퀴퀴한 냄새를 영원히 잊지 못할 것이다. 그녀가 후원자 칸에 토베치의 이름이 적힌 방문 비자 페이지를 살짝 접어 둔 여권을 여전히 손에 쥔 채로 입국장에 들어서자 전보다 피부색이 옅어지고 살찐 모습으로 웃고 있는 그가 있었다. 육 년 만이었다. 그들은 서로를 꼭 끌어안았다. 차 안에서 그는 자기가 독신자로 서류 수속을 했기 때문에 그들이 미국에서 다시 결혼을 해야 그녀의 영주권을 신청할 수 있다고 말했다. 아파트에 도착하자 그는 신발을 벗었다. 그의 발가락은 부엌의 우유색 리놀륨 바닥 위에서 유독 까매 보였고 거기에 털이 자라 있는 것이 그녀의 눈에 띄었다. 그녀에겐 그의 발가락에 털이 있던 기억이 없었다. 그녀는 그가 말하는 모습을 쳐다보았다. 그는 이보어에 영어를 간간이 섞어 썼는데 영어 발음을 할 때 귀에 거슬리는 미국식 악센트로 말했다. "아이 윌 고." 대신 "아마 고."라고 말하는 것이었다. 전화로 얘기할 때는 그러지 않았었다. 아니면, 그랬는데 그녀가 눈치채지 못했던 걸까? 통화만 하는 것과 실제로 보는 것이 다르고 그녀가 대학 시절의 토베치를 기대했기 때문인 걸까? 그는 추억

---

29 미국에서는 영주권을 흔히 그린 카드라는 별칭으로 부른다.

을 발굴하고 읊어 내려가며 즐거워했다. 비 오는 밤에 **수야**[30] 사 먹었던 날 기억나? 그녀는 기억했다. 그날 폭풍우가 우르릉거렸고, 전구가 깜빡거렸고, 그들은 질척하게 구워진 고기와 생양파를 먹으며 눈물을 흘렸다. 그녀는 다음 날 아침에 일어났을 때 두 사람 다 입에서 지독한 양파 냄새가 났던 것을 기억했다. 그리고 둘의 관계가 아무런 노력 없이도 굉장히 편했던 것을 기억했다. 지금은 둘 사이에 침묵이 흐르면 어색했지만 그녀는 오랫동안 떨어져 있었으니 당연한 거라고, 차차 나아질 거라고 생각했다. 한편 침대에서는 살과 살이 맞부딪는 것밖에 느낄 수 없었다. 그녀는 예전에 어땠는지를 확실하게 기억했다. 그는 조용하고 부드러우면서도 단단했고, 그녀는 시끄러웠고 움켜쥐었고 신음했다. 지금은 두 명의 토베치가 같은 사람인지 의심스러웠다. 이 사람은 너무 열심이고 연극적이었고, 무엇보다 염려스러웠던 건, 그의 얼굴을 후려치고 싶게 만드는 가짜 악센트로 말하기 시작했다는 점이었다. 당신을 갖고 싶어. 당신을 가질 거야. 첫 번째 주말에 그는 필라델피아를 구경시켜 주겠다며 그녀를 데리고 나갔다. 올드시티[31]를 이리저리 걸어 다니다가 그녀가 힘들어하자 그는 잠깐 벤치에 앉아 있으라고 하고는 물을 사러 갔다. 잠시 후 배기 바지와 티셔츠를 입은 그가 오렌지색 태양을 등지고 걸어오는데 잠깐이었지만 그녀는 그를 난생처음 보는 사람으로 착각했다. 그는 버거킹 지배인으로 취

---

30 나이지리아의 꼬치 요리. 쇠고기, 생선 혹은 닭고기를 양념한 뒤 구워서 만든다.

31 필라델피아 시내의 지역 이름. 미국 건국 당시 문화유산이 많이 남아 있어 '국가 지정 사적지'로 등재되어 있다.

직하고 나서부터 퇴근할 때마다 《에센스》 잡지 최신 호, 아프리카 식료품점에서 산 말타나,[32] 초콜릿 같은 작은 선물을 가져왔다. 그들이 참을성 없어 보이는 여자 앞에서 혼인 서약을 하기 위해 법원에 가던 날 그는 넥타이를 매면서 행복한 듯 휘파람을 불었고 그녀는 지독한 슬픔을 품은 채 그를 쳐다보면서 자신도 그와 같은 기쁨을 느끼길 갈구했다. 그녀가 손에 쥐고 싶지만 더 이상 거기에 없는 감정이 있었다.

그가 직장에 가 있는 동안 그녀는 아파트 안을 왔다 갔다 하고, 텔레비전을 보고, 냉장고 안의 음식을 모조리 먹어 치우고, 심지어는 빵을 먹고 난 뒤에 마가린을 숟가락으로 퍼먹기까지 했다. 그러자 어떤 옷을 입어도 허리와 겨드랑이가 꽉 끼었다. 그래서 그녀는 **아바다**[33] 풀치마만 느슨하게 몸에 두르고 매듭을 팔 밑에 숨긴 채 걸어 다니기 시작했다. 그녀는 마침내 토베치와 함께, 마침내 남편과 함께 미국에 있었지만 그녀의 감정 상태는 밋밋하기 짝이 없었다. 그녀가 정말 마음을 터놓고 얘기할 수 있다고 생각하는 사람은 친웨뿐이었다. 친웨는 토베치를 기다리는 게 어리석은 짓이라는 말을 한 번도 하지 않은 친구였기 때문이다. 이곳 침대가 마음에 들지 않는데도 아침에 일어나기가 싫다고 그녀가 말한다면 친웨는 그녀의 혼란스러운 심정을 이해해 줄 것이었다.

그녀가 친웨에게 전화를 걸자 친웨는 여보세요와 **케두**라는 말

---

32 나이지리아 양조 회사에서 생산하는 무알코올성 맥아 음료.

33 아프리카의 수지 가공 면직물. 디체로운 무늬가 돋아 나오게 짠 브로케이드다.

을 끝내기가 무섭게 울기 시작했다. 어떤 여자가 남편의 아이를 가졌는데 친웨는 딸만 둘을 낳았고 그 여자는 아들이 많은 집안 출신이기 때문에 남편이 신붓값을 주고 여자를 데려올 거라는 거였다. 카마라는 친웨를 달래려 애쓰면서 못난 남편이라고 욕을 퍼붓고는 자신의 새로운 생활에 대해서는 한마디도 못 한 채 전화를 끊었다. 다리가 없는 사람한테 신발이 없다고 불평할 수는 없는 노릇이었다.

어머니와 통화할 때는 모든 게 좋다고 말했다. "그럼 이제 곧 꼬맹이가 뛰어다니는 소리를 듣게 되겠구나."라고 어머니가 말했고 그녀는 어머니의 덕담에 호응하기 위해 "이세!"라고 말했다. 그리고 그녀는 행동에 들어갔다. 토베치가 자신의 위에 있는 동안 눈을 감고 임신이 되기를 간절히 바라기 시작했다. 임신이 그녀를 절망에서 벗어나게 해 주지는 못한다 하더라도 최소한 돌봐야 할 존재가 생길 테니까. 토베치는 처음 일 년 동안은 단둘이 있으면서 그간 못다 한 이야기도 하고 둘이 즐겁게 지내길 원했기 때문에 그녀에게 피임약을 가져다주었다. 하지만 그녀는 매일 한 알씩 변기에 버리면서, 어떻게 그는 그녀의 눈에 드리운 회색 구름을, 두 사람 사이를 비집고 들어온 껄끄러움을 못 볼 수가 있을까 생각했다. 그런데 지난주 월요일에 그는 그녀의 변화를 눈치챘다.

"오늘은 기분이 좋아 보이네, 카마라." 그날 저녁 그녀를 껴안으면서 그가 말했다. 그녀의 기분이 좋아서 행복한 듯했다. 그녀는 짜릿한 동시에 미안했다. 그와 공유할 수 없는 사실을 간직하고 있어서, 그와 상관없는 새로운 가능성에 대한 믿음을 불현듯 되찾아서. 그녀는 그에게 트레이시가 1층 부엌에 올라왔었음을,

트레이시가 어떤 종류의 엄마인지 추측하는 걸 포기했을 때 그녀가 나타나서 자신이 얼마나 놀랐는지를 말할 수 없었다.

"안녕, 카마라." 트레이시가 그녀를 향해 다가오며 말했다. "난 트레이시예요." 그녀의 목소리는 나직했고, 여성스러운 몸매는 유연했으며, 스웨터와 손에는 물감이 묻어 있었다.

"아, 안녕하세요." 카마라가 웃으며 말했다. "드디어 만나게 돼서 반가워요, 트레이시."

카마라가 손을 내밀자 트레이시는 그 손을 잡는 대신 성큼 다가와서 카마라의 턱을 잡았다. "치아 교정한 적 있어요?"

"교정요?"

"네."

"아뇨 아뇨."

"치아가 참 고르고 예쁘네요."

여전히 카마라의 턱을 잡고 있는 트레이시의 손이 그녀의 고개를 살짝 뒤로 젖혔다. 카마라는 처음엔 귀염받는 소녀가, 그다음엔 신부가 된 듯한 기분이 들었다. 그녀는 다시 미소를 지어 보였다. 그녀는 자신의 몸과, 트레이시의 눈과, 그 둘 사이의 공간이 비좁다는 것을, 아주아주 비좁다는 사실을 극도로 의식하고 있었다.

"화가 모델 해 본 적 있어요?" 트레이시가 물었다.

"아니…… 아니요."

그때 조시가 부엌에 들어오더니 환한 얼굴로 트레이시에게 뛰어갔다. "엄마!" 트레이시는 조시를 안아 주고 뽀뽀한 다음, 아이의 머리를 헝클어뜨렸다. "일 끝났어요, 엄마?" 조시가 그녀의 손에 대롱대롱 매달렸다.

"아직 아냐, 아가." 그녀는 부엌을 잘 아는 듯했다. 카마라는 트레이시가 유리잔이 어디 있는지도, 정수기를 어떻게 작동하는지도 모를 거라고 생각했었다. "꽉 막혔어. 그래서 잠깐 위층에 올라가야겠구나 생각했지." 그녀는 조시의 머리를 쓰다듬다가 문득 카마라를 쳐다보며 말했다. "목구멍에 뭐가 딱 걸린 느낌 알죠?"

"네." 카마라는 그렇게 대답했지만 사실은 그게 뭔지 몰랐다. 자신의 눈을 뚫어지게 쳐다보는 트레이시의 눈빛을 보고 있으니 갑자기 혀가 퉁퉁 부은 것만 같았다.

"닐이 그러는데 당신이 석사라면서요?" 트레이시가 말했다.

"네."

"멋지네요. 나는 대학이 싫어서 하루라도 빨리 졸업하고 싶었는데!" 그녀가 웃었다. 카마라도 웃었다. 조시도 웃었다. 트레이시는 탁자 위의 우편물을 손가락으로 쓱쓱 넘기더니 봉투 하나를 집어 들고 뜯어 보았다가 다시 제자리에 내려놓았다. 카마라와 조시는 가만히 그녀를 쳐다보고 있었다. 그때 그녀가 돌아섰다. "자, 이제 다시 일하러 가야겠네요. 나중에 또 봐요."

"조시한테 지금 하고 계신 작업을 보여 주지 그러세요?" 카마라가 물었다. 트레이시가 간다고 생각하니 견딜 수가 없었기 때문이다.

트레이시는 그 제안에 잠시 놀란 듯하다가 조시를 내려다보았다. "보고 싶니, 아가?"

"네!"

지하실에 내려가 보니 커다란 그림이 벽에 기대어 있었다.

"예쁘다." 조시가 말했다. "그렇죠, 카마라?"

그녀의 눈에는 밝은색 물감을 아무렇게나 뿌려 놓은 것처럼 보였다. "그래. 아주 멋있구나."

그녀는 그림보다, 트레이시가 거의 살다시피 하는 지하실 자체에 더 관심이 갔다. 푹 꺼진 소파와 어지러운 탁자들과 커피로 얼룩진 머그잔들. 트레이시는 조시를 간질이고 조시는 깔깔대고 있었다. 트레이시가 그녀를 향해 돌아서며 말했다. "미안해요, 너무 지저분해서."

"아뇨, 괜찮아요." 그녀는 트레이시를 위해 청소해 주겠다고 말하고 싶었다. 뭐든 여기 남을 핑계를 대고 싶었다.

"닐이 그러는데 미국에 온 지 얼마 안 됐다면서요? 나이지리아 얘기 듣고 싶네요. 두어 해 전에 가나에 갔었거든요."

"아." 카마라는 배에 힘을 줘서 집어넣었다. "좋으셨어요?"

"많이요. 고국은 제 모든 작품의 영감의 원천이에요." 트레이시는 손으로는 조시를 간질였지만 눈은 카마라에게 고정하고 있었다. "당신은 요루바족인가요?"

"아뇨. 이보족요."

"당신 이름은 무슨 뜻인가요? 제 발음이 맞나요? 카마라?"

"네. 카마라치주오로아니의 애칭이에요. '우리에게 신의 은총이 충만하게 하소서.'라는 뜻이죠."

"아름답네요. 음악 같아요. 카마라, 카마라, 카마라."

카마라는 트레이시가 다시 한번 그 말을 반복하는 상상을, 이번에는 자신의 귀에 대고 속삭이는 상상을 했다. 카마라, 카마라, 카마라. 그녀가 그렇게 말하는 동안 그들의 몸은 이름의 음악에 맞춰 흔들릴 것이었다.

그때 조시는 붓을 들고 뛰어다니고, 트레이시는 그 뒤를 쫓고 있었다. 그들은 카마라 쪽으로 달려오고 있었다. 별안간 트레이시가 우뚝 멈춰 섰다. "이 일이 마음에 들어요, 카마라?"

"네." 카마라는 뜻밖의 질문에 놀랐다. "조시는 착한 아이니까요."

트레이시가 고개를 끄덕였다. 그녀가 또다시 손을 뻗더니 카마라의 얼굴을 살짝 만졌다. 그녀의 눈이 할로겐등 불빛 아래서 번쩍였다.

"나를 위해 옷을 벗어 주겠어요?" 그녀가 거의 숨 쉬듯 부드러운 말투로 물었다. 너무 부드러워서 제대로 들은 건지 확신이 안 설 정도였다. "당신을 그리려고요. 하지만 실제 모습과 비슷하지는 않을 거예요."

카마라는 자신이 제대로 숨 쉬고 있지 않음을 알았다. "아. 모르겠어요." 그녀가 말했다.

"생각해 봐요." 트레이시는 그렇게 말하더니 조시에게 돌아서서 이제 다시 일해야 된다고 했다.

"시금치즙 먹을 시간이다, 조시." 카마라는 지나치게 큰 소리로 이렇게 말하고 나서 1층으로 올라갔다. 좀 더 대담한 말을 할걸, 트레이시가 다시 올라왔으면 하고 생각하면서.

닐은 얼마 전 무설탕 감미료가 암을 유발한다는 새로운 책을 읽고 난 뒤부터 조시에게 초콜릿 부스러기 뿌려 먹는 것을 허락했다. 그래서 차고 문이 열렸을 때 조시는 초콜릿 부스러기를 뿌린 유기농 요구르트 아이스크림을 후식으로 먹고 있었다. 닐은 말쑥한 어두운색 정장 차림이었다. 그는 가죽 가방을 조리대 위에 놓고 카마라에게 인사한 다음, 조시에게 와락 달려들었다. "안녕, 우리 아들!"

"안녕, 아빠." 조시는 아빠에게 뽀뽀를 하고는 닐이 자신의 목에 코를 비벼 대자 웃음을 터뜨렸다.

"카마라랑 읽기 연습한 건 어땠니?"

"괜찮았어요."

"긴장되니? 넌 잘할 거야. 네가 1등 할 거라고 아빠는 확신해. 하지만 네가 1등을 못 해도 상관없단다. 아빠한테는 네가 항상 1등이니까. 이제 제이니 브레이니에 갈 준비 완료 됐니? 재밌을 거야. 우리 귀염둥이가 가는 건 오늘이 처음이구나!"

"네." 조시가 접시를 한쪽으로 밀어 놓더니 책가방을 뒤지기 시작했다.

"학교 숙제는 나중에 봐줄게." 닐이 말했다.

"신발 끈을 못 찾겠어요. 운동장에서 뺐는데." 조시가 가방에서 종이 한 장을 꺼냈다. 더께가 앉은 신발 끈이 거기에 엉겨 붙어 있었고 조시가 그 끈을 떼어 냈다. "아, 이거 봐요! 유치원에서 특별 가족 안식일 카드 만들고 있다고 했던 거 기억나요, 아빠?"

"그게 그거니?"

"네!" 조시는 크레파스로 칠한 종이를 들고 이리저리 흔들어 보였다. 어린아이답지 않게 잘 발달된 그 애의 손에는 카마라, 우리가 한 가족이라서 기뻐요, 샤바트 샬롬이라는 말이 들려 있었다.

"지난주 금요일에 주는 걸 깜빡했어요, 카마라. 그러니까 카마라한테 주려면 내일까지 기다려야 돼요,[34] 알았죠?" 조시가 진지한

---

34 유대교의 안식일인 샤바트는 토요일이다.

얼굴로 말했다.

"그래, 조시." 카마라가 말했다. 그녀는 조시의 접시를 식기세척기에 넣기 위해 물에 헹구고 있었다.

닐이 조시의 카드를 가져갔다가 다시 돌려주며 말했다. "조시, 있잖니, 네가 이걸 카마라에게 주려는 건 아주 착한 생각이지만 카마라는 네 보모고 친구야. 그리고 이 카드는 가족한테 쓰는 거란다."

"리아 선생님이 그래도 된댔어요."

닐이 도와 달라는 듯한 표정으로 카마라를 쳐다보았지만 카마라는 시선을 돌려서 식기세척기를 여는 데만 집중했다.

"이제 가도 돼요, 아빠?" 조시가 물었다.

"그래."

그들이 떠나려 할 때 카마라가 말했다. "내일 행운을 빈다, 조시."

카마라는 그들이 닐의 재규어를 타고 멀어져 가는 것을 바라보았다. 그녀의 발은 계단을 내려가고 싶어서, 트레이시의 문을 두드리고 뭔가를 건네주고 싶어서 근질거렸다. 커피, 물 한 잔, 샌드위치, 혹은 그녀 자신을. 욕실 안에서 그녀는 새로 땋은 머리를 매만지고, 립글로스와 마스카라를 다시 바른 다음, 지하실로 향하는 계단을 내려가기 시작했다. 그녀는 몇 번이나 중간에 걸음을 멈추고 되돌아 올라가길 반복했다. 그러다 마침내 한달음에 내려가서 문을 두드렸다. 그녀는 두드리고 또 두드렸다.

트레이시가 문을 열었다. "갔을 줄 알았는데." 그녀가 차가운 표정으로 말했다. 그녀는 물 빠진 티셔츠와 페인트로 줄무늬를 그린 청바지를 입고 있었고 눈썹은 너무 짙고 곧게 뻗어 있어서 꼭 가짜처럼 보였다.

"아니에요." 카마라는 몹시 어색했다. 왜 지난주 월요일 이후에는 다시 올라오지 않았어요? 왜 나를 보고도 얼굴이 환해지지 않죠? "닐과 조시는 방금 제이니 브레이니에 갔어요. 내일 조시에게 행운이 따라야 할 텐데요."

"그래요." 카마라는 트레이시의 태도에서 빨리 가 줬으면 하는 짜증 같은 것을 느꼈다.

"조시가 틀림없이 1등 할 거예요." 카마라가 말했다.

"그렇겠죠."

트레이시가 문을 닫으려는 듯이 뒷걸음쳤다.

"뭐 필요한 것 없으세요?" 카마라가 물었다.

천천히, 트레이시가 미소 지었다. 그녀는 앞으로 나와서 카마라에게로, 너무 가깝게, 자기 얼굴이 카마라의 얼굴에 닿을 정도로 바싹 다가왔다. "당신은 날 위해 옷을 벗게 될 거예요." 그녀가 말했다.

"네." 카마라는 계속 배에 힘주고 있었다. 하지만 트레이시는 "좋아요. 하지만 오늘은 아니에요. 오늘은 적당한 날이 아니에요." 하고는 방 안으로 사라져 버렸다.

다음 날 오후 카마라는 조시의 얼굴을 보기도 전에 그 애가 우승지 못했음을 알았다. 아이가 쿠키 접시 앞에 앉아서 우유를 마시고 있고 닐이 그 옆에 서 있었기 때문이다. 그리고 자기 몸에 안 맞는 청바지를 입은 예쁜 금발 여자가 냉장고에 붙은 조시의 사진을 보고 있었다.

"어서 와요, 카마라. 우리 방금 왔어요." 닐이 말했다. "조시는 아주 잘했어요. 1등을 줘도 전혀 아깝지 않을 정도였죠. 누가 봐도 제일 열심히 준비한 아이였어요."

카마라가 조시의 머리를 헝클어뜨렸다. "안녕, 조시."

"안녕, 카마라." 조시가 인사하더니 쿠키를 입안에 욱여넣었다.

"이쪽은 메런이에요." 닐이 말했다. "조시의 프랑스어 선생님 이죠."

그 여자는 인사를 하고 카마라와 악수한 다음, 서재로 갔다. 그녀는 가랑이가 꽉 쩨는 청바지를 입고 있었던 데다 얼굴 양옆에 너무 발랄한 색깔의 볼연지를 짙게 발라서 카마라가 상상한 프랑스어 선생의 모습과는 전혀 달랐다.

"읽기 대회가 프랑스어 수업 시간을 너무 잡아먹어서 집에서 수업을 하는 게 어떨까 생각했는데 메런이 고맙게도 좋다고 했어요. 괜찮죠, 카마라?" 닐이 물었다.

"물론이죠." 그리고 갑자기 그녀는 다시 닐이 좋아졌고, 베니션 블라인드가 부엌으로 들어오는 햇빛을 조각조각 나누는 게 좋아졌으며, 프랑스어 선생이 여기 있다는 게 좋아졌다. 수업이 시작되면 아래층에 내려가서 트레이시에게 지금이 옷 벗기에 적당한 때인지 물어볼 작정이었기 때문이다. 그녀는 새로 산 발코넷 브라[35]를 입고 있었다.

"걱정이에요." 닐이 말했다. "제가 조시를 위로한다고 설탕을 너무 많이 먹인 것 같아요. 벌써 막대 사탕을 두 개나 줬거든요. 게

---

35 브래지어 컵의 상단이 일자인 브라.

다가 배스킨라빈스에도 들렀고요." 닐은 어차피 조시에게 다 들리는데도 낮은 목소리로 속삭였다. 그는 조시가 다니는 템플 베스 힐렐 유치원에 기증한 책에 대해 얘기할 때도 지금처럼 불필요하게 속삭였다. 그것은 에티오피아의 유대인들에 관한 책으로, 반질반질한 흙색 피부를 가진 사람들의 삽화가 들어 있었는데 조시는 선생님이 수업 중에 한 번도 그 책을 읽어 준 적이 없다고 했다. 카마라는 자신이 "조시는 괜찮을 거예요."라고 말했을 때 닐이 고맙다는 듯 그녀의 손을 꽉 잡았던 것을 기억했다. 그때 닐은 누군가로부터 그 말을 듣기만 한다면 그것으로 족한 것 같았다.

카마라가 말했다. "조시는 이겨 낼 거예요."

닐이 천천히 고개를 끄덕였다. "모르겠어요."

그녀는 손을 내밀어서 닐의 손을 꽉 잡았다. 그녀는 자신의 마음에 관대함이 차오르는 것을 느꼈다.

"고마워요, 카마라." 닐이 잠시 뜸을 들이다 이렇게 말했다. "이제 가 봐야겠어요. 오늘 늦을 것 같은데 저녁을 부탁해도 될까요?"

"물론이죠." 카마라가 다시 미소 지었다. 어쩌면 조시가 저녁을 먹을 동안 다시 지하실에 내려갈 시간이 있을지도 모른다. 어쩌면 트레이시가 카마라에게 자고 가라고 할지도 모르고, 그러면 그녀는 토베치에게 전화를 걸어서 갑자기 위급한 일이 생기는 바람에 자기가 조시를 밤새 돌봐야 한다고 말할 것이다. 그때 지하실로 통하는 문이 열렸다. 카마라가 흥분하면서 관자놀이에서 약하게 뛰기 시작한 맥박은, 그 문에서 레깅스와 물감 묻은 셔츠를 입은 트레이시기 나타나자 더욱더 강하게 뛰기 시작했다. 트레이시는 조시를 꺼안고 뽀뽀했다. "이야, 이게 누구야. 우리 챔피언,

특별 우승자네."

카마라는 트레이시가 닐에게 키스하지 않아서, 그들이 마치 남매지간처럼 서로에게 "안녕."이라는 인사만 해서 기뻤다.

"안녕, 카마라." 트레이시가 말했다. 그러자 카마라는 속으로 생각했다. 트레이시가 아무렇지 않아 보이는 이유는, 자기를 보고 뛸 듯이 기뻐하지 않는 이유는, 닐에게 들키고 싶지 않아서라고.

트레이시가 냉장고 문을 열고 사과 하나를 꺼내더니 한숨을 쉬었다. "완전히 막혔어. 꽉 막혔어." 그녀가 말했다.

"괜찮을 거야." 닐이 우물거렸다. 그러고는 목소리를 높여서 서재에 있는 메런이 들을 수 있도록 큰 소리로 이렇게 덧붙였다. "당신 메런 안 만나 봤지?"

닐이 그 둘을 소개했다. 메런이 손을 내밀자 트레이시가 그 손을 붙잡았다.

"렌즈 끼셨나요?" 트레이시가 물었다.

"콘택트렌즈요? 아뇨."

"눈동자 색이 정말 특이하네요. 보라색이에요." 트레이시는 여전히 메런의 손을 잡고 있었다.

"아. 고맙습니다!" 메런이 어색하게 웃었다.

"진짜 보라색이네요."

"아…… 네, 아마 그럴 거예요."

"화가 모델 해 본 적 있으세요?"

"아…… 아뇨……." 또 웃음.

"생각해 보세요." 트레이시가 말했다.

그녀가 사과를 입술로 가져가서 천천히 깨무는 동안 그녀의 시선은 메런의 얼굴을 한 번도 떠나지 않았다. 닐은 너그러운 미소를 띤 채 그들을 바라보고 있었지만 카마라는 눈길을 돌렸다. 그녀는 조시 옆에 앉아 그 애의 접시에서 쿠키 하나를 집어 들었다.

점핑 멍키 힐

모든 방갈로 지붕은 이엉이었다. 원숭이 빌라나 호저 빌라 같은 이름은 자갈길로 통하는 목문 옆에 손 글씨로 쓰여 있었고 창문은 아침에 손님들이 자카란다 나뭇잎이 바스락거리는 소리와 마음이 차분해지는 파도 부서지는 소리에 잠이 깨도록 열려 있었다. 고리버들 쟁반에는 고급 홍차가 종류별로 담겨 있었다. 아침나절에는 조신한 흑인 청소부들이 침대를 정리하고, 우아한 욕조를 닦고, 청소기를 돌리고, 수제 꽃병에 들꽃을 꽂아 놓고 갔다. 우준와는 아프리카 작가 워크숍을 여기, 케이프타운 외곽의 점핑 멍키 힐에서 여는 것이 이상하다고 생각했다. 일단 점핑 멍키 힐이라는 이름부터 모순되는 데다, 이 리조트에는 배부른 자의 자기만족 같은 것이 있었기 때문이다. 그녀의 상상 속에서 이곳은, 부유한 외국인 관광객들이 한꺼번에 우르르 몰려다니면서 도마뱀 사진이나 찍다가 남아프리카 공화국에는 빨간 머리 도마뱀보다 흑인이 더 많다는 사실도 모른 채 자기 나라로 돌아갈 것 같은 그런 장소였던 것이다. 나중에 그녀는 에드워드 캠벨이 이 리조트를 골랐다는 사실을 알게 될 것이다. 그는 오래전 케이프타운 대학교 교수이던 시절에 여기서 주말을 보내곤 했다.

하지만 그녀는 에드워드 — 여름 모자를 쓴 이 노인이 미소를 짓자 흰 곰팡이 색의 앞니 두 개가 드러났다. — 가 공항에 그녀를 데리러 왔던 날 오후에는 이 사실을 몰랐다. 그는 인사를 하면서 그녀의 양쪽 뺨에 입을 맞췄다. 그리고 라고스에서 선불 티켓 때문에 문제는 없었는지, 우간다인이 탄 비행기가 곧 도착할 텐데 기다렸다 같이 가도 괜찮은지, 배는 고프지 않은지 물었다. 그는 자신의 아내 이저벨이 이미 다른 워크숍 참가자 대부분을 태워 갔고, 유급 직원으로 자신들과 함께 런던에서 온 친구들인 사이먼과 허마이어니가 리조트에서 환영 오찬을 준비 중이라고 말했다. 그와 우준와는 입국장 벤치에 앉았다. 그는 우간다인의 이름이 적힌 팻말을 자기 어깨 위에 얹어 놓고는 그녀에게 이맘때 케이프타운이 얼마나 습한지, 자기가 이번 워크숍의 구성을 얼마나 뿌듯하게 생각하고 있는지 이야기했다. 그는 단어를 길게 늘여서 발음했다. 그의 악센트는 영국인들이 "젠체하는" 악센트라 부르는 것으로, 몇몇 부유한 나이지리아인들이 흉내 내려다가 의도치 않게 우스꽝스러워지고 마는 악센트였다. 우준와는 자신을 이번 워크숍 참가자로 선발한 사람이 에드워드일까 생각했다. 아마 아닐 것이다. 후보를 선정하고 그중에서 제일 뛰어난 사람을 고른 것은 영국 문화원이었다.

에드워드가 몸을 약간 움직여서 그녀에게 가까이 옮아 앉았다. 그는 그녀에게 나이지리아에서는 어떤 일을 하고 있냐고 물었다. 우준와는 크게 하품하는 척하면서 그가 말을 그만하길 바랐다. 하지만 그는 같은 질문을 반복하면서, 이번 워크숍에 참가하기 위해 휴가를 냈느냐고 물었다. 그는 그녀를 뚫어져라 쳐다보고 있었다. 그의 나이는 예순다섯과 아흔 살 사이라면 몇 살이라고 해도 믿길 것만 같았다. 우준와는 그의 얼굴만 봐서는 나이를 추측할 수 없었다. 인상이 나쁘진 않지만 선이 또렷하지 않은 얼굴이었다. 마치 신이 그를 창조할 때 얼굴을 벽에 쾅 박고 문질러서 이목구비를 뭉개 버리기라도 한 것처럼. 그녀는 엷은 미소를 띠면서, 라고스를 떠나기 직전에 직장 — 은행의 일자리 — 을 잃었기 때문에 휴가를 낼 필요가 없었다고 말했다. 그녀는 또다시 하품을 했다. 그는 더 알고 싶은 듯했지만 그녀는 더 말하고 싶지 않았으므로 고개를 들었을 때 눈앞에 우간다인이 걸어오는 모습이 보이자 안도했다.

우간다인은 졸려 보였다. 그는 삼십 대 초반의 나이에 얼굴은 네모나고 피부색은 짙었으며 머리는 빗지 않아서 여러 개의 이상한 공 모양으로 똘똘 뭉쳐 있었다. 그는 에드워드의 손을 두 손으로 잡고 악수하면서 허리 숙여 절하더니 우준와를 향해 돌아서서는 우물거리며 인사를 했다. 그는 르노 앞좌석에 앉았다. 리조트까지 가는 길은 멀었고 대중없이 가파른 경사를 여러 번 지나서 우준와는 그렇게 빠른 속도로 운전하기엔 에드워드가 너무 늙지 않았나 걱정했다. 그녀는 이엉지붕과 잘 닦인 길이 모여 있는 곳에 도착하고 나서야 비로소 숨을 돌렸다. 미소 띤 금발 여자가 그녀를 얼룩말 빌라로 안내했다. 거기에는 네 개의 기둥이 있는 침대와 라벤더 향기를 풍기는 리넨 침대보가 있었다. 우준와는 잠시 침대에 앉았다가 일어나서 짐을 풀기 시작했다. 가끔씩 창밖을 내다보면서 나무 그늘에 숨어 있는 원숭이는 없나 살폈다.

불행히도 원숭이는 없다고, 나중에 에드워드가 참가자들에게 말했다. 그들은 테라스의 분홍색 파라솔 밑에서 점심 식사를 하고 있었다. 탁자를 난간에 바짝 붙여 놔서 의자에 앉은 채로도 청록색 바다가 내려다보였다. 에드워드는 한 사람 한 사람을 가리키며 소개를 했다. 남아프리카 공화국의 백인 여자는 더반에서 왔고, 흑인 남자는 요하네스버그에서 왔다. 탄자니아 남자는 아루샤에서, 우간다 남자는 엔테베에서, 짐바브웨 여자는 불라와요에서, 케냐 남자는 나이로비에서 왔으며, 스물세 살로 최연소자인 세네갈 여자는 유학 중인 파리에서 날아왔다.

에드워드는 우준와를 마지막으로 소개했다. "우준와 오군두는 나이지리아인 참가자이며 라고스에서 살고 있습니다." 우준와는 탁자 주위를 둘러보면서 누구와 어울려야 할까 고민했다. 세네갈 여자가 제일 괜찮아 보였다. 번쩍이는 반항적 눈빛과 프랑스식 악센트, 굵은 드레드록 머리에 간간이 섞인 은줄이 마음에 들었다. 짐바브웨 여자의 드레드록은 더 길고 가늘었는데 그녀가 머리를 좌우로 움직일 때마다 거기 달린 조개껍데기가 달그락달그락 소리를 냈다. 그녀는 다혈질이고 오버할 것처럼 보였다. 우준와는 자신이 그녀를 좋아하게 되더라도 술처럼, 양이 적을 때에만 좋아할 것 같다고 생각했다. 케냐인과 탄자니아인은 아주 평범해서 둘을 구분하기가 힘들 정도였다. 큰 키에 이마가 넓고 수염이 듬성듬성하며 무늬 있는 바팥 셔츠를 입은 남자들. 그녀는 자신이 그들을 무심하게 — 사람들이 위협적이지 않은 사람을 좋아하듯 ─ 좋아할 것 같다고 생각했다. 남아공 사람들에 대해서는 확신이 안 섰다. 백인 여자의 화장기 없는 얼굴은 너무 진지하고 유머 감각이 없어 보였고, 흑인 남자는 참을성 많은 신앙심을 지녔을 것 같았다. 집집마다 돌아다니며 문전 박대를 당해도 미소를 잃지 않는 여호와의 증인 신도처럼 말이다. 우간다인으로 말하자면, 우준와는 공항에서 만났을 때부터 그가 싫었고 지금은 더더욱 싫어졌다. 에드워드의 질문에 알랑대며 대답하는 것, 몸을 에드워드 쪽으로 기울여서 그에게만 속삭이고 나머지 참가자들은 무시하는 태도 때문이었다. 참가자들 역시 그에게 거의 말을 걸지 않았다. 그들은 모두 그가 립턴 아프리카 작가상의 지난번 수상자였고 상금으로 1만 5000파운드를 받았다는 걸 알고 있었다. 그들은 케이프타운까지 비행이 어땠는지에 관한 예의 차린 대화에 그를 끼워 주지 않았다.

그들이 허브로 장식한 크림 치킨을 먹고 반짝이는 병에 담겨 온 탄산수를 마시고 나자 에드워드가 자리에서 일어나 환영사를 했다. 그는 말을 하는 동안 계속 곁눈질을 했고 그의 가는 머리카락은 바다 냄새를 실은 바람에 흩날렸다. 그는 그들이 이미 아는 이야기로 서두를 뗐다. 워크숍은 이 주 동안 진행될 것이고 자신이 기획했지만 체임벌린 예술 재단의 너그러운 후원에 의해 열렸다. 립턴 아프리카 작가상도 그가 기획했지만 마찬가지로 체임벌린 재단의 훌륭한 관계자들 덕분에 열렸던 것처럼. 그리고 그들 모두가 《오러토리》에 실릴 만한 단편을 하나씩 써 내야 한다. 각자 숙소에 노트북 컴퓨터가 준비되어 있다. 첫 주에는 작품을 쓰고 둘째 주에는 서로의 작품을 비평할 것이다. 우간다인이 워크숍 리더를 맡는다. 그러고 나서는 자신에 대해 얘기하기 시작했다. 아프리카 문학은 지난 사십 년간 자신의 소명이었으며 옥스퍼드 시절에 시작된 평생의 열정이라고. 그는 자꾸 우간다인 쪽을 흘끗흘끗 쳐다보았고 우간다인은 그때마다 열성적으로 고개를 주억거렸다. 그리고 마침내 에드워드가 아내 이저벨을, 이미 모두가 구면임에도 소개했다. 그는 그녀가 동물권 운동가이며 십 대 시절을 보츠와나에서 보낸 아프리카 전문가라고 말했다. 그녀가 자리에서 일어섰을 때 그는 자랑스러운 표정을 하고 있었다. 마치 키 크고 날씬한 그녀의 우아한 자태가 자신의 모자란 외모를 벌충해 주기라도 한다는 듯이. 그녀의 머리카락은 탁한 붉은색이었고 얼굴 윤곽을 따라 떨어지도록 커트되어 있었다. 그녀는 머리카락을 만지작거리면서 말했다. "에드워드, 당신도 참, 소개가 왜 그리 거창해." 하지만 우준와는 이저벨이 그 소개말을 원했을 거라고, 어쩌면 이렇게 말하며 에드워드에게 상기시켰을지도 모른다고 생각했다. 여보, 점심때 나 제대로 소개하는 거 잊지 마. 그녀의 말투는 아주 우아했으리라.

다음 날 아침 식탁에서 우준와 옆에 앉을 때에도 이저벨은 바로 그런 어투로 이렇게 말했다. 확실히, 그 빼어난 골격을 보니 우준와는 나이지리아 왕족의 후손임에 틀림없다고. 우준와의 머릿속에 처음 떠오른 생각은 이저벨에게, 당신은 런던에 있는 친구들의 외모가 빼어난 이유를 찾을 때에도 지금처럼 왕족 혈통 운운한 적이 있느냐고 물어볼까 하는 거였다. 하지만 그녀는 그 대신 이렇게 말했다. (말하지 않고는 견딜 수가 없었다.) 사실 자신은 진짜 공주이고 고대 왕기의 후손인데 조상 중 한 명이 17세기에 포르투갈 상인을 붙잡아서 왕실 감옥에 가둬 놓고 응석을 받아 주며 귀여워

했다고. 그녀는 말을 멈추고 크랜베리 주스 잔을 입에 대면서 슬며시 미소를 지었다. 그러자 이저벨이 밝은 목소리로, 자신은 왕족 혈통을 짚어 내는 데 실패한 적이 없다며, 우준와가 자신의 밀렵 반대 운동을 도와줬으면 좋겠다고 말했다. 그리고 사람들이 멸종 위기에 처한 원숭이를 그토록 많이 죽이는 것은 정말 끔찍한 일이라고 했다. 사람들은 원숭이를 먹는 것도 아니다. 야생 동물 고기에 대한 얘기는 다 거짓이다. 그들은 그저 동물의 은밀한 부위를 장식품으로 쓸 뿐이라는 것이었다.

아침 식사 후에 우준와는 어머니에게 전화해서 리조트와 이저벨에 관해 이야기했고 어머니가 킥킥대고 웃자 기분이 좋아졌다. 그녀는 전화를 끊고 노트북 앞에 앉아서 어머니가 진심으로 소리 내어 웃은 게 얼마 만이던가 생각했다. 그녀는 오랫동안 자리에 앉아 마우스를 이리저리 움직이면서, 주인공 이름을 치오마처럼 흔한 이름으로 할까 아니면 이바리처럼 이국적인 이름으로 할까 망설였다.

치오마는 라고스에서 어머니와 함께 산다. 그녀는 나이지리아 대학교에서 경제학 학위를 받았고 얼마 전에 청년 봉사단 복무를 마쳤으며 목요일마다 《가디언》을 사서 구인란을 샅샅이 훑어본 뒤 갈색 마닐라지 봉투에 이력서를 넣어 보낸다. 몇 주 동안 아무런 소식도 없다. 그러다 마침내 면접을 보러 오라는 전화가 온다. 몇 가지 질문을 마친 후에 면접관은 그녀를 채용하겠다고 말하고는 방을 가로질러 와서 그녀의 등 뒤에 서더니 어깨 너머로 손을 뻗어 그녀의 가슴을 움켜잡는다. 그녀는 외친다. "멍청한 인간! 부끄러운 줄 알아!" 그리고 그곳을 나온다. 조용한 몇 주가 이어진다. 그녀는 어머니 가게 일을 돕는다. 봉투를 더 보낸다. 두 번째 면접에서 여자 면접관은 치오마가 지금껏 들어 본 것 중에 가장 가짜 같고 터무니없는 악센트로, 자신은 외국 학교를 나온 사람을 원한다고 말한다. 치오마는 그곳을 나오면서 웃음을 터뜨릴 뻔한다. 또 조용한 몇 주가 이어진다. 치오마는 몇 달째 아버지를 보지 못했지만 일자리 구하는 것을 도와줄 수 있는지 물어보려고 새로 이사 간 빅토리아아일랜드의 사무실을 찾아가기로 결심한다. 그들의 만남은 긴장감이 감돈다. "왜 그동안 찾아오지 않았니, 응?" 아버지가 화난 척하며 묻는다. 화내는 편이 더 쉽기 때문임을 그녀는 안다. 남에게 상처 준 뒤에는 그 사람에게 화를 내는 게 더 편하다. 그는 전화 몇 통을 건다. 그리고 그녀에게 돌돌 말린 200나이라 지폐 뭉치를 준다. 어머니에 관해서는 묻지도 않는다. 그녀는 아버지의 책상에 '노란 여자' 사진이 있는 것을 본다. 어머니의 묘사는 정확했다. "살결이 아주 흰 게, 혼혈인 것 같더라. 중요한 건, 그 여자가 예쁘지도 않다는 거야. 너무 익은 노란 파파야처럼 생겼더구나."

점핑 멍키 힐의 중앙 식당에 있는 샹들리에는 너무 낮게 내려와 있어서 우준와가 손을 뻗으면 닿을 수도 있을 것 같았다. 에드워드는 하얀 식탁보를 씌운 긴 식탁의 한끝에, 이저벨은 반대쪽 끝에 앉고 참가자들은 그 사이에 앉았다. 웨이터들이 돌아다니면서 메뉴를 나눠 주자 경재 마룻바닥이 시끄럽게 쾅쾅 울렸다. 타조 안심 스테이크. 훈제 연어. 오렌지 소스를 곁들인 닭고기. 에드워드는 모두에게 타조를 먹어 보라고 강권했다. 한마디로 후울륭하다는 것이었다. 우준와는 타조를 먹는 것이 내키지 않았고 그 전까지는 타조 고기를 식용으로 쓰는 줄도 몰랐었다. 그래서 그렇게 말했더니 에드워드는 껄껄 웃으면서 타조 고기는 아프리카에서 흔히 먹는 음식이라고 말했다. 다른 사람들은 모두 타조를 주문했고, 오렌지 맛이 너무 강한 닭 요리가 나왔을 때 우준와는 자기도 타조를 주문할걸 괜히 닭을 시켰나 생각했다. 적어도 겉보기에는 소고기처럼 보였다. 우준와가 그렇게 많은 술을, 포도주를 두 잔이나 마신 건 난생처음이었다. 그녀는 기분이 말랑말랑해져서 세네갈 여자와 함께 생머리를 관리하는 최고의 방법에 관해 수다를 떨었다. 실리콘 제품을 쓰지 않고, 시어 버터를 잔뜩 바르고, 젖은 상태에서만 빗질을 해야 한다고. 에드워드가 포도주 얘기를 하는 소리가 드문드문 들려왔다. 샤르도네는 끔찍하게 지루하다는 이야기가.

잠시 후에 우간다인을 제외한 참가자들은 정자에 모였다. 우간다인은 에드워드, 이저벨 부부와 함께 멀찍이 앉아 있었다. 참가자들은 날벌레를 손으로 때려잡았고, 포도주를 마셨고, 웃었고, 서로를 놀려 댔다. 당신네 케냐인들은 너무 순종적이야! 당신네 나이지리아인들은 너무 공격적이야! 당신네 탄자니아인들은 패션 감각이 없어! 당신네 세네갈인들은 프랑스인들한테 세뇌당했어! 그들은 수단 전쟁에 대해, 아프리카 작가 시리즈의 쇠락에 대해, 책과 작가에 대해 이야기했다. 그들은 담부조 마레체라는 대단하고, 앨런 페이턴은 속물이고, 이자크 디네센[36]은 용서할 수 없

36   1885~1962. 덴마크의 작가. 본명은 카렌 블릭센 남작 부인이다. 결혼 후 케

다는 데 의견을 같이했다. 케냐인은 담배를 뻐끔거리는 사이사이에 유럽식 악센트로, 모든 키쿠유족 아이들은 아홉 살이 되면 저능아가 된다고 했던 이사크 디네센의 말을 인용했다. 그들은 웃음을 터뜨렸다. 짐바브웨인이 치누아 아체베[37]는 지루하고 문체 면에서 아무것도 한 일이 없다고 하자 케냐인이 그 말은 신성 모독이라며 짐바브웨인의 술잔을 뺏었지만 그녀가 웃으면서 당연히 아체베가 최고라고 말하자 돌려주었다. 세네갈인은 소르본 대학교 교수가 조지프 콘래드[38]는 정말 그녀 편이라고, 마치 그녀가 누가 자기 편인지 판단할 능력도 없는 사람인 것처럼 말했을 때 거의 토할 뻔했다고 말했다. 우준와는 팔짝팔짝 뛰기 시작했다. 그녀는 콘래드의 소설에 나오는 아프리카인을 흉내 내느라 말도 안 되는 소리를 지껄이면서, 머릿속에서 출렁이는 포도주의 달콤한 가벼움을 느꼈다. 짐바브웨인은 비틀거리다가 분수에 빠졌는데 머리가 흠뻑 젖은 채로 푸푸거리며 나와서는 저 안에서 물고기가 꿈틀거리며 왔다 갔다 하는 걸 느꼈다고 말했다. 케냐인은 그것 — 고급 리조트 분수 안의 물고기 — 을 자기 작품에서 써먹어야겠다고 말했다. 자신은 무엇에 관해 써야 할지 정말 모르겠다는 것이

나에 살면서 커피 농장을 경영했던 경험을 바탕으로 회고록 『아웃 오브 아프리카』를 썼다.

37 1930~2013. 나이지리아의 이보족 소설가. 아프리카의 전통적 가치관과 서구 문명의 충돌로 인한 정신적 혼란을 그렸다. 대표작으로 『모든 것이 산산이 부서지다』가 있다.

38 1857~1924. 폴란드 출신의 영국 소설가. 선원으로 일했던 경험을 바탕으로 많은 해양 소설을 썼다. 대표작으로 『암흑의 핵심』, 『로드 짐』이 있다.

었다. 세네갈인은 자신의 작품은 진짜 자기 이야기라고 말했다. 그녀가 여자 친구의 죽음을 얼마나 슬퍼했는지, 그리고 그 슬픔이 어떻게 부모님에게 커밍아웃 할 수 있는 용기를 주었는지에 관한 이야기라고 했다. 비록 그들은 지금도 그녀가 레즈비언이라는 얘기를 가벼운 농담 취급 하면서 괜찮은 청년들의 집안 얘기를 자꾸 꺼내긴 하지만 말이다. 남아공 흑인은 "레즈비언"이라는 단어를 듣고 놀란 듯했다. 그는 자리에서 벌떡 일어나서 가 버렸다. 케냐인은 남아공 흑인을 보니 자기 아버지가 생각난다고 말했다. 그는 성령 부흥 교회에 다니는데 거리의 사람들과는 절대 말을 섞지 않는다. 왜냐하면 그들은 구원받지 못했기 때문이다. 그러자 짐바브웨인, 탄자니아인, 남아공 백인, 세네갈인이 모두들 자기 아버지에 대해 이야기했다.

그들이 우준와를 쳐다보자 그녀는 자기만 아무 말도 하지 않았음을 깨달았고 그 순간 포도주로 흐리멍덩했던 머리가 말짱해졌다. 그녀는 어깨를 으쓱하면서 자기 아버지에 대해서는 정말 할 얘기가 없다고 우물거렸다. 그는 평범한 사람이다. "아버지랑 연락은 하고 지내요?" 세네갈인이 그렇지 않다는 거 다 안다는 듯한 부드러운 말투로 물었고 우준와는 그때 처음으로 그녀의 프랑스식 악센트가 거슬렸다. "연락하고 지내요." 우준와가 차분하지만 강한 어투로 말했다. "어렸을 때 나한테 책을 사 준 사람도, 내가 처음 쓴 시와 소설을 읽어 준 사람도 아버지였어요." 그녀는 말을 멈췄다가 모두가 계속 자신을 쳐다보자 이렇게 덧붙였다. "아버지가 한 어떤 행동이 나를 놀라게 했어요. 상처도 받았지만 그것보다는 놀란 게 더 컸어요." 세네갈인은 더 묻고 싶은 듯한 눈빛이었지만 곧 마음이 바뀌었는지 포도주를 더 달라고 말했다. "그러면 지금 아버지에 대해 쓰고 있나요?" 케냐인이 묻자 우준와는 '아니' 라고 힘주어 말한 다음, 자기는 소설에 심리 치료 효과가 있다고 생각해 본 적이 없다고 말했다. 그러자 탄자니아인이 모든 소설은, 누가 뭐라고 하건 간에, 일종의 심리 치료라고 말했다.

그날 저녁 우준와는 글을 써 보려 했지만 눈앞이 빙글빙글 돌고 머리가 계속 아파서 그냥 잠자리에 들었다. 아침 식사 후에 그녀는 노트북 앞에 앉아서 찻잔을 감싸 쥐었다.

치오마는 아버지가 연락한 곳 중 하나인 머천트 트러스트 은행에서 걸려 온 전화를 받는다. 아버지가 그곳 행장과 아는 사이다. 그녀는 희망에 부풀어 오른다. 그녀가 아는 은행원들은 모두 멋진 폭스바겐 제타 중고를 몰고, 바가다에 멋진 아파트가 있다. 부지점장이 그녀를 면접한다. 그는 피부색이 짙은 미남이고 그의 안경테에는 우아한 명품 브랜드 로고가 박혀 있다. 그래서 그가 얘기하는 동안 그녀는 그가 제발 자신에게 눈길을 주길 갈망한다. 하지만 그는 그러지 않는다. 그는 그녀를 마케팅 직원으로 고용하고 싶다고 말한다. 즉, 밖에 나가서 새로운 계좌를 유치해 오라는 뜻이다. 그녀의 파트너는 잉카다. 그녀가 수습 기간 동안 1000만 나이라의 예금을 유치한다면 정직원 자리가 보장될 것이다. 그녀는 그의 말에 고개를 끄덕인다. 그녀는 남자들의 관심을 받는 데 익숙하기 때문에 그가 자신을 여자로서 쳐다보지 않자 샐쭉해진다. 그리고 밖에 나가서 새 계좌를 유치해 오라는 말이 무슨 뜻이었는지는 이 주 후 첫 출근 날에야 비로소 알게 된다. 그날 아침 제복을 입은 운전사가 에어컨이 나오는, 회사

소유의 크라이슬러 지프로 — 그녀는 부드러운 가죽 시트를 손으로 쓰다듬는다. 차에서 내리고 싶지 않다. — 그녀와 잉카를 이코이에 있는 어느 알하지[39]의 집으로 데려간다. 그 알하지는 친절하고 미소와 손짓과 웃음이 많은 사람이다. 잉카는 이미 여러 번 그의 집을 방문한 적이 있다. 그가 그녀를 포옹하면서 무슨 말을 하자 그녀가 깔깔 웃는다. 그가 치오마를 쳐다본다. "너무 미인인데."라고 그가 말한다. 잠시 후 집사가 시원한 채프먼 칵테일이 담긴 유리잔을 내온다. 알하지는 잉카에게 말을 하면서 눈으로는 자꾸 치오마를 쳐다본다. 그러다 문득 잉카에게 더 가까이 와서 고금리 상품에 대해 설명하라고 하더니 그다음에는 자기 무릎에 앉으라고 한다. 내가 당신 몸무게도 버티지 못할 거라고 생각하는 건 아니지? 잉카는 물론 버틸 수 있죠 하고 대답하며 차분한 미소와 함께 그의 무릎에 앉는다. 잉카는 체구가 작고 얼굴이 하얗다. 치오마는 그녀를 보며 노란 여자를 떠올린다.

치오마가 노란 여자에 대해 아는 것은 전부 어머니에게서 들은 얘기다. 어느 나른한 오후에 노란 여자가 아데니란오군사냐가에 있는 어머니의 가게로 걸어 들어왔다. 어머니는 노란 여자가 누군지 알았고, 자기 남편과 일 년째 내연 관계를 맺고 있다는 것도 알았으며, 그가 노란 여자에게 혼다 어코드와 일루페주의 아파트를 사 줬다는 것도 알았다. 하지만 어머니를 정말로 화나게 한 것은, 노란 여자가

---

[39] 메카 순례를 마친 남자 이슬람교도. 여자는 알하지아라고 한다. 메카 순례는 이슬람교도의 다섯 가지 기본 의무인 '이슬람의 다섯 기둥' 중 다섯 번째 하즈에 해당된다.

자신의 가게에 들어와서 구두를 둘러보며 자신의 남편에게서 나온 돈으로 그 값을 지불하려 하는 것 같은 모욕적인 행동이었다. 그래서 어머니는 등까지 내려오는 노란 여자의 페맨 가발을 확 잡아당기면서 "남편 도둑년!"이라고 외쳤고 거기에 점원들까지 가세해서 노란 여자가 자기 차로 도망칠 때까지 손바닥과 주먹으로 매타작을 했다. 이 이야기를 들은 치오마의 아버지는 어머니에게 소리를 지르면서 그녀가 거리의 상스러운 여자들처럼 행동했고 그와 그녀 자신과 죄 없는 여자에게 값없이 망신을 줬다고 말했다. 그러고는 집을 나갔다. 치오마는 청년 봉사단 복무를 마치고 돌아와서 아버지의 옷장이 비어 있는 것을 발견했다. 엘로어 이모, 로즈 이모, 우체 이모가 와서 어머니에게 말했다. "우리가 언니랑 같이 가서 형부한테 돌아와 달라고 빌든지, 아니면 우리끼리라도 가서 언니 대신 빌어 줄게." 치오마의 어머니는 말했다. "천만에, 내 눈에 흙이 들어가기 전엔 안 돼. 나는 절대로 빌지 않을 거야. 더 이상은 못 참아." 푼미 이모는 노란 여자가 주술로 아버지를 사로잡은 거라며, 자기가 그걸 풀 수 있는 바발라워를 안다고 했다. 치오마의 어머니는 말했다. "아니, 난 안 가." 어머니의 가게는 기울기 시작했다. 두바이에서 구두 수입하는 걸 도왔던 사람이 치오마의 아버지였기 때문이다. 그래서 어머니는 판매가를 낮췄고, 《조이》와 《시티 피플》에 광고를 냈으며, 아바에서 만든 구두를 쌓아 놓기 시작했다. 그날 아침에 치오마는 그 구두 중 한 켤레를 신고 있었다. 알하지의 응접실에 앉아, 그의 넓은 무릎에 앉은 잉카가 머천트 트러스트 은행 상품의 장점에 대해 얘기하는 모습을 미리보던 그날 아침에 처음에 우준와는 에드워드가 자꾸 자기 몸을 쳐다보는 것을, 그의 눈이 항상 자신의 얼굴이 아닌 더 아래쪽을 향해 있음을 의식하지 않으려 했다. 워크숍 일정은 8시 아침 식사, 1시 점심 식사, 6시 중앙 식당에서의 저녁 식사가 규칙적으로 반복되었다. 타는 듯이 더웠던 엿새째 날, 에드워드가 첫 번째로 논평할 이야기의 복사본을 나눠 주었다. 짐바브웨인의 작품이었다. 참가자들은 모두 테라스에 앉아 있었는데 에드워드가 복사본을 다 나눠 줬을 때 우준와는 파라솔 밑의 자리가 전부 찼음을 알게 됐다.

　　"저는 햇빛 아래 앉아도 상관없어요." 그녀가 자리에서 일어나며 말했다. "제가 일어나 드릴까요, 에드워드?"

　　"나는 당신이 누워 줬으면 좋겠는데." 그가 말했다. 그 순간은 습하고 텁텁했다. 멀리서 새가 깍깍댔다. 에드워드는 씨익 웃고 있었다. 우간다인과 탄자니아인만이 그가 한 말을 들었다. 그때 우간다인이 웃음을 터뜨렸다. 우준와도 웃었다. 곰곰 생각해 보면 재미있고 재치 있는 말이니까 하고 그녀는 생각했다. 점심 식사 후에 그녀는 짐바브웨인과 함께 산책을 했다. 바닷가에서 조개껍데기를 주우려고 잠시 걸음을 멈췄을 때 우준와는 그녀에게 에드워드가 한 말에 대해 얘기하고 싶었다. 하지만 짐바브웨인은 정신이 다른 데 팔린 듯했고 평소보다 말이 없었다. 아마 자기 작품을 걱정하는 것 같았다. 우준와는 그날 저녁에 그 작품을 읽었다. 미사여구가 너무 많다는 생각이 들긴 했지만 이야기 자체는 좋았으므로 여백에 칭찬과 조심스러운 제안을 적었다. 그것은 하라레에 사는 어느 중등학교 교사에 관한 친근하고 재미있는 소설이었다. 주인공은 오순절교회 목사에게서, 아내의 자궁을 묶어 놓은 마녀들로부터 자백을 받아 내기 전까지는 그들 부부가 결코 아이를 가질 수 없을 거라는 이야기를 듣는다. 부부는 옆집 이웃이 마녀라고 확신하고는 매일 아침 큰 소리로 기도를 올림으로써 담장 너머로 성령의 폭격을 가한다.

다음 날 짐바브웨인이 일부를 발췌해서 읽은 뒤에 저녁 식탁에는 짧은 침묵이 감돌았다. 그때 우간다인이 입을 떼더니 문장에서 강한 힘이 느껴진다고 말했다. 남아공 백인이 열성적으로 고개를 끄덕였다. 케냐인은 반대 의견을 냈다. 몇몇 문장은 너무 문학적으로 쓰려고 애쓴 나머지 말이 안 돼요. 그는 이렇게 말하고 나서 그런 문장 하나를 읽었다. 탄자니아인은 이야기 전체를 봐야지 부분 부분을 뜯어봐선 안 된다고 말했다. 그래요. 케냐인이 동의했다. 하지만 전체가 말이 되려면 각 부분도 말이 돼야지요. 그러자 에드워드가 말했다. 문제는 분명 야심적이지만 이야기 자체는 '그래서 뭐?'라는 의문이 들게 한다고. 끔찍한 무가베[40] 정권하의 짐바브웨에서 일어나고 있는 다른 모든 일을 고려할 때 이 이야기에는 지독하게 시대착오적인 면이 있다는 것이었다. 우준와는 에드워드를 빤히 쳐다봤다. 무슨 뜻으로 "시대착오적"이라는 말을 한 건가? 그토록 진솔한 이야기가 어떻게 시대착오적일 수 있나? 하지만 그녀는 에드워드에게 그게 무슨 말이냐고 묻지 않았고, 케냐인도 우간다인도 묻지 않았으며, 짐바브웨인은 그저 조개껍데

---

40 1924~2019. 짐바브웨의 2대 대통령. 백인 소유의 토지를 몰수하는 토지 수용법을 시행하는 한편, 백인들을 약탈하라고 흑인들을 선동하여 국제 사회의 비난을 받았다.

기 장식을 달그락거리며 드레드록을 뒤로 넘기기만 했다. 나머지 사람들은 침묵을 지켰다. 그리고 곧 모두가 하품을 하기 시작했고 잘 자라는 인사를 하며 숙소로 돌아갔다.

다음 날 그들은 전날 밤에 대해 이야기하지 않았다. 그들은 스크램블드에그가 퍽퍽하다는 얘기, 간밤에 자카란다잎이 으스스하게 바스락거리며 창문에 부딪치더라는 얘기를 했다. 저녁 식사 후에는 세네갈인이 작품을 낭독했다. 바람이 심한 밤이었으므로 나무 윙윙대는 소리가 안으로 들어오지 않도록 문을 닫았다. 에드워드의 파이프에서 나온 연기가 방 안을 가득 메웠다. 세네갈인은 두 페이지에 걸친 장례식 장면을 읽었는데 중간에 물을 마시느라 자주 낭독을 중단했고 감정이 북받칠수록 악센트가 점점 심해져서 나중에는 모든 t가 z처럼 들렸다. 낭독이 끝나자 모두들, 심지어는 우간다인까지도, 에드워드 쪽으로 고개를 돌렸다. 우간다인은 자기가 워크숍 리더라는 사실을 잊은 듯했다. 에드워드는 생각에 잠긴 듯 한참 파이프를 씹더니, 이런 유의 동성애 이야기는 아프리카의 진짜 모습을 반영하는 것이 아니라고 말했다.

"어느 아프리카요?" 우준와가 불쑥 말했다.

남아공 흑인은 자세를 고쳐 앉았다. 에드워드는 더욱더 파이프를 씹어 댔다. 그러고는 마치 교회에서 얌전히 앉아 있으라는 말을 듣지 않는 어린애를 보듯 우준와를 쳐다보더니, 자신은 옥스퍼드에서 수학한 아프리카학자로서 말하고 있는 것이 아니라 아프리카의 참모습에 깊은 관심을 가지고 있고 아프리카라는 공간에 서양식 사고를 투영하지 않는 사람으로서 말하고 있는 거라고 했다. 짐바브웨인과 탄자니아인과 남아공 백인은 에드워드가 말하는 동안 고개를 가로젓기 시작했다.

"지금이 2000년일지는 모르지만 가족들에게 자기가 동성애자라고 고백하는 여자 이야기가 대체 얼마나 아프리카적이라는 거요?" 에드워드가 물었다.

그러자 세네갈인이 알아들을 수 없는 프랑스어를 속사포처럼 쏟아 내기 시작하더니 약 일 분 동안의 일장 연설을 마친 뒤에 이렇게 말했다. "내가 세네갈인이에요! 내가 세네갈인이라고요!" 이 말에 에드워드는 똑같이 유창한 프랑스어로 대답하고 나서 다시 영어로, 부드러운 미소를 띠면서 "저 사람은 고급 보르도와인을 너무 많이 마셨나 보군요." 라고 말했고 몇몇 참가자들이 킥킥 웃었다.

우준와가 가장 먼저 자리를 떠났다. 숙소에 거의 다 왔을 때 누군가가 부르는 소리에 걸음을 멈췄다. 케냐인이었다. 짐바브웨인과 남아공 백인도 함께였다. "술이나 한잔하러 가죠." 케냐인이 말했다. 우준와는 세네갈인이 어디 있을까 생각했다. 바에서 그녀는 포도주 한 잔을 마시면서 케냐인 등이 하는 이야기를 듣고 있었다. 점핑 멍키 힐의 다른 투숙객들 — 모두가 백인인 — 이 워크숍 참가자들을 의심스러운 눈빛으로 쳐다본다는 얘기였다. 케냐인은 그 전날 수영장에서 오던 젊은 커플과 마주쳤는데 그들이 자신을 보고는 우뚝 멈춰 서더니 뒤로 한 발짝 물러나더라고 말했다. 남아공 백인은 자신도 사람들이 이상하게 쳐다본다며, 어쩌면 켄테[41] 무늬가 날염된 카프탄만 입고 다녀서 그런가 보다고 했다.

---

41 가나의 아칸족이 생산하는 수직 직물. 폭 10센티미터 정도의 좁고 긴 천 조

그곳에 앉아 밤의 검은 어둠 속을 들여다보면서 술기운으로 나긋해진 목소리들을 듣고 있다 보니 우준와는 가슴 밑바닥에서부터 자기혐오가 치밀어 오르는 것을 느꼈다. 그녀는 에드워드가 "나는 당신이 누워 줬으면 좋겠는데."라고 했을 때 웃지 말았어야 했다. 그건 우스운 말이 아니었다. 우스운 것과는 거리가 멀었다. 그녀는 그 말이 싫었고 에드워드의 얼굴에 떠오른 음흉한 미소와 언뜻언뜻 보이는 푸르누런 앞니와 늘 그녀의 얼굴보다는 가슴을 쳐다보는 시선과 위아래로 훑어보는 눈동자가 싫었는데도 정신 나간 하이에나처럼 웃어 대고 말았다. 그녀는 술이 반쯤 남은 잔을 내려놓으며 말했다. "에드워드는 늘 내 몸을 쳐다봐요." 케냐인과 남아공 백인과 짐바브웨인이 그녀를 빤히 바라봤다. 우준와가 다시 한번 말했다. "에드워드는 늘 내 몸을 쳐다봐요." 케냐인은 에드워드가 그 납작한 막대기처럼 생긴 아내의 몸 위로 올라갈 때 속으로는 우준와를 생각했으리란 건 첫날부터 빤히 보였다고 말했다. 짐바브웨인은 에드워드가 우준와를 쳐다볼 때는 늘 추파를 던지더라고 말했다. 남아공 백인은 에드워드가 백인 여자는 절대 그렇게 쳐다보지 않을 거라고, 그가 우준와에게 느끼는 감정은 존중이 결여된 욕망이기 때문이라고 말했다.

"다들 알고 있었어요?" 우준와가 물었다. "다들 알고 있었어요?" 그녀는 묘한 배신감을 느꼈다. 그래서 자리에서 일어나 숙소로 돌아갔다. 어머니에게 전화를 걸었지만 금속성 목소리가 "고객

각을 여러 개 이어 붙여서 하나의 커다란 천을 만든다. 면과 실크의 혼방이며 기하학적 무늬가 특징이다.

님이 거신 번호는 지금 통화가 불가능하오니 나중에 다시 한번 걸어 주십시오."라는 말만 반복했으므로 전화를 끊었다. 글을 쓸 수가 없었다. 침대에 누워 한참을 깨어 있다가 마침내 잠이 들었을 때는 새벽이었다.

그날 저녁 탄자니아인이 자기 작품의 일부를 골라서 읽었다. 콩고에서 일어난 학살 사건들을, 성폭력을 일삼는 어느 민병의 관점에서 그린 이야기였다. 에드워드는 그 작품이 《오러토리》의 표제작이 될 것 같다며, 동시대적이고 시사적이고 신선하다고 말했다. 우준와는 그 작품이 삽화를 곁들인 《이코노미스트》 기사 같다고 생각했다. 하지만 그 말을 입 밖에 내진 않았다. 그녀는 숙소로 돌아갔고 배가 아팠음에도 노트북을 켰다.

알하지의 무릎에 앉아 있는 잉카를 바라보면서, 치오마는 자신이 연극에 출연하고 있는 것 같다고 느낀다. 그녀는 중등학교 때 희곡을 썼다. 그리고 그 작품을 개교기념일에 반 아이들과 함께 무대에 올렸고, 연극이 끝나자 객석에서는 기립 박수가 나왔고, 교장은 "치오마는 나중에 스타가 될 겁니다!"라고 말했다. 아버지는 어머니 옆에 앉아 박수를 치며 미소 짓고 있었다. 하지만 그녀가 대학에서 문학을 전공하고 싶다고 말했을 때 아버지는 그건 실용적이지가 않다고 말했다. 그는 "실용적"이란 표현을 썼다. 그는 치오마에게 다른 것을 공부하라며, 글은 남는 시간에 얼마든지 쓸 수 있지 않냐고 했다. 알하지는 한 손가락으로 가볍게 잉카의 팔을 쓸어내리며 이렇게 말한다. "하지만 당신도 사바나 유니언 은행이 지난주에 나한테 사람 보낸 거 알잖아." 잉카는 여전히 미소를 띠고 있고, 치오마는 그녀의 볼

이 아프지 않을까 생각한다. 그녀는 침대 밑의 양철통 속에 들어 있는 이야기들을 생각한다. 아버지는 그 원고들을 모두 읽었고 가끔은 여백에 이렇게 적기도 했다. 훌륭함! 진부함! 아주 좋음! 모호함! 그녀에게 소설책을 사 주던 사람은 아버지였다. 어머니는 소설이 시간 낭비라고, 치오마에게 필요한 건 교과서라고 생각했다.

잉카가 "치오마!"라고 부르는 소리에 그녀는 고개를 든다. 알하지가 그녀에게 이야기하고 있다. 그는 쑥스러움을 타는 듯 그녀의 눈을 똑바로 보지 못한다. 잉카와 달리 그녀에게는, 머뭇거리는 모습을 보인다. "당신이 너무 미인이라고 말하던 참이었소. 당신 같은 여자가 왜 아직까지 거물과 결혼하지 않았죠?" 치오마는 미소만 지을 뿐 아무 말도 하지 않는다. 알하지가 말한다. "머천트 트러스트 은행과 거래하기로 하긴 했소만 그 대신 당신이 내 담당 직원이 되어야 하오." 치오마가 뭐라고 해야 할지 몰라 멍하니 있는 사이 잉카가 대답한다. "물론 치오마가 담당하고말고요. 저희가 잘 관리해 드리겠습니다. 아, 정말 고맙습니다, 사장님!"

알하지가 자리에서 일어나며 말한다. "자, 자, 내가 지난번 런던에 다녀올 때 좋은 향수를 사 왔어요. 선물로 좀 챙겨 줘야겠군." 그가 집 안쪽을 향해 걸어가다 뒤를 돌아본다. "자, 자, 둘 다 따라와요." 잉카가 따라간다. 치오마가 일어선다. 알하지가 다시 한번 뒤돌아서서 그녀가 따라오길 기다린다. 하지만 그녀는 따라가지 않는다. 그녀는 반대쪽으로 돌아서서 문을 열고 환한 햇빛 속으로 나온 다음, 운전사가 차 문을 열어 놓고 앉아서 라디오를 듣고 있는 지프를 지나 계속 걸어간다. "부인? 부인, 무슨 일 있나요?" 그가 부른다. 그녀는 대답하지 않는다. 그녀는 걷고 또 걸어서 높은 철문들을 지나 큰길로 나가서는 택시를 잡아타고, 거의 비어 있다시피 한 자신의 책상을 정리하기 위해 회사로 간다.

우준와는 파도 부서지는 소리와 신경성 복통 때문에 잠에서 깼다. 그녀는 오늘 밤 작품을 낭독하고 싶지 않았다. 아침을 먹으러 가고 싶지도 않았지만 그래도 가서 여느 때 같은 미소를 띠고, 여느 때 같은 아침 인사를 했다. 그녀가 케냐인 옆에 앉자 그가 그녀 쪽으로 몸을 기울이더니, 에드워드가 방금 세네갈인에게 자기 꿈에 그녀의 배꼽이 나왔다고 말하더라고 속삭였다. 배꼽이라. 우준와는 세네갈인이 조심스럽게 찻잔을 입술에 갖다 대는 모습, 명랑한 표정으로 먼 바다를 내다보는 모습을 지그시 쳐다보았다. 우준와는 그녀의 당당한 침착함이 부러웠다. 그리고 에드워드가 다른 사람에게도 야한 농담을 한다는 이야기를 들으니 기분이 나빠졌다. 그녀는 자기가 뭣 때문에 화가 난 걸까 생각했다. 그의 추파는 내 몫이라고 여기게 된 걸까? 이런 생각과 그날 밤에 낭독할 생각을 하니 심란해졌으므로 그녀는 오후에 점심을 깨작거리다가 문득 세네갈인에게 에드워드가 배꼽 얘기를 했을 때 뭐라고 대꾸했느냐고 물었다.

세네갈인은 어깨를 으쓱하면서, 그 노인네가 꿈을 얼마나 많이 꾸건 간에 자신은 언제까지나 행복한 레즈비언으로 남을 것이므로 아무런 대꾸도 할 필요가 없다고 말했다.

"하지만 우리는 왜 아무 말도 하지 않는 걸까요?" 우준와가 물었다. 그녀는 목소리를 높이면서 다른 사람들을 쳐다봤다. "왜 우리는 늘 아무 말도 하지 않는 걸까요?"

그들은 서로를 쳐다봤다. 그리고 케냐인은 웨이터에게 물이 미적지근해지고 있으니 얼음 좀 더 갖다줄 수 있느냐고 말했다. 탄자니아인은 웨이터에게 말라위 어느 지방 출신이냐고 물었다. 케냐인은 또다시, 웨이터들은 모두 말라위 출신인 것 같은데 요리사들도 그렇냐고 물었다. 그러자 짐바브웨인은 요리사들이 어디 출신이건 관심 없다며, 점핑 멍키 힐의 음식은 죄 고기와 크림 일색이라 속이 메슥거리기 때문이라고 말했다. 다른 말들도 쏟아져 나왔지만 우준와는 누가 무슨 말을 했는지 알 수가 없었다. 쌀밥이 없는 아프리카인 모임을 상상할 수 있냐, 에드워드가 저녁 식사에는 포도주가 적절하다고 생각한다고 해서 왜 맥주가 금지되어야 하냐, 에드워드가 "적절한" 시간이라고 했건 어쨌건 8시 아침 식사는 너무 이르다, 그의 파이프 담배 냄새는 구역질 난다, 여하튼 그는 파이프를 피우는 도중에 담배 마는 짓을 그만두고 자기가 뭘 피우고 싶은지를 결정해야 한다 등등.

오직 남아공 흑인만이 아무 말이 없었다. 그는 두 손을 무릎 위에서 맞잡은 채 쓸쓸한 표정으로 앉아 있다가 문득 에드워드는 악의 없는 노인일 뿐이라고 말했다. 우준와가 그에게 고함쳤다. "그런 태도 때문에 백인들이 당신들을 죽이고, 흑인 거주 지역에 몰아넣고, 본래 당신들 소유인 땅을 지나갈 때에도 통행증을 제시하라고 하는 거예요!" 그녀는 거기서 말을 멈추고 사과했다. 그런 말은 하지 말았어야 했다. 본의 아니게 언성까지 높였다. 남아공 흑인은 누구나 악마가 들릴 때가 있다는 듯이 어깨를 으쓱했다. 케냐인이 우준와를 뚫어져라 쳐다봤다. 그는 목소리를 낮게 깔더니, 그녀가 단지 에드워드 때문에 화난 건 아닌 것 같다고 말했다.

그녀는 시선을 돌렸고, "화난"이 적절한 단어인가 생각했다.

나중에 그녀는 케냐인과 세네갈인과 탄자니아인과 함께 기념품 가게에 가서 인조 상아로 만든 목걸이를 목에 걸어 보았다. 그들은 탄자니아인이 보석에 관심을 보인다고 놀려 댔다. 혹시 당신도 동성애자 아니에요? 그는 웃으면서 자신의 가능성은 무한하다고 말했다. 그러고는 심각한 말투로, 에드워드는 연줄이 많기 때문에 그들에게 런던에 있는 에이전트를 구해 줄 수도 있다고 말했다. 그러니 그를 적으로 만들 필요도 없고 기회가 생기기도 전에 싹부터 자를 필요도 없다는 것이었다. 특히 그는, 개인적으로, 아루샤에서 지루한 선생질만 하다 죽고 싶지 않았다. 그는 모두에게 말하는 듯한 어투를 사용했지만 눈으로는 우준와만을 쳐다보며 말했다.

우준와는 목걸이를 사서 목에 걸었다. 이빨 모양의 하얀 펜던트가 자신의 목에 걸려 있는 모습이 마음에 들었다. 그날 저녁 이저벨이 그걸 보고 미소를 지었다. "사람들이 인조 상아가 얼마나 진짜 같은지 깨닫고 동물들을 내버려 둔다면 얼마나 좋을까요." 그녀가 말했다. 우준와는 환하게 웃으면서 그것이 진짜 상아라고 말하고는, 자기가 왕실 사냥 때 직접 잡은 코끼리라고 덧붙일까 말까 고민했다. 이저벨은 충격을 받은 듯하더니 곧 고통스러워했다. 우준와는 인조 상아를 손가락으로 만지작거렸다. 진정해야 돼. 그녀는 자기 작품을 읽기 시작하면서 계속 그렇게 속으로 되뇌었다. 낭독이 끝나자 우간다인이 제일 먼저, 정말 힘 있고 사실직인 이야기라고 말했다. 우준와는 그가 한 말보다 그의 자신감 넘치는 말투에 더 깜짝 놀랐다. 탄자니아인은 그녀가 라고스를 잘

묘사했다고, 냄새와 소리까지 잘 살렸다고 말했다. 그리고 제3 세계 도시들은 정말 믿기 힘들 만큼 서로 비슷하다고 했다. 남아공 백인은 "제3세계"라는 용어가 싫다면서, 나이지리아 여성들이 겪고 있는 일을 사실적으로 그린 점이 좋았다고 말했다. 에드워드는 뒤로 기대앉으며 이렇게 말했다. "이 얘기는 실제와는 거리가 멀지요? 여성들이 그런 무도한 경우의 피해자였을 리도 없고 특히 나이지리아에서는 더더욱 그랬을 리가 없으니까요. 나이지리아의 고위직에는 여성이 많지 않습니까. 현재 최고 각료도 여성이고 말이죠."

그때 케냐인이 끼어들더니, 이야기는 마음에 들지만 치오마가 직장을 포기했으리라고 생각하진 않는다고 말했다. 그녀에게는 다른 선택이 없었으므로 이런 결말은 납득하기 어렵다는 것이었다.

"이야기 전체가 납득이 안 돼요." 에드워드가 말했다. "이건 목적 소설이지 실제 사람들에 관한 실제 이야기가 아니에요."

우준와의 마음속에서 뭔가가 움츠러들었다. 에드워드는 아직도 계속 말하고 있었다. 물론 문장 자체는 칭찬해야겠지요. 꽤나 후울륭했으니까요. 그는 그녀를 바라보고 있었다. 그의 두 눈에 서린 승리감이 그녀로 하여금 벌떡 일어나서 웃음을 터뜨리게 했다. 참가자들이 그녀를 쳐다봤다. 그녀는 웃고 또 웃었고, 그들은 그녀를 쳐다봤고, 그녀는 자기 원고를 집어 들었다. "실제 사람들에 관한 실제 이야기요?" 그녀는 에드워드의 얼굴을 똑바로 쳐다보며 말했다. "내가 실제 이야기에서 빠뜨린 부분은 내가 동료를 혼자 놔두고 알하지의 집에서 나온 뒤에 지프에 올라타고는 운전사에게 집까지 데려다 달라고 고집부렸던 것뿐이에요. 그 차를 다시 타는 일은 없으리란 걸 알았으니까요."

우준와는 다른 말도 더 하고 싶었지만 하지 않았다. 눈에서 눈물이 솟아올랐지만 흘리지 않았다. 그녀의 마음은 어머니에게 전화할 생각으로 설레고 있었다. 그녀는 숙소를 향해 걸어가면서, 이야기가 이런 결말로 끝난다면 사람들이 납득할 만하다고 여길까 생각했다.

숨통

당신은 미국에 사는 사람은 누구나 자동차와 총을 갖고 있다고 생각했다. 당신의 숙부들과 숙모들과 사촌들도 그렇게 생각했다. 당신이 미국 비자 복권[42]에 당첨된 직후에 그들은 당신에게 말했다. 한 달 후면 너는 큰 차를 갖게 될 거야. 곧 큰 집도 갖게 되겠지. 하지만 미국인들처럼 총은 사지 마라.

그들은 당신이 아버지와 어머니와 오빠 셋과 함께 살고 있던 라고스의 단칸방에 떼 지어 모여들어서는, 의자가 모두에게 돌아갈 만큼 많지 않았기 때문에, 페인트칠도 하지 않은 벽에 기대서서 큰 소리로 작별 인사를 하고 낮은 목소리로 무슨 무슨 선물을 보내 달라고 말했다. 큰 차와 집과 (혹시 모를 총과) 비교하면 그들

---

[42] 미 국무부가 인종적 다양성을 확대하기 위하여 최근 오 년간 미국 이민자가 5만 명 이하인 국가들의 이민 희망자들 가운데 매년 5만 명을 추첨하여 이민 비자를 발급해 주는 제도.

이 원하는 것은 약소했다. 핸드백과 구두와 향수와 옷 정도였으니까. 당신은 알았어요, 문제없어요 하고 대답했다.

　미국 비자 복권을 추첨할 때 당신 가족 모두의 이름을 적어 넣은, 미국에 사는 숙부는 당신이 자립할 수 있을 때까지 함께 살아도 좋다고 말했다. 그는 공항에 당신을 데리러 와서 커다란 핫도그를 사 줬는데 거기 들어 있는 노란 겨자 때문에 당신은 거의 토할 뻔했다. 그게 바로 미국이야, 그가 웃으며 말했다. 그는 메인주의 작은 백인 마을에 있는, 삼십 년 된 호숫가 집에서 살았다. 그가 다니는 회사는 인종 다양성을 추구하는 회사로 보이는 데 목매고 있었기 때문에 그에게 평균 임금보다 몇천 달러 많은 봉급과 스톡옵션을 제시했다고 했다. 그리고 그들은 모든 안내 책자에, 그의 부서와 전혀 상관없는 곳에까지 그의 사진을 집어넣었다. 그는 웃으면서, 백인들만 사는 동네에 살 가치가 있을 만큼 좋은 직장이라고 말했다. 단점이라면 그의 아내가 한 시간을 운전해야 흑인 머리를 해 주는 미용실에 갈 수 있다는 점뿐이었다. 비결은 미국을 이해하는 것, 미국은 모든 일에 그만한 대가가 따르는 곳이라는 걸 깨닫는 거야. 포기한 것도 많지만 그 대신 얻은 것도 많잖니.

　그는 당신에게 중심가 주유소의 출납원 자리에 지원하는 법을 가르쳐 주고 당신을 전문대에 등록시켰다. 그 학교 여학생들은 넓적다리가 굵었고 피부를 주황색으로 만드는 셀프 태닝 제품과 새빨간 매니큐어를 바르고 다녔다. 그들은 당신에게 영어는 어디서 배웠냐고, 아프리카에 집을 여러 채 갖고 있냐고, 미국에 오기 전에도 자동차를 본 적 있냐고 물었다. 그들은 당신의 머리카락을 빤히 쳐다보곤 했다. 땋은 머리를 다 풀면 머리카락이 일어서요, 아니면 옆으로 누워요? 그들은 알고 싶어 했다. 전부 다 일어서요? 어떻게요? 왜요? 빗으로 빗기도 하나요? 당신은 그들이 그런 질문을 할 때마다 억지 미소를 지었다. 숙부는 그런 일이 일어날 거라고 말했었다. 무지와 오만의 결합, 그는 그렇게 불렀다. 그리고 자신이 이곳으로 이사 오고 나서 몇 달 뒤에, 이웃들이 다람쥐가 하나둘 사라지고 있다고 하더라는 이야기를 들려줬다. 그들은 아프리카인이 온갖 종류의 야생 동물을 닥치는 대로 잡아먹는다고 들었던 것이다.

당신은 숙부와 함께 있으면 즐거웠고 그의 집에서 고향 같은 편안함을 느꼈다. 그의 아내는 당신을 **느완네**, 즉 여동생이라고 불렀고 학교에 다니는 두 아이는 당신을 고모라고 불렀다. 이보어로 대화하고 점심에는 가리를 먹으니 정말 고향에 있는 것만 같았다. 적어도 숙부가 당신이 자던 곳, 오래된 박스와 보드상자 때문에 비좁은 지하실에 내려와 억지로 당신을 끌어안고 엉덩이를 그러쥐며 신음하기 전까지는 그랬다. 그는 당신의 진짜 숙부가 아니었다. 그는 사실 고모부의 형이었으므로, 당신과 피 한 방울 섞이지 않은 사이였다. 당신이 그를 밀쳐 내자 그는 당신 침대 위에 앉아 ─ 따지고 보면 그곳은 그의 집이었다. ─ 미소를 띠면서, 당신은 스물두 살이니 더 이상 어린애가 아니라고 했다. 네가 받아들이기만 한다면 나는 널 위해 많은 걸 해 줄 거야. 똑똑한 여자들은 늘 그렇게 해. 높은 연봉을 받는 라고스의 직장 여성들이 어떻게 해서 성공했을 것 같으냐? 뉴욕 여자들이라고 다를 것 같아?

당신은 욕실에 들어가서 문을 잠근 후 그가 다시 위층으로 올라갈 때까지 기다렸고 다음 날 아침 그 집을 나와 호수에서 풍겨

오는 치어 냄새를 맡으며 바람이 불어치는 긴 도로를 따라 걸었다. 그의 자동차가 옆을 지나쳤지만 — 그는 늘 당신을 중심가에 내려 주곤 했다. — 그는 경적을 울리지 않았다. 당신은 그가 자기 아내한테 당신이 떠난 이유를 뭐라고 말할까 생각했다. 그리고 그가 한 말을 떠올렸다. 미국은 모든 일에 그만한 대가가 따르는 곳이라는 말.

당신은 코네티컷주의 어느 작은 마을에 도착했다. 당신이 올라탄 그레이하운드 고속버스의 종점이 그곳이었기 때문이다. 당신은 깨끗한 밝은색 차양이 있는 식당에 들어가서, 다른 웨이트리스들보다 2달러 덜 받고 일하겠다고 말했다. 머리카락이 잉크처럼 새까만 지배인 후안이 금니를 번쩍이며 미소 지었다. 그는 나이지리아인 직원을 써 본 적은 없지만 이민자들은 다들 열심히 일한다고 말했다. 그도 그랬던 시절이 있기에 잘 알았다. 그는 당신에게 다른 웨이트리스들보다 1달러 덜 주는 대신 장부에는 기록하지 않겠다고 말했다. 그는 국세청에서 뜯어 가는 각종 세금이 마음에 들지 않았던 것이다.

당신은 학교를 다닐 수 없었다. 이제는 얼룩진 카펫이 깔린 조그만 방의 방세를 내야 했기 때문이다. 게다가 코네티컷주의 작은 마을에는 전문대가 없었고 주립대는 학비가 너무 많이 들었다. 그래서 당신은 공공 도서관에 가서 학교 웹 사이트에 올라와 있는 강의 계획서를 찾은 다음 거기 적힌 책 몇 권을 읽었다. 때로는 트윈 베드의 울퉁불퉁한 매트리스에 앉아 고향 생각을 했다. 머리에 인 껀어뮬과 플랜틴을 사 달라고 손님들을 구슬리다가 그들이 사 주지 않으면 욕을 퍼붓던 숙모들. 동네 양조장에서 만든 진을 마시고 자신의 가족과 그들의 삶을 단칸방에 욱여넣던 숙부들. 당신이 떠나기 전에 작별 인사를 하러, 당신이 미국 비자 복권에 당첨된 것을 축하하러, 질투가 난다고 고백하러 왔던 친구들. 일요일 아침에 성당까지 걸어가는 동안 곧잘 손을 잡던 부모님. 깔깔대고 웃으며 그들을 놀리던 옆방의 이웃들. 회사 상사가 읽고 버린 신문을 가져와서 오빠들에게 읽히던 아버지. 오빠들의 중등학교 — 선생들에게 갈색 봉투를 찔러주면 A 학점을 받을 수 있는 — 학비도 될까 말까 하는 월급을 받던 어머니.

당신은 A를 받기 위해 돈을 줘야 했던 적도 없었고, 중등학교 선생들에게 봉투를 찔러준 적도 없었다. 하지만 당신은 어머니가 청소부로 일하는 공공건물의 주소로 월급의 반을 부칠 때 긴 갈색 봉투를 선택했다. 그리고 늘 후안이 준 지폐를 사용했다. 팁으로 받은 돈과 달리 빳빳했기 때문이다. 당신은 매달 그렇게 했다. 하얀 종이에 조심스럽게 돈을 쌌지만 편지는 쓰지 않았다. 편지에 쓸 말이 없었다.

하지만 그 후 몇 주 동안 당신은 편지를 쓰고 싶었다. 할 얘기가 있었기 때문이다. 당신은 미국인들의 놀라운 솔직함에 대해 쓰고 싶었다. 그들이 어머니의 암 투병이나 시누이의 미숙아처럼 숨겨야 마땅한, 혹은 그들의 행복을 바라는 가족에게나 말해야 마땅한 이야기를 얼마나 열성적으로 당신에게 들려주는지에 대해서. 당신은 쓰고 싶었다. 사람들이 식당에서 정말 많은 음식을 남기고는 구겨진 1달러짜리 지폐 몇 장을 마치 사죄의 헌금처럼 두고 간다는 얘기를. 당신은 쓰고 싶었다. 아이가 울면서 자기 머리를 잡아당기고 메뉴판을 테이블 밑으로 떨어뜨려도, 아마 다섯 살쯤 된

애를 부모가 조용히 시키기는커녕 한참 달랜 다음에 모두 일어나서 가 버리더라는 얘기를. 당신은 쓰고 싶었다. 허름한 옷에 다 떨어진 운동화를 신는, 라고스의 대저택 앞에서 보초 서는 야경원처럼 생긴 부자들에 대해서. 당신은 쓰고 싶었다. 미국 부자들은 말랐고 가난뱅이들은 뚱뚱하다는 얘기, 큰 집이나 차가 없는 사람도 많다는 얘기를. 하지만 총 없는 사람이 많은지는 확신할 수 없었다. 그들이 주머니에 총을 숨기고 있는지도 모르기 때문이다.

당신은 부모님뿐만 아니라 친구들, 사촌들, 숙모들과 숙부들에게도 편지를 쓰고 싶었다. 하지만 웨이트리스 일로 버는 돈으로는 모두에게 줄 향수와 옷과 핸드백과 구두를 사고 집세까지 지불할 수가 없었다. 그래서 당신은 누구에게도 편지를 쓰지 않았다.

아무도 당신이 어디 있는지 몰랐다. 당신이 누구에게도 말하지 않았기 때문에. 때로 당신은 투명 인간이 된 듯한 기분이 들어서 벽을 통과해 복도로 나가려 했고 그러다 벽에 부딪치면 팔에 멍이 남았다. 한번은 후안이 당신을 때리는 남자가 있냐고 물으면서 자기가 그 남자를 손봐 주겠다고 하길래 당신은 알 수 없는 미소를 지었다.

매일 밤 무언가가 당신의 목을 감아 오곤 했다. 당신이 잠들기 전에 거의 질식할 때까지 숨통을 조여 오는 그 무엇.

식당에서는 많은 사람들이 당신에게 언제 자메이카에서 미국으로 왔냐고 물었다. 외국식 악센트로 말하는 흑인은 모두 자메이카 사람이리고 생각했기 때뮤이다. 당신을 아프리카인으로 추측한 몇몇은 자신이 코끼리를 좋아한다고 말하거나 사파리 여행을

가 보고 싶다고 하기도 했다.

그래서 당신이 오늘의 메뉴를 줄줄 읊은 뒤에 그가 식당의 어두침침한 불빛 속에서 당신에게 아프리카 어느 나라에서 왔냐고 물었을 때 당신은 나이지리아라고 대답하고 나서 그가 보츠와나의 에이즈 퇴치 운동에 돈을 기부한 얘기를 하길 기대했다. 하지만 그는 당신이 요루바족인지 이보족인지를 물었다. 얼굴을 보니 풀라니족은 아니라는 것이었다. 당신은 깜짝 놀랐다. 당신은 그가 주립대의 인류학 교수일 거라고 생각했다. 이십 대 후반 정도로 보이니 나이가 조금 젊긴 했지만 얼굴만 봐서 어떻게 알겠는가? 이보족요, 당신은 대답했다. 그는 당신의 이름을 물었고 아쿤나가 예쁜 이름이라고 했다. 다행히, 그게 무슨 뜻이냐고 묻지는 않았다. 왜냐하면 당신은 사람들에게서 "'아버지의 재산'요? 그럼 당신 아버지가 실제로 사위한테 당신을 팔아넘길 거란 말인가요?"라는 말을 듣는 게 지겨웠기 때문이다.

그는 가나와 우간다와 탄자니아에 가 본 적이 있고, 오코트 비테크의 시와 아모스 투투올라의 소설을 좋아하며, 사하라 사막 이남의 나라들과 역사와 사회 문제에 대한 책을 많이 읽었다고 했다. 당신은 경멸감을 느끼고 싶었고 그가 주문한 음식을 가져다주면서 그 경멸감을 보여 주고 싶었다. 아프리카를 너무 좋아하는 백인과 아프리카를 너무 싫어하는 백인은 똑같은 부류, 즉 잘난 척하는 부류였기 때문이다. 하지만 그는 메인주의 전문대에서 코블딕 교수가 아프리카 식민지 해방에 대한 토론 중에 그랬던 것처럼 오만한 태도로 고개를 내젓지 않았다. 그는 코블딕 교수 같은 표정, 지금 자신의 이야기 속에 등장하는 사람들보다 자기가 우월하다고 생각하는 사람의 표정을 짓지 않았다. 그는 다음 날에도 와서 전날과 똑같은 자리에 앉았고 당신이 닭고기 요리가 괜찮냐고 묻자 당신에게 라고스에서 자랐냐고 물었다. 그는 사흘째 날에도 와서 주문을 하기 전에 이야기하기 시작했다. 자기가 인도 뭄바이에 갔던 얘기, 그리고 이제는 라고스에 가서 빈민가 같은 곳의 사람들이 어떻게 사는지 보고 싶다고, 왜냐하면 자신은 외국에 나갈 때 관광객들이 하는 바보 같은 짓은 하지 않기 때문이라는 얘기를 했다. 그가 쉬지 않고 계속 떠들어 대서 당신은 이러면 식당 규정에 어긋난다고 말해야 했다. 당신이 물컵을 내려놓자 그는 당신의 손을 쓰다듬었다. 나흘째 날 당신은 그가 들어오는 것을 보고 후안에게 더 이상 그 테이블을 맡고 싶지 않다고 말했다. 그날 밤 근무가 끝났을 때 그는 귀에 이어폰을 꽂고 밖에서 기다리고 있다가 자신과 데이트해 달라고 말했다. 당신 이름이 **하쿠나 마타타**와 운이 맞고 「라이온 킹」은 그가 유일하게 좋아하는 감상적인 영화였기 때문이다. 당신은 「라이온 킹」이 뭔지 몰랐다. 그런데 밝은 빛 속에 서 있는 그를 보았을 때 그의 눈이 엑스트라 버진 올리브기름의 색깔, 초록 기가 도는 황금색임을 알았다. 엑스트라 버진 올리브기름은 당신이 미국에서 유일하게 정말 정말 좋아하는 것이었다.

그는 주립대 4학년 학생이었다. 그는 당신에게 자기가 몇 살이라고 말했고 당신은 그에게 왜 아직 졸업하지 않았냐고 물었다. 하지만 사실 이곳은 미국이었으므로 그녀의 고향과는 달랐다. 나이지리아에서는 대학들이 휴교를 너무 자주 해서 학생들은 정규 과정 기간보다 삼 년을 더 다녀야 했고 교수들은 파업에 파업을 계속해도 여전히 월급을 받지 못했다. 그는 이 년 동안 휴학을 하고 자신을 찾기 위해 주로 아프리카와 아시아를 여행했다고 말했다. 당신이 그에게 어디서 자신을 찾았느냐고 묻자 그는 웃음을 터뜨렸다. 당신은 웃지 않았다. 당신은 그때까지 사람들이 학교를 다니지 않기로 그토록 쉽게 결정할 수 있다는 것, 인생에게 명령할 수 있다는 것을 알지 못했다. 당신은 인생이 주는 대로 받아들이는 데, 인생이 명령하는 대로 받아 적는 데 익숙했다.

당신은 그 후로 나흘 동안 그의 데이트 신청을 계속 거절했다. 당신 얼굴을 쳐다보는 그의 시선이 불편했기 때문이다. 그가 당신 얼굴을 쳐다볼 때의 강렬하고 간절한 시선으로 인해 그에게 작별 인사를 하고 싶으면서도 동시에 그를 뒤로하고 가 버리기가 주저되었다. 그리고 닷새째 되던 날 밤, 근무를 끝내고 나온 당신은 문 앞에 그가 서 있지 않은 것을 보고 당황했다. 당신은 아주 오랜만에 기도를 했고 그가 등 뒤에서 나타나 안녕 하고 말하자 그가 채 물어보기도 전에 좋아요, 당신과 데이트하겠어요 하고 대답했다. 그가 다시는 묻지 않을까 봐 두려웠던 것이다.

다음 날 그가 당신을 데려간 창스라는 중국 식당에서 당신이 집은 행운의 과자에는 쪽지가 두 개 들어 있었다. 그런데 두 장 다 백지였다.

당신은 그와 편안한 관계가 되었음을 알았다. 당신이 식당 텔레비전으로 퀴즈 프로 「제퍼디」를 봤는데 유색인 여성, 흑인 남성, 백인 여성, 그리고 마지막으로 백인 남성의 순서로 출연자들을 응원했다고 그에게 말했을 때. 그 말은 당신이 백인 남성을 전혀 응원하지 않았다는 뜻이었다. 그는 웃으면서, 자신은 찬밥 취급 당하는 데 익숙하다고 말했다. 그의 어머니가 여성학 교수였기 때문이다.

당신은 그와 가까워졌음을 알았다. 당신의 아버지가 실은 교사가 아니라 건설 회사의 말단 운전사라고 그에게 말했을 때. 그리고 당신은 아버지가 털털거리는 푸조 504를 운전했던 어느 날의 이야기를 그에게 들려주었다. 그날은 비가 내렸고 당신이 앉은 좌석은 녹슨 천장에 뚫린 구멍 때문에 젖어 있었다. 차가 이미 막히는 상태에서, 라고스는 늘 차가 막혔지만, 비까지 내리자 도로는 그야말로 아비규환이었다. 길이 진창이 되어 차들이 웅덩이에 빠졌고 당신의 사촌들 몇은 밖에 나가서 차를 밀어 주고 돈을 받았다. 당신 생각에 아버지가 그날 브레이크를 너무 늦게 밟은 이유는 비와 질척거리는 길 때문이었다. 쿵 소리가 먼저 들린 후에 차가 덜컹하고 흔들렸다. 아버지가 들이받은 차는 표범의 눈 같은 황금색 전조등이 달린, 넓적한 진녹색 외제 차였다. 아버지는 차에서 내리기도 전부터 울면서 빌기 시작하더니 곧 길바닥에 엎드렸고 그러자 사방에서 경적이 울렸다. 죄송합니다, 선생님. 죄송합니다, 선생님. 그는 같은 말을 되풀이했다. 저와 제 가족을 판다 해도 선생님 차의 타이어 하나 살 수 없을 겁니다. 죄송합니다, 선생님.

뒷좌석에 앉은 거물은 차에서 내리지 않고 운전사가 내렸다. 그는 파손 정도를 살펴보면서, 납작 엎드려 있는 아버지의 모습을, 마치 자기가 즐기고 있음을 인정하기 창피한 포르노 공연이라도 되는 것처럼 곁눈질했다. 마침내 그가 아버지를 놓아주었다. 손짓으로 가라는 표시를 했다. 다른 차들은 경적을 울려 댔고 운전자들은 욕을 퍼부었다. 아버지가 차로 돌아왔을 때 당신은 고개를 돌려 버렸다. 그의 모습이 마치 시장 주위의 진흙탕에서 뒹구는 돼지 같았기 때문이다. 아버지는 **은시**, 똥처럼 보였다.

당신이 이 이야기를 마치자 그는 입술을 오므리면서 당신의 손을 잡고는 당신 심정을 이해한다고 말했다. 당신은 그의 손을 뿌리쳤다. 세상이 자기 같은 사람들로 가득 차 있다고, 혹은 차 있어야 한다고 생각하는 그에게 갑자기 화가 났기 때문이다. 당신은 그에게, 이해해야 할 것은 하나도 없다고, 그냥 사는 게 원래 그런 거라고 말했다.

그는 하트퍼드 전화번호부에서 아프리카 식료품점을 찾아내어 당신을 그곳에 데려갔다. 익숙하게 가게 안을 걸어 다니며 야자주 병을 기울여서 침전물이 얼마나 있나 보는 그의 모습을 보고, 가나에서 온 가게 주인은 그에게 백인 케냐인이나 남아공 사람 같은 아프리카인이냐고 물었다. 그는, 네, 하지만 미국에 온 지 오래됐어요 하고 대답했다. 그는 가게 주인이 자기 말을 믿어서 기쁜 듯했다. 그날 저녁 당신은 그 가게에서 사 온 재료로 요리를 했고 그는 가리와 **오누그부** 수프를 먹고 나서 개수대에 토하고 말았다. 하지만 당신은 개의치 않았다. 이제 **오누그부** 수프에 고기를 넣고 끓일 수 있게 됐기 때문이다.

그는 동물을 도축하는 방법이 잘못됐다고 생각했기 때문에 고기를 먹지 않았다. 도축업자들이 동물을 죽일 때 공포 가스를 흡입하게 하는데 이 가스가 사람을 편집증적으로 만든다는 것이었다. 고향에서 당신이 먹던 고기 조각은, 고기가 있을 경우에 한

해서지만, 손가락 반만 한 크기였다. 하지만 당신은 그에게 말하지 않았다. 어머니가 너무 비싼 카레와 타임 대신 모든 요리에 넣었던 **다와다와**의 일부, 아니 전체가 화학조미료였다는 말도 하지 않았다. 그는 화학조미료가 암을 유발한다고, 그래서 창스를 좋아하는 거라고 했다. 창은 화학조미료를 사용하지 않았던 것이다.

한번은 그가 창스의 웨이터에게, 자기가 최근에 상하이에 다녀왔으며 중국어를 조금 할 줄 안다고 말한 적이 있었다. 웨이터는 환한 표정을 짓더니 오늘은 어떤 수프가 제일 맛있다고 말한 뒤에 이렇게 물었다. "그럼 여자 친구분은 지금 상하이에 계신가요?" 그러자 그는 미소만 지을 뿐 아무런 대답도 하지 않았다.

당신은 식욕을 잃었고 가슴 속 깊은 곳이 막힌 듯했다. 그날 밤 당신은 그가 당신 안에 들어왔을 때 신음 소리를 내지 않았다. 그가 걱정할 것을 알았기에 입술을 깨물면서 절정에 다다르지 못한 척했다. 나중에 당신은 왜 자신의 기분이 나쁜지를 그에게 얘기했다. 당신들이 창스에 그렇게 자주 가는데도, 메뉴판이 나오기 전에 키스를 했는데도, 중국인 웨이터는 당신이 절대 그의 여자 친구일 리 없다고 생각했고 그는 미소만 짓고 아무 말도 하지 않았다고. 그는 결국 사과했지만 그 전에 한참 동안 당신을 멍하니 쳐다보고 있었고 당신은 그가 이해하지 못한다는 것을 알았다.

그는 당신에게 자주 선물을 사 줬다. 어느 날 당신이 왜 이렇게 비싼 걸 샀냐고 따지자 그는 생전에 보스턴에 살았던 할아버지가 부자였냐고 밀헸디가 급하게 덧붙이길, 할아버지가 재산을 거의 다 기부했기 때문에 자신에게 남긴 신탁 기금은 그렇게 많지 않다고 했다. 그의 선물은 당신을 어리둥절하게 했다. 흔들면 그 안에서 분홍색 옷을 입은 조그맣고 맵시 있는 인형이 빙글빙글 도는, 주먹만 한 유리구. 무엇에든 닿으면 그것과 똑같은 색깔로 변하는 반질반질한 돌. 손으로 그린 그림이 담긴, 값비싼 멕시코산 스카프. 마침내 당신은 잔뜩 빈정거리는 목소리로, 당신이 사는 세상에서는 언제나 실용적인 것을 선물한다고 말했다. 예를 들어 돌은 그걸로 뭔가를 갈 수 있을 때에나 선물할 가치가 있는 거라고. 그는 한참 동안 배꼽이 빠져라 웃어 댔지만 당신은 웃지 않았다. 당신은 그가 사는 세상에서는 선물 이외에 다른 용도는 없는, 전혀 쓸모없는 것을 선물로 줄 수도 있음을 깨달았다. 그가 당신에게 구두와 옷과 책을 사 주기 시작했을 때 당신은 그러지 말라고, 당신은 어떤 선물도 원치 않는다고 말했다. 그래도 그는 계속 선물을 사 줬고 당신은 언젠가 고향에 갈 수 있는 날이 오면 사촌들과 숙부들과 숙모들에게 주려고 그것들을 간직했다. 비록 비행기푯값과 방세를 동시에 마련할 날이 과연 올지는 알 수 없었지만 말이다. 그는 정말로 나이지리아를 보고 싶다며 자기가 두 사람 푯값을 모두 내겠다고 말했다. 당신은 당신이 고향에 다녀오는 비용을 그가 내길 원치 않았다. 그가 가난한 사람들의 삶을 구경하다 온 나라 목록에 하나 더 추가하기 위해 나이지리아에 가는 걸 원치 않았다. 그 사람들은 결코 그의 삶을 구경할 수 없을 테니까. 당신은 어느 화창한 날 그가 당신을 롱아일랜드 해협에 데려갔을 때 이 얘기를 했고, 당신들은 말다툼을 했고, 고요한 바닷가를 따라 걷고 있던 당신들의 목소리가 점점 높아졌다. 그는 당신이 그를 독선적이라고 하는 건 옳지 않다고 했다. 당신은 그가 뭄바이의 가난한 인도인만이 진정한 인도인이라고 하는 것은 잘못됐다고 말했다. 그런 식으로 따지면 당신도 진짜 미국인 아니잖아? 당신과 내가 하트퍼드에서 본 가난하고 뚱뚱한 사람들과 다르니까 말이야. 그는 발걸음을 빨리해서 파리한 맨등을 보이면서, 슬리퍼로 모래알을 튀기면서 당신을 앞질러 갔지만 곧 다시 돌아와 당신에게 손을 내밀었다. 당신들은 화해했고 사랑을 나눴고 서로의 머리카락을 어루만졌다. 간들거리는 옥수수수염 같은 그의 부드럽고 노란 머리와 베갯속처럼 탄력 있는 당신의 검은 머리를. 햇볕을 너무 많이 쬐서 잘 익은 수박처럼 빨개진 그의 등에 당신은 입을 맞추고 로션을 발라 주었다.

당신의 목을 감아 오던 것, 당신이 잠들기 전에 거의 질식할 때까지 숨통을 조여 오던 것이 느슨해지고 풀어지기 시작했다.

당신은 사람들의 반응을 보고 당신들이 비정상임을 알았다. 무례한 사람들은 너무 무례했고 상냥한 사람들은 너무 상냥했다. 나이 든 백인들은 입속말을 중얼거리며 그를 노려봤고, 흑인 남자들은 당신을 향해 고개를 내저었으며, 흑인 여자들은 당신의 자존감 결여와 자기혐오를 한탄하는 눈빛을 보냈다. 혹은 동지애가 담긴 미소를 슬쩍 내비치는 흑인 여자들이 있는가 하면, 너무 억지스러운 인사를 그에게 보내면서 무리하게 당신을 용서하려 애쓰는 흑인 남자들도 있었다. 젊은 백인들은 "정말 잘 어울리는 한 쌍"이라고 너무 밝게, 너무 큰 소리로 말했다. 마치 자기가 열린 사고를 가진 사람이란 걸 스스로에게 증명하려는 것처럼.

하지만 그의 부모는 달랐다. 그들은 모든 게 정상인 것처럼 느껴지게 만들었다. 그의 어머니는 그가 고등학교 무도회 파트너 외에는 한 번도 여자를 집에 데려온 적이 없다고 말했고 그는 어색하게 웃으면서 당신의 손을 잡았다. 식탁보가 당신들의 깍지 낀 손을 가려 주었다. 그가 당신의 손을 꽉 잡자 당신은 그의 손을 마주 꽉 잡으면서 그가 왜 그렇게 긴장했을까, 그의 엑스트라 버진 올리브기름색 눈동자가 왜 자기 부모에게 얘기할 때는 그렇게 어두워질까 생각했다. 그의 어머니는 나왈 사아다위[43]의 책을 읽어 봤냐는 질문에 당신이 네라고 대답하자 무척 기뻐했다. 그의 아버지는 인도 요리와 나이지리아 요리가 얼마나 비슷하냐고 물었고 계산서가 나오자 당신에게 계산하라며 농담도 했다. 당신은 그들을 바라보면서, 그들이 당신을 이국적인 전리품이나 상아 보듯 뜯어보지 않은 데 대해 마음속으로 감사했다.

나중에 그는 부모에 대한 자신의 불만을 털어놓았다. 그들이 사랑을 생일 케이크 자르듯 나눠서 준다는 얘기, 그가 로스쿨에 간다고 해야만 큰 조각을 줄 거라는 얘기. 당신은 공감하고 싶었다. 하지만 당신은 화가 났다.

그가 일이 주 동안 캐나다 퀘벡주의 시골에 있는 여름 오두막에서 휴가를 같이 보내자는 그들의 제안을 거절했다고 했을 때 당신은 더 화가 났다. 그들은 그에게 당신도 데려오라는 말까지 했다. 그가 당신에게 오두막 사진을 보여 줬을 때 당신은 왜 그걸 오두막이라고 부르는지 알 수가 없었다. 당신이 살던 고향 동네에

---

43 1931~. 이집트의 여성 운동가, 작가, 의사. 이슬람 문화권의 열악한 여성 인권 실태, 특히 여성 할례를 비판하는 소설과 비소설을 썼다.

서 그렇게 큰 건물은 은행과 성당뿐이었기 때문이다. 당신이 유리잔을 떨어뜨리자 그것은 경재 마룻바닥에 부딪쳐 산산조각이 났고 그가 왜 그러냐고 물었지만 당신은 아무 말도 하지 않았다. 하지만 사실은 많은 게 잘못됐다고 생각했다. 나중에 샤워를 하다가 당신은 울기 시작했다. 당신은 쏟아지는 물줄기에 눈물이 씻겨 내려가는 것을 지켜보았지만 자신이 왜 우는지 알지 못했다.

당신은 마침내 편지를 썼다. 부모님에게 쓴 짧은 편지를 빳빳한 지폐 사이에 끼워 넣고 당신 집 주소도 적었다. 당신은 며칠 만에 특급 우편으로 온 답장을 받았다. 어머니가 직접 쓴 편지였다. 삐뚤빼뚤한 글씨체와 틀린 맞춤법으로 알 수 있었다.

아버지가 세상을 떠났다. 회사 차의 핸들을 잡은 채 그대로 고꾸라졌다. 이제 다섯 달 됐구나, 어머니는 그렇게 적었다. 그들은 당신이 보낸 돈의 일부로 훌륭한 장례식을 치렀다. 조문객들에게 대접할 염소도 잡았고 관도 좋은 것을 쓸 수 있었다. 당신은 침대에 누워서 몸을 웅크리고 무릎을 가슴에 붙인 채, 아버지가 죽던 순간에 당신이 뭘 하고 있었는지, 아버지가 이미 죽은 후인 지난 몇 달 동안 당신이 뭘 하고 있었는지 생각해 내려 애썼다. 어쩌면 아버지는 당신의 온몸이 원인을 알 수 없는, 생쌀처럼 딱딱한 소름으로 뒤덮였던 날 눈을 감았는지도 몰랐다. 그날 후안은 당신에게 주방장 자리를 넘겨받으라고, 주방의 열기가 몸을 덥혀 줄 거라고 농담했었다. 어쩌면 아버지는 당신이 미스틱으로 드라이브를 갔던 날, 혹은 밴체스디에서 연극을 봤던 날, 혹은 창스에서 저녁을 먹었던 날에 숨을 거뒀는지도 몰랐다.

그는 울고 있는 당신을 안아 줬고, 머리를 쓰다듬어 줬고, 자기가 비행기표를 사 주겠다고, 같이 가서 가족들을 만나자고 했다. 당신은 아니라고, 당신 혼자 가야 한다고 말했다. 그가 당신에게 돌아올 거냐고 물었을 때 당신은 당신이 영주권자임을, 일 년 안에 돌아오지 않으면 영주권을 잃게 된다는 사실을 그에게 상기시켰다. 그러자 그는 자기 말이 무슨 뜻인지 알지 않냐고 말했다. 당신 돌아올 거야? 돌아올 거냐고.

당신은 고개를 돌린 채 아무 말도 하지 않았고 그가 당신을 공항까지 태워다 줬을 때 아주아주 오랫동안 그를 꽉 끌어안았다가 놓아주었다.

미국 대사관

그녀는 라고스의 미국 대사관 밖에 있는 줄에 서서 파란색 플라스틱 서류철을 옆구리에 낀 채 꼼짝 않고 정면을 응시하고 있었다. 그녀가 200여 명 중 마흔여덟 번째로 서 있는 그 줄은 굳게 잠긴 미국 대사관 정문에서 시작해 조금 더 작고 덩굴로 뒤덮인 체코 대사관 정문을 지나서까지 이어졌다. 그녀는 호루라기를 불면서 《가디언》, 《더 뉴스》, 《밴가드》를 그녀의 얼굴에 들이미는 신문팔이들도, 법랑 접시를 들고 왔다 갔다 하는 거지들도, 자전거 경적을 울려 대는 아이스크림 장수들도 의식하지 못했다. 잡지로 부채질을 하거나 귓가에서 앵앵대는 조그만 파리를 때려잡지도 않았다. 뒤에 서 있던 남자가 그녀의 등을 톡톡 치면서 "혹시 20나이라 바꿀 10나이라짜리 두 장 있으세요, **아베그**?"라고 물었을 때도 그녀는 정신을 차리기 위해, 자신이 지금 어디 있는지를 기억해 내기 위해 한동안 그를 빤히 쳐다보고 나서야 비로소 고개를 내저으며 "아뇨."라고 대답했다.

축축한 열기를 머금은 공기가 무겁게 드리워 있었다. 그것이 그녀의 머리를 짓눌러서 마음을 비우기가 한층 더 어려웠지만 어제 발로군 박사는 그녀에게 반드시 그래야만 한다고 말했다. 그는 비자 면접을 하려면 정신이 맑아야 한다며 진정제도 주지 않았다. 그의 입장에서 그렇게 말하기란 정말 쉬운 일이었다. 마치 그녀가 스스로 평온한 마음을 유지하는 방법을 알기라도 하는 것처럼, 그것이 그녀가 충분히 해낼 수 있는 일인 것처럼, 그녀가 머릿속 영상들을 일부러 불러내기라도 한 것처럼. 그 영상 속에서 아들 우곤나의 작고 통통한 몸은 그녀 앞에서 고꾸라졌고, 그의 가슴 위에서는 새빨간 얼룩이 — 왜 부엌에서 야자유를 갖고 놀았냐고 야단치고 싶을 만큼 빨간 — 번져 나갔다. 하지만 그녀가 식용유와 양념을 두는 선반에는 아이의 손이 닿지도 않았고, 야자유가 들어 있는 플라스틱병 뚜껑은 그 애가 열 수도 없었다. 겨우 네 살배기 꼬마였으니까.

그녀 뒤의 남자가 다시 등을 톡톡 두드렸다. 그녀는 목을 홱 돌렸다가 등을 타고 흐르는 날카로운 통증 때문에 거의 비명을 지를 뻔했다. 삐끗하셨네요. 발로군 박사는 그녀가 발코니에서 뛰어내리고도 그 정도밖에 다치지 않았다는 데 어안이 벙벙한 표정으로 그렇게 말했다.

"저 쓸모없는 군인 놈이 하는 짓 좀 보세요." 등 뒤의 남자가 말했다.

그녀는 길 건너편을 보기 위해 천천히 목을 돌렸다. 작은 인파가 모여 있었다. 한 병사가 기다란 채찍으로 안경 쓴 남자를 때리고 있었는데 채찍이 공기 중에서 원을 한 번 그린 다음에 내리치는 곳이 사내의 얼굴인지 목인지는 잘 보이지 않았다. 그의 두 손이 채찍을 막으려는 듯한 동작을 취하고 있었기 때문이다. 그녀는 남자의 안경이 벗겨져 땅에 떨어지는 것을 보았다. 군인이 군화 뒷굽으로 까만 안경테와 색깔 들어간 렌즈를 박살 내는 것도 보았다.

"군인한테 애원하는 사람들 좀 보세요." 등 뒤의 남자가 말했다. "우리 나라 사람들은 군인한테 비는 데 너무 익숙해졌어요."

그녀는 아무 말도 하지 않았다. 등 뒤의 남자는 그녀 앞에 있는 여자와 달리 계속 상냥하게 굴었다. 앞의 여자는 조금 전에 "아까부터 사람이 계속 얘기하는데 어쩜 그렇게 멀뚱멀뚱 쳐다만 볼 수 있죠?"라고 말한 뒤부터 그녀를 외면하고 있었다. 그는 어쩌면 그녀가 왜 그 줄에 서 있는 사람들 사이에 생겨난 친밀감을 거부하는지가 궁금한지도 몰랐다. 그들은 모두 동트기 전에 대사관에 도착하기 위해 일찍 일어났고 — 잠을 조금이라도 잔 경우에 한해서지만 — 마침내 줄이 형태를 갖추게 될 때까지 지시에 따라 이리저리 몰려다니면서 군인들이 휘두르는 채찍을 잽싸게 피해 가며 비자 면접 줄에 서기 위해 치열한 싸움을 벌였고 혹시라도 미국 대사관이 오늘 문을 열지 않기로 해서 모레 — 대사관은 수요일 휴무이므로 — 이 짓을 다 다시 해야 할까 봐 두려워하고 있었다. 그래서 그들 사이에 우정이 싹튼 것이다. 정장을 차려입은 남녀들이 신문을 나눠 보고 아바차 정부 성토대회를 여는 동안 청바지 차림의 사교적인 젊은이들은 미국 학생 비자 면접의 질문에 대답하는 요령을 서로 공유했다.

"저 사람 얼굴 좀 보세요. 피가 많이 나네. 채찍에 얼굴이 베였군요." 등 뒤의 남자가 말했다.

그녀는 쳐다보지 않았다. 피가 신선한 야자유처럼 새빨간 색이리란 걸 알았기 때문이다. 그 대신 그녀는 널찍한 잔디밭이 딸린 대사관들이 즐비한, 포물선 모양의 길 엘레케 크레선트와 그 길 양쪽에 늘어선 수많은 사람들을 올려다봤다. 숨 쉬는 보도. 미국 대사관 업무 시간 동안 생겨났다가 대사관이 문을 닫으면 사라지는 시장. 의자 대여소에서는 한 시간에 100나이라인 하얀 플라스틱 의자 무더기가 빠른 속도로 줄어들었다. 시멘트 블록 위에 세워진 나무 매대 위에는 색색 가지 사탕과 망고와 오렌지가 진열돼 있었다. 젊은이들은 돌돌 만 천으로 권 담배 광주리를 머리에 이고 있었다. 길잡이 아이들과 함께 다니는 눈먼 거지들은 누군가가 접시에 돈을 던져 주면 영어, 요루바어, 피진 잉글리시, 이보어, 하우사어로 축복의 말을 했다. 그리고 물론 즉석 사진관도 있었다. 삼각대 옆에 선 키 큰 남자가 '미국 비자 사진, 한 시간 인화'라고 분필로 쓴 흑판을 들고 있었다. 그녀는 거기서 삐거덕거리는 의자에 앉아서 여권 사진을 찍었고 사진이 흐릿하게, 얼굴이 실제보다 훨씬 허옇게 나왔을 때에도 놀라지 않았다. 그때 그녀에겐 다른 선택이 없었다. 미리 사진을 찍어 놓을 수가 없었기 때문이다.

이틀 전 그녀는 선향(先鄕)인 우문나치의 채소밭 근처에 아이를 묻었다. 그때 함께 있었던 친지들이 누구누구였는지는 지금 생각나지 않았다. 그 전날에는 토요타 트렁크에 남편을 싣고 밀출국시켜 줄 친구 집에 데려다줬다. 그리고 그 전날에는 여권 사진을 찍을 필요가 없었다. 그녀의 삶은 정상이었다. 우곤나를 유치원에 태워다 줬고, 미스터 빅스에서 아이에게 소시지 롤을 사 줬고, 차

라디오에서 흘러나오는 마제크 파셰크의 노래를 따라 불렀다. 만일 그날 점술가가 그녀의 삶이 며칠 만에 완전히 뒤바뀔 것이라고 말했다면 그녀는 웃음을 터뜨렸을 것이다. 어쩌면 터무니없는 점괘를 내놓은 값으로 10나이라를 더 줬을지도 모른다.

"이따금 나는 미국 대사관 직원들이 창밖을 내다보면서 군인들이 사람 때리는 모습을 구경하지 않나 생각해요." 등 뒤의 남자가 말했다. 그녀는 그가 입을 닥쳤으면 했다. 그 남자가 계속 떠드는 탓에 마음을 비우기가, 우곤나 생각을 하지 않기가 더 힘들었다. 그녀는 다시 한번 길 건너편을 쳐다보았다. 병사가 저쪽으로 걸어가고 있었는데 이 정도 거리에서도 그의 찌푸린 표정을 알아볼 수 있었다. 자기가 원하면 아무 때나 성인 남자를 때릴 수 있는 성인 남자의 찌푸림. 그의 걸음걸이는 나흘 전에 뒷문을 부수고 그녀의 집에 침입한 남자들의 걸음걸이만큼이나 겉멋이 들어 있었다.

당신 남편 어디 있어? 어디 있냐고! 그들은 두 개의 침실에 들어가서 옷장과 서랍장까지 거칠게 열어젖혔다. 할 수만 있었다면 아마 그녀는, 남편은 키가 180센티미터가 넘으니 서랍 속에는 숨고 싶어도 못 숨는다고 말했을 것이다. 세 남자는 검은 바지를 입고 있었고 술과 피망 수프 냄새를 풍겼다. 나중에 우곤나의 축 늘어진 몸을 안고 있을 때 그녀는 자기가 다시는 피망 수프를 먹지 않으리란 걸 알았다.

당신 남편 어디 갔어? 어디야? 그들은 그녀의 머리에 총구를 들이댔고 그녀는 "몰라요, 어제 그냥 떠났어요."라고 대답했다. 그녀는 가만히 서 있었지만 다리 사이로는 뜨듯한 오줌이 흘러내렸다.

그들 중에서 술 냄새가 제일 많이 나고 검은 후드 티를 입은 사내는 깜짝 놀랄 만큼 눈이 충혈되어 있었는데 너무 빨개서 쓰라려 보일 정도였다. 그는 셋 중에서 소리를 제일 많이 질렀고 텔레비전을 발로 걷어찼다. 당신 남편이 신문에 뭐라고 쓴 줄 알아? 그 자식이 거짓말쟁이인 건 알고 있나? 그런 놈들은 늘 말썽을 일으키고 나이지리아가 발전하길 바라지 않기 때문에 감옥에 있어야 한다는 거 알고 있어?

그가 그녀의 남편이 늘 NTA 마감 뉴스를 보던 소파에 앉아서 그녀를 홱 잡아당기는 바람에 그녀는 엉거주춤하게 그의 무릎에 걸터앉고 말았다. 그의 총이 그녀의 옆구리를 찔렀다. 괜찮은 여잔데 왜 골칫덩어리와 결혼했지? 그녀는 그의 불룩해진 아랫도리에서 역겨움을 느꼈고 그의 숨결에서 흥분의 냄새를 맡았다.

여자는 내버려 둬. 다른 사내가 말했다. 바셀린을 바른 것처럼 반질거리는 대머리를 가진 자였다. 가자.

그녀가 사내의 손에서 풀려나 소파에서 일어나자 후드 티를 입은 남자는 그대로 소파에 앉은 채 그녀의 엉덩이를 찰싹 때렸다. 바로 그때 우곤나가 울면서 그녀에게 달려왔다. 후드 티를 입은 남자는 그녀의 몸이 얼마나 부드러운지를 묘사하면서, 손으로는 총을 흔들어 대면서 킥킥 웃었다. 우곤나는 이제 악을 쓰며 울었다. 그 애는 이제껏 한 번도, 울 때 악을 쓴 적이 없었다. 우곤나는 그런 아이가 아니었다. 그 순간 총이 발사됐고 우곤나의 가슴에 야자유 얼룩이 생겼다.

"여기 오렌지 좀 보세요." 대기 줄에서 등 뒤에 선 남자가 껍질 벗긴 오렌지 여섯 개가 든 비닐봉지를 내밀며 말했다. 그녀는 그가 오렌지를 산 줄도 모르고 있었다.

그녀는 고개를 저었다. "괜찮아요."

"하나 드세요. 아침부터 아무것도 못 드셨잖아요."

그녀는 그때 처음 그를 제대로 쳐다보았다. 특징 없고 피부색이 짙은 얼굴, 남자치고는 특이하게 고운 피부의 소유자였다. 빳빳하게 다린 셔츠와 푸른색 넥타이, 실수가 두려운 듯 조심스럽게 영어로 얘기하는 그의 태도에서 뭔가 야심 같은 것이 엿보였다. 어쩌면 그는 요즘 유행하는 신식 은행에서 일하면서 과거의 그라면 상상도 못했을 풍족한 삶을 살고 있는지도 몰랐다.

"아뇨, 괜찮아요." 그녀가 말했다. 앞의 여자가 흘깃 뒤돌아봤다가 다시 몇몇 사람들과 '미국 비자 기적 목회'라는 특별 예배에 관한 얘기를 이어 나갔다.

"그래도 뭔가 드셔야 할 텐데." 등 뒤의 남자는 그렇게 말했지만 오렌지 봉지는 더 이상 내밀고 있지 않았다.

그녀는 다시 한번 고개를 저었다. 아직도 미간 어딘가에서 통증이 느껴졌다. 발코니에서 뛰어내릴 때 머리 속에 있는 작은 조각들이 엉뚱한 곳으로 옮아가서 달그락거릴 때마다 아픈 것만 같았다. 그때, 뛰어내리는 방법만 있었던 건 아니었다. 발코니까지 가지가 뻗은 망고나무를 타고 내려올 수도 있었고, 계단으로 내달릴 수도 있었다. 세 남자는 너무 큰 소리로 싸우느라 옆에서 무슨 일이 일어나는지 몰랐다. 그녀는 잠시 동안 빵 하는 소리가 총소리가 아니었을지도 모른다고, 건기가 시작될 때 들리는 마른천둥의 일종일지도 모른다고, 빨간 얼룩이 진짜 야자유고 우곤나가 어찌이찌 야지유 병을 손에 넣어서 장난을 치고 있는 거라고 — 그 애는 한 번도 그런 장난을 친 적이 없지만 — 믿었다. 그때 남자들이 하는 말을 듣고 그녀는 정신이 번쩍 들었다. 저 여자가 그게 사고였다고 말하고 다닐 것 같아? **오가**가 우리한테 이런 짓 하라고 했냐? 어린 애야! 엄마를 죽여야 돼. 아냐, 그럼 더 골치 아파져. 그래. 아냐, 그냥 가자!

그 순간 그녀는 발코니로 달려 나가서 난간 위로 올라가 2층 높이를 생각지 않고 뛰어내린 다음, 대문 옆의 쓰레기통 속으로 기어 들어갔다. 그들의 차가 굉음을 내며 떠나가는 소리가 들린 후에 그녀는 쓰레기통 안에 있던 썩은 플랜틴 껍질 냄새를 풍기며 아파트로 돌아왔다. 그녀가 우곤나의 몸을 안아 올려서 아이의 고요한 가슴에 뺨을 갖다 대자 태어나서 한 번도 느껴 본 적 없는 부끄러움이 치밀어 올랐다. 자신이 아이를 실망시켰기 때문이었다.

"비자 면접이 걱정되시죠, **아비**?"등 뒤의 남자가 물었다.

그녀는 등이 아프지 않도록 살짝만 어깨를 으쓱하면서 억지로 공허한 미소를 지어 보였다.

"질문에 대답할 때 면접관의 눈을 똑바로 쳐다보기만 하면 돼요. 실수를 하더라도 정정하지 마세요. 당신이 거짓말하는 줄 알 테니까요. 아주 사소한 이유로 비자를 거부당한 친구들을 많이 봤어요. 저는 방문 비자를 신청할 거예요. 형이 텍사스주에 사는데 휴가차 다녀오려고요."

그의 목소리는 그녀 주위를 둘러쌌던 목소리들과 비슷했다. 남편의 탈출과 우곤나의 장례식을 도와준 사람들. 그녀를 대사관에 데려온 사람들. 질문에 대답할 때 더듬으면 안 돼요, 그 목소리들은 말했다. 우곤나에 대해서, 그 애가 어떤 아이였는지를 구구절절 얘기하되 과장하면 안 돼요. 매일매일 사람들이 태어난 적도 없는 친척들의 죽음을 들먹이며 망명 비자를 받기 위해 거짓말을 하니까요. 우곤나가 진짜처럼 보여야 해요. 울어요. 하지만 너무 많이 울지는 마요.

"요즘은 미국 기준으로 부자가 아니면 이민 비자를 발급해 주지 않아요. 하지만 유럽 출신인 사람들은 비자를 받는 데 문제가 없다고 하더군요. 이민 비자랑 방문 비자 중에 어느 쪽이세요?" 남자가 물었다.

"망명 비자요." 그녀는 그의 얼굴을 쳐다보지 않았다. 그런데도 그가 놀랐음을 알 수 있었다.

"망명 비자요? 그건 증명하기가 굉장히 힘들 텐데."

그녀는 그가 《뉴 나이지리아》를 읽을까, 그녀의 남편에 대해 알까 생각했다. 아마 알 것 같았다. 친민주주의 언론을 지지하는 사람은 누구나 남편을 알았다. 특히 그가 언론인으로서는 처음으로 쿠데타 음모론을 사기라고 명명하고 아바차 장군이 정적들을 투옥하거나 죽이기 위해 쿠데타설을 꾸며 냈다고 보도했기 때문에 더 그랬다. 기사가 나왔을 때 군인들이 신문사에 들이닥쳐서 그날 신문을 검은 트럭에 잔뜩 싣고 갔다. 그랬는데도 복사본이 나와서 라고스 전체에 유통됐다. 이웃 주민은 다리의 벽면에, 교회 성도 대회와 신작 영화를 알리는 포스터 옆에 복사본이 붙어 있는 것을 보았다고 했다. 군인들은 남편을 이 주일 동안 구금했고 이마에 상처를 입혀서 L 자 모양의 흉터를 남겼다. 그의 석방을 축하하기 위해 위스키 병을 들고 아파트에 모인 친구들은 조심스럽게 그 흉터를 만져 보았다. 그녀는 누군가가 남편에게 이렇게 말했던 것을 기억했다. 나이지리아는 자네 덕분에 괜찮을 거야. 그리고 그녀는 남편이 자신을 구타한 뒤에 담배를 권했던 군인 이야기를 할 때의 표정을 기억했다. 잔뜩 흥분한 구세주의 표정. 그 이야기를 하는 동안 그는 흥분할 때마다 늘 그러듯 말을 더듬었다. 몇 년 전만 해도 그녀는 그 말 더듬는 버릇을 귀엽다고 생각했다. 하지만 지금은 아니었다.

"많은 사람들이 망명 비자를 신청하지만 받지 못해요." 등 뒤의 남자가 말했다. 큰 소리로. 어쩌면 그는 아까부터 내내 이야기하고 있었는지도 몰랐다.

"혹시 《뉴 나이지리아》 보세요?" 그녀가 물었다. 그녀는 뒤돌아서 남자와 마주 보는 대신 줄 앞쪽에 있는 커플이 비스킷 사는 모습을 쳐다보았다. 그들이 봉지를 뜯자 바스락거리는 소리가 났다.

"네. 보고 싶으세요? 신문팔이들한테 아직 몇 부 남아 있을 거예요."

"아뇨. 그냥 물어본 거예요."

"좋은 신문이죠. 거기 편집자 두 사람이야말로 나이지리아에 필요한 사람들이에요. 자기 목숨을 걸고 진실을 말하니까요. 정말 용감한 사람들이에요. 그런 용기를 가진 사람이 더 많으면 좋을 텐데."

그것은 용기가 아니었다. 과장된 이기심에 불과했다. 한 달 전, 남편이 결혼식 후원자가 되어 주기로 한 사촌의 결혼식 날짜를 잊어버리고는 자신은 꼭 카두나에 가서 경찰에 체포된 기자를 인터뷰해야 하기 때문에 출장을 취소할 수 없다고 말했을 때 그녀는 자신이 결혼한, 성공에 눈먼 몽상가를 쳐다보며 말했다. "정부를 싫어하는 사람은 당신 말고도 있어." 결국 그녀는 혼자서 결혼식에 갔고 그는 카두나에 갔다. 그가 돌아왔을 때 그들은 서로 거의 말을 하지 않았다. 어차피 그 무렵의 대화 주제는 대부분 우곤나에 관한 것이었다. 당신 오늘 얘가 뭘 했는지 상상도 못할걸. 그가 퇴근하고 돌아오면 그녀는 이렇게 말하고 나서 우곤나가 그녀에게 했던 얘기를 토씨 하나 다르지 않게 되풀이했다. 오늘 퀘이커 오츠 시리얼에서 후추알이 나왔기 때문에 다시는 그걸 먹지 않을 거라는 얘기, 우곤나가 그녀를 도와서 커튼을 쳤다는 얘기 등등.

"그럼 그 편집자들이 하는 일이 용감한 행동이라고 생각하세요?" 그녀는 몸을 돌려 등 뒤의 남자를 마주 봤다.

"네, 물론이죠. 아무나 할 수 있는 일이 아니니까요. 이 나라 국민의 진짜 문제는 그거예요. 용감한 사람이 모자란다는 거." 그는 엄격하고 의심스러운 눈빛으로 그녀를 오랫동안 쳐다봤다. 그녀가 정부 지지자, 즉 민주주의 운동을 비판하고 나이지리아는 군사 정부만이 다스릴 수 있다고 믿는 무리 중 한 명이 아닌가 생각하는 듯했다. 이런 상황이 아니었다면 그녀는 아마 그에게, 자리아에서 대학을 다니던 시절 ── 그녀가 학생 지원금을 삭감하기로 한 부하리 정권의 결정에 항의하는 시위를 조직했던 ── 까지 거슬러 올라가는 자신의 언론관을 들려줬을 것이다. 그리고 그녀가 여기 라고스에서 《이브닝 뉴스》의 기자로 일했고 《가디언》 발행인 살해 기도 기사를 썼으며 임신 때문에 회사를 그만뒀다는 얘기도 했을 것이다. 그녀와 남편이 사 년간 노력한 끝에 힘들게 얻은 결실이었던 데다 그녀의 자궁에 근종이 가득했기 때문이다.

그녀는 다시 돌아서서, 비자 대기 줄 주위를 계속 돌고 있는 거지들을 쳐다봤다. 길게 내려오는 더러운 튜닉을 입고 묵주를 돌리면서 코란을 인용하는, 팔다리가 가늘고 긴 남자들. 아파 보이는 아기를 너덜너덜한 포대기로 싸서 등에 업고 있는, 황달 때문에 눈이 노란 여자들. 해어진 옷깃 밑으로 파란 성모 마리아 목걸이를 늘어뜨린, 딸아이 뒤를 따라다니는 맹인 부부. 신문팔이가 호루라기를 불면서 이쪽으로 걸어왔다. 그가 팔에 안은 신문들 가운데《뉴 나이지리아》는 보이지 않았다. 다 팔린 걸 수도 있었다. 남편의 마지막 기사 「아바차 집권기 1993~1997」이 처음 나왔을 때 그녀는 별로 걱정하지 않았다. 새로운 건 하나도 없었고 살인 사건들과 불발된 계약들, 사라진 예산 얘기뿐이었기 때문이다. 나이지리아 국민들이 이런 사실들을 몰랐던 것도 아니었다. 그래서 그녀는 큰 말썽이나 관심이 있으리라고 예상하지 않았지만 신문이 나온 지 겨우 하루 만에 BBC 라디오가 그 기사를 뉴스로 다루고, 망명한 나이지리아 정치학 교수의 인터뷰를 내보냈는데 그는 그녀의 남편이 인권상을 받아 마땅하다고 말했다. 그는 펜으로 억압에 맞서 싸우고, 제 목소리를 내지 못하는 자들을 대변하며, 전 세계에 진실을 알립니다.

　남편은 처음엔 그녀에게 불안을 감추려 애썼다. 하지만 익명의 제보자에게서 — 그는 늘 익명의 전화를 받았다. 그는 그런 과정을 통해 우정을 키워 나가는 유의 기자였다 — 국가 원수가 개인적으로 화가 났다는 말을 듣고 나서부터는 더 이상 공포를 감추지 않았다. 그녀 앞에서도 손을 덜덜 떨었다. 군인들이 당신을 체포하러 가고 있어요, 제보자는 말했다. 말인즉슨 이번이 마지막 체포가 될 것이고 이번에 가면 영영 돌아오지 못하리라는 것이었다. 그는 전화를 끊고 잠시 후에 차 트렁크에 들어갔다. 만약에 군인들이 물으면 수위가 사실대로 털어놓더라도 남편이 언제 떠났는지 모른다고 말할 수 있게 하기 위해서였다. 그녀는 우곤나를 아랫집에 맡기고 나서, 남편이 서두르라고 재촉하는데도, 재빨리 트렁크 안에 물을 뿌렸다. 왠지 모르게 그렇게 해야 트렁크 안이 더 시원하고 남편이 숨 쉬기 편할 거라는 생각이 들었기 때문이다. 그녀는 그를 공동 편집자의 집에 데려다줬다. 다음 날 그가 베냉에서 전화를 했다. 공동 편집자가 아는 사람이 그를 밀출국시켜 줬던 것이다. 그가 애틀랜타에 연수받으러 갔을 때 발급받은 미국 비자가 아직 유효했기 때문에 뉴욕에 도착하고 나서 망명 비자를 신청하기로 했다. 그녀는 그에게 걱정하지 말라고, 자신과 우곤나는 괜찮을 거라고, 우곤나 학기가 끝날 때 비자 신청을 하면 미국에서 만날 수 있을 거라고 말했다. 그날 밤 우곤나가 잠이 안 온다고 해서 그녀는 자신이 책을 읽는 동안 아이가 늦게까지 장난감 자동차를 갖고 놀게 내버려 두었다. 부엌문으로 세 남자가 들이닥치는 모습을 보았을 때 그녀는 우곤나를 억지로 재우지 않은 것을 뼈저리게 후회했다. 만약에…….

"아, 이놈의 태양은 전혀 상냥하지가 않네요. 미국 대사관 사람들은 최소한 차일 정도는 설치해 줘야 하는 거 아닌가요. 우리한테서 받는 비자 수수료를 조금 쓰면 되잖아요." 등 뒤의 남자가 말했다.

그 뒤의 누군가가 미국인들은 자신들이 쓰기 위해 그 돈을 걷는 거라고 말했다. 또 다른 사람은 그들이 일부러 신청자들을 땡볕에서 기다리게 하는 거라고 말했다. 그러자 또 다른 사람이 웃었다. 그녀는 손짓으로도 맹인 부부를 부른 다음 20나이라짜리 지폐를 찾으려고 핸드백 안을 뒤적였다. 그녀가 그릇에 돈을 넣어 주자

부부가 피진 잉글리시와 이보어와 요루바어로 "신의 가호가 있기를. 부자 되시고, 좋은 남편 만나시고, 좋은 데 취직하세요."라고 합창했다. 그녀는 그들의 멀어져 가는 뒷모습을 쳐다보았다. 그들은 그녀에게 "예쁜 아이 많이 낳으세요."라는 말은 하지 않았다. 그녀는 아까 앞에 있는 여자에게 그들이 그렇게 말하는 것을 들었다.

대사관 문이 활짝 열리더니 갈색 제복을 입은 남자가 외쳤다. "앞의 오십 분은 들어와서 서류 작성하세요. 나머지 분들은 다른 날 다시 오세요. 대사관은 오늘 오십 명만 받을 겁니다."

"우리가 운이 좋네요, **아비**?" 등 뒤의 남자가 말했다.

그녀는 유리 벽 뒤의 비자 면접관을, 그녀의 가늘고 힘없는 적갈색 머리가 앞으로 숙인 목을 스치는 것을, 그녀의 녹색 눈이 마치 안경이 필요 없다는 듯 은테 안경 위로 자신의 서류를 자세히 들여다보는 모습을 쳐다보았다.

"처음부터 다시 한번 말씀해 주실 수 있겠어요, 부인? 여기 자세한 내용은 하나도 안 적혀 있네요." 면접관이 격려하는 듯한 미소를 지으며 말했다. 그녀는 알았다. 이것이 우곤나에 대해 얘기할 수 있는 기회임을.

그녀는 잠시 옆 창구를 바라보았다. 거기에서는 어두운색 정장을 입은 남자가 마치 유리 벽 뒤의 면접관에게 기도라도 하는 것처럼 경건하게 유리를 향해 바짝 몸을 기울이고 있었다. 그녀는 이 면접관 혹은 대사관의 어느 누구에게 우곤나에 대해 한마디라도 하느니 차라리 검은 후드 티의 남자나 반질거리는 대머리 남자의 손에 죽는 편이 나으리라는 걸 깨달았다. 안전한 세계로 가는 비자를 위해 우곤나를 팔아넘기느니 차라리 그게 나았다.

내 아들은 살해당했어요. 그녀는 그렇게만 말할 것이다. 살
해당했다고. 그 애가 까르르하고 웃을 때마다 그 웃음소리가 훨
씬 높은 곳에서 나는 것처럼 울렸다는 얘기는 꺼내지도 않을 것이
다. 그 애가 사탕과 비스킷을 "맘마맘마"라고 불렀다는 얘기도. 품
에 안길 때마다 그녀의 목을 꼭 끌어안았다는 얘기도. 그리고 그
애가 레고 블록을 남들처럼 위로 쌓지 않고 옆으로 나란히 색깔이
겹치지 않게 늘어놓는다며, 남편이 그 애는 화가가 될 거라고 했
던 얘기도 하지 않을 것이다. 그들은 알 자격이 없었다.

"부인? 정부 소행이었다고 하셨나요?" 면접관이 물었다.

"정부"는 아주 큰 딱지였다. 그 딱지가 붙으면 조작하고 용서
하고 또다시 비난할 수 있는 자유와 여지가 생겼다. 세 남자. 그녀
의 남편이나 오빠나 비자 대기 줄의 사내 같은 세 남자. 세 남자.

"네. 그들은 정부 요원이었어요." 그녀가 말했다.

"증명하실 수 있나요? 그걸 뒷받침할 증거가 있으세요?"

"네. 하지만 어제 땅에 묻었어요. 제 아들의 시신요."

"부인, 아들을 잃으셨다니 유감이에요." 면접관이 말했다. "하
지만 그들이 정부 요원이었다는 증거가 필요해요. 부족 간 분쟁도
진행 중이고 개인에 의한 암살도 있잖아요. 정부가 개입했다는 증
거나 부인이 나이지리아에 있으면 위험하다는 증거가 필요해요."

그녀는 핏기 없는 분홍색 입술이 움직일 때마다 드러나는 작
은 이를 쳐다보았다. 세상과 격리된 주근깨투성이 얼굴에 있는 핏
기 없는 분홍색 입술. 그녀는 면접관에게 《뉴 나이지리아》의 기사
에 아이의 목숨과 맞바꿀 정도의 가치가 있는지 묻고 싶은 충동을

느꼈다. 하지만 실제로 묻진 않았다. 면접관이 친민주주의 신문에 대해 알 것 같지도 않았고, 대사관 문밖의 차단선 안 ─ 성난 태양이 우정과 두통과 절망을 야기하는 공간 ─ 에 차일도 없이 서 있는 지친 사람들의 기나긴 행렬에 대해 알 것 같지도 않았기 때문이다.

"부인? 미합중국은 정치적 박해의 피해자에게는 새로운 삶을 제공합니다만 그러려면 반드시 증거가……."

새로운 삶. 그녀에게 새로운 삶을 줬던 것은 우곤나였다. 그녀는 자신이 새로운 신분, 새로운 정체성에 적응해 가는 속도에 깜짝 놀랐다. "제가 우곤나 엄마예요." 그녀는 유치원에서, 교사들에게, 다른 학부모들에게 그렇게 말하곤 했다. 우문나치에서 있었던 장례식에서 그녀의 친구들과 가족들이 모두 똑같은 무늬의 앙카라 드레스를 입고 있었기 때문에 누군가가 "어느 분이 어머니시죠?"라고 물었을 때 그녀는 고개를 들고 잠시 경계하다가 "제가 우곤나 엄마예요."라고 말했다. 그녀는 우문나치로 돌아가서 어렸을 때 바늘처럼 가는 꽃자루를 빨아 먹었던 익소라꽃을 심고 싶었다. 한 포기면 충분할 것이다. 우곤나의 묏자리는 아주 작았으니까. 꽃이 피어서 벌이 모여들면 그녀는 흙 위에 도두앉은 채 꽃을 따서 빨아 먹고 싶었다. 그리고 나중에 다 먹은 꽃들을, 우곤나가 레고 블록으로 그랬듯이, 일렬로 나란히 늘어놓고 싶었다. 그녀는 깨달았다. 그것이 그녀가 원하는 새로운 삶이라는 것을.

옆 창구에서는 미국 비자 면접관이 마이크에 대고 너무 큰 소리로 말하고 있었다. "거짓말은 용납지 않겠습니다, 선생님!"

어두운색 양복을 입은 나이지리아인 비자 신청자는 고함을 치고 손짓 발짓을 하면서, 곧 터질 것만 같은 투명한 서류철을 흔들어 대기 시작했다. "이럴 수는 없소! 사람을 이런 식으로 대하는 법이 어디 있소? 이 문제는 내가 반드시 워싱턴에 들고 갈 거요!" 그러다 마침내 수위가 와서 그를 끌고 나갔다.

"부인? 부인?"

그녀의 상상이었을까, 아니면 정말로 면접관의 얼굴에서 동정심이 스르르 빠져나간 것일까? 그녀는 면접관이 앞으로 흘러내리지도 않은 적황색 머리카락을 뒤로 휙 넘기는 것을 보았다. 머리카락은 움직임 없이, 창백한 얼굴 선을 따라 목까지 내려와 있었다. 그녀의 미래가 그 얼굴에 달려 있었다. 그녀를 이해하지 못하는 사람의 얼굴. 아마 야자유로 요리하지도 않고, 야자유가 신선할 때는 아주 선명한 붉은색을 띠고 신선하지 않을 때는 응고되어서 주황색 덩어리가 된다는 것도 모르는 사람의 얼굴.

그녀는 천천히 돌아서서 출구로 향했다.

"부인?" 등 뒤에서 면접관의 목소리가 들렸다.

그녀는 돌아서지 않았다. 그녀는 미국 대사관을 나와서, 아직도 법랑 접시를 한껏 앞으로 내민 채 구걸하고 있는 거지들을 지나 자기 차에 올라탔다.

전율

　　나이지리아에서 비행기가 추락한 날, 나이지리아 영부인이 사망하기도 한 바로 그날에, 누군가가 우카마카의 현관문을 세게 두드렸다. 그녀는 노크 소리에 깜짝 놀랐다. 예고 없이 누가 그녀를 찾아오는 경우가 없었던 데다 ─ 어쨌거나 이곳은 사람들이 방문하기 전에 반드시 전화를 하는 미국이었다. ─ 유일한 예외인 페덱스 배달부는 절대 저렇게 큰 소리로 노크를 하지 않기 때문이었다. 게다가 그녀는 아침부터 인터넷에서 나이지리아 뉴스를 읽고, 새로 고침을 너무 자주 누르고, 나이지리아에 있는 부모님과 친구들에게 전화를 걸고, 얼그레이 차를 끓여서 들고 있다가 식으면 버리기를 반복하고 있었기 때문에 한층 더 놀랄 수밖에 없었다. 조금 전 그녀는 사고 초반의 현장 사진이 있는 창들을 모두 최소화했다. 그 사진들을 볼 때마다 노트북 화면의 조도를 높이고 뉴스 기사들이 "잔해"라고 부르는 것을 뚫어져라 들여다봤다. 그것은 하얀 점이 찢어진 종잇조각처럼 사방에 흩어져 있는 시커먼

기체, 한때는 사람들을 가득 실은 비행기였던 무의미한 숯덩이였다. 승객들은 안전벨트를 매고 기도를 올리고, 신문을 펼치고, 승무원이 카트를 밀고 와서 "샌드위치 드릴까요, 케이크 드릴까요?"라고 묻기를 기다렸었다. 그리고 그들 중 한 명은 그녀의 전 남자 친구 우덴나일지도 몰랐다.

또다시 노크 소리가, 아까보다 더 크게 났다. 그녀는 외시경으로 밖을 내다보았다. 어디서 봤는지는 기억나지 않지만 묘하게 낯익은, 땅딸막하고 까무잡잡한 남자였다. 어쩌면 도서관이나 프린스턴 캠퍼스로 가는 셔틀버스에서 봤는지도 몰랐다. 그녀가 문을 열었다. 그는 희미한 미소를 띠고 그녀의 시선을 피하면서 말했다. "저는 3층에 사는 나이지리아 사람인데 지금 우리 나라에서 일어나고 있는 일에 대해 함께 기도하려고 왔어요."

그녀는 그가 그녀도 나이지리아인임을 안다는 데, 그녀가 몇 호에 사는지를 안다는 데, 그녀의 문을 노크할 생각을 했다는 데 놀랐다. 그를 전에 어디서 봤는지는 여전히 기억나지 않았다.

"들어가도 되나요?" 그가 물었다.

그녀는 그를 안으로 안내했다. 나이지리아에서 일어나고 있는 일에 대해 기도하러 왔다는, 늘어난 프린스턴 스웨트 셔츠 차림의 낯선 사내를 집 안에 들인 것이다. 그가 그녀의 손을 잡으려고 팔을 뻗었을 때 그녀는 잠시 주저하다가 손을 내밀었다. 그들은 기도했다. 그가 나이지리아 오순절교회 특유의 기도를 해서 그녀는 좀 거북살스러웠다. 그는 예수의 성혈로 뭔가를 덮었고 마귀를 묶어서 바다에 던졌으며 악령들과 싸웠다. 그녀는 중간에 끼어들어서, 이렇게 피 흘리느니 묶느니 하면서 신앙을 권투 시합처럼 만드는 것이 얼마나 불필요한 일인지 말하고 싶었다. 삶이란 창을 휘두르는 악마와의 싸움이라기보다는 자기 자신과의 싸움이라고 말하고 싶었다. 믿음은 우리의 양심을 늘 날카롭게 유지하기 위한 선택이라고 말하고 싶었다. 하지만 그녀는 그렇게 하지 않았다. 그녀가 이런 말을 하면 혼자 독실한 체하는 것처럼 들릴 것이었기 때문이다. 그녀는 패트릭 신부처럼 현실적이고 무미건조한 어투로 말할 수가 없었다.

"여호와 하느님, 악마의 모든 계략이 성공하지 못하게 하시고 우리를 겨누도록 만들어진 모든 무기가 빗나가게 해 주소서. 예수님의 이름으로 비나이다! 하느님 아버지, 우리는 나이지리아의 모든 비행기를 예수님의 성혈로 덮습니다. 하느님 아버지, 우리는 예수님의 성혈로 공기를 덮고 모든 어둠의 사자를 멸합니다······." 그가 목소리를 점점 더 높이면서 머리를 주억거렸다. 그녀는 오줌이 마려웠다. 그의 손, 따듯하고 단단한 그의 손가락을 잡고 있는 것이 어색해서 견딜 수가 없었다. 그가 숨도 안 쉬고 속사포처럼 말하다가 처음으로 멈췄을 때 그녀가 기도가 끝난 줄 알고 "아멘!" 하고 외쳤던 것도, 불편했기 때문이었다. 하지만 그것은 끝이 아니었고 그가 기도를 이어 나가기 시작하자 그녀는 얼른 다시 눈을 감았다. 그는 기도하고 또 기도했고 "하느님 아버지!" 혹은 "예수님의 이름으로!"라고 외칠 때마다 그녀의 손을 위아래로 흔들어 댔다.

그때 그녀는 자신의 몸이 떨리기 시작하는 것을, 온몸이 제멋대로 흔들리는 것을 느꼈다. 하느님인가? 오래전 그녀가 매일 아침 꼬박꼬박 묵주 기도를 올리는 십 대 소녀이던 시절에 그녀의 입에서 자신도 알 수 없는 말이 터져 나온 적이 있었다. 그때 그녀는 표면이 거친 목침대 옆에 무릎을 꿇고 앉아 있었다. 묵주 기도 중에 이해할 수 없는 말이 쏟아져 나온 것은 몇 초에 불과했지만 그녀는 기도를 끝냈을 때 정말로 공포를 느꼈고 자신을 감싼 서늘한 느낌이 하느님이라고 확신했다. 그녀가 유일하게 그 얘기를 들려줬던 우덴나는, 그 일은 그녀의 머릿속에서 일어났던 거라고 말했다. 하지만 어떻게 그게 가능해? 그녀가 물었다. 어떻게 내가 원하지도 않는 일을 상상할 수가 있어? 하지만 결국은 그녀도 그의 말에 동의하고 ― 거의 모든 일에서 그의 말에 동의했던 것처럼 ― 모든 게 정말로 자신의 상상이었다고 말했다.

그리고 지금 전율은 거의 시작과 동시에 멈췄고 나이지리아 남자는 기도를 마쳤다. "전지전능하신 예수님의 이름으로!"

"아멘!" 그녀가 말했다.

그녀는 그의 손안에서 슬그머니 손을 빼내고는 "실례해요."라고 우물거리면서 서둘러 화장실로 뛰어갔다. 그녀가 화장실에서 나왔을 때 그는 여전히 부엌문 옆에 서 있었다. 그의 태도, 팔짱을 끼고 서 있는 모습에는 왠지 모르게 '겸손'이란 단어를 떠올리게 하는 면이 있었다.

"제 이름은 치네두예요." 그가 말했다.

"저는 우카마카라고 해요." 그녀가 말했다.

두 사람이 악수를 하자, 기도하는 동안에만 서로 손을 잡고 있었기 때문인지, 그녀는 기분이 좋아졌다.

"끔찍한 사고예요." 그가 말했다. "정말 끔찍해요."

"맞아요." 그녀는 우덴나가 그 비행기에 타고 있었을지도 모른다는 말은 하지 않았다. 그녀는 이제 기도가 끝났으니 그가 갔으면 했지만 그는 거실을 가로질러 가서 소파에 앉더니 자기가 비행기 사고 소식을 어떻게 처음 들었는지 얘기하기 시작했다. 마치 그녀가 그에게 계속 있어 달라고 한 것처럼, 그녀가 그의 아침 일과를 자세히 알아야만 하는 것처럼. 그는 미국 방송에서는 깊이 있는 뉴스가 나오는 일이 절대 없기 때문에 자신은 인터넷으로 BBC 뉴스를 듣는다고 말했다. 그리고 처음에는 두 개의 사건이 별개라는 것을 몰랐다고 했다. 영부인은 에스파냐에서 예순 번째 생일 파티를 위해 뱃살 제거 수술을 받은 직후 사망했고, 비행기는 라고스에서 아부자를 향해 이륙한 지 몇 분 만에 추락했다.

"그래요." 그녀는 이렇게 말하며 노트북 앞에 앉았다. "저도 처음에는 영부인이 비행기 사고로 죽은 줄 알았어요."

그는 여전히 팔짱을 낀 채 몸을 앞뒤로 까딱거리고 있었다. "이건 우연의 일치치곤 너무 심해요. 하느님이 우리한테 뭔가를 말씀하시고 계신 거예요. 오직 하느님만이 우리 나라를 구원하실 수 있어요."

우리. 우리 나라. 이런 말들은 공통된 상실감으로 그들을 결속시켜 줬고 그녀는 잠시 동안 그에게 친밀감을 느꼈다. 그녀는 새로 고침을 클릭했다. 여전히 생존자 소식은 없었다.

"하느님이 나이지리아를 다스리셔야 해요." 그가 말을 이었다. "사람들은 문민정부가 군사 정부보다 나을 거라고 했지만 오바산조⁴⁴가 하고 있는 짓을 봐요. 우리 나라를 심각하게 망쳐 놨다고요."

---

44 1937 ~ . 군사 정부의 수반으로서 1979년 문민정부에 권력을 이양한 후 1999년

그녀는 고개를 끄덕이면서 속으로는 어떻게 해야 최대한 정중하게 그에게 가라고 할 수 있을까 생각하고 있었지만 한편으로는 그렇게 말하길 주저하고 있었다. 그의 존재가 왠지 모르게 우덴나가 살아 있을지도 모른다는 희망을 주었기 때문이다.

"유족들 사진 봤어요? 입고 있던 옷을 갈기갈기 찢고 슬립 차림으로 뛰어다니는 여자가 있었어요. 그 여자는 자기 딸이 그 비행기에 타고 있었다고, 자신을 위해 옷감을 사러 아부자에 가는 길이었다고 말했죠. **차이!**" 치네두는 슬퍼하는 듯한 탄식 소리를 길게 냈다. "그 비행기에 탔을 수도 있었던 친구가 딱 한 명 있는데 조금 전에 무사하다는 이메일을 보내왔어요. 다행이죠. 우리 가족 중에는 탔을 만한 사람이 없으니 적어도 가족들 걱정은 하지 않아도 돼요. 우리 가족에겐 비행기표에 낭비할 1만 나이라가 없거든요!" 그는 갑자기 이런 상황에 어울리지 않는 웃음을 터뜨렸다. 그녀는 새로 고침을 눌렀다. 여전히 아무 소식도 없었다.

"제가 아는 사람 중에 그 비행기에 탄 사람이 있어요." 그녀가 말했다. "아니, 그 비행기에 탔을지도 모르는 사람요."

"여호와 하느님!"

"제 남자 친구 우덴나예요. 사실은 전 남자 친구죠. 그 사람은 펜실베이니아 대학교 워턴 스쿨에서 MBA 과정을 밟고 있었는데 사촌 결혼식에 참석하려고 지난주에 나이지리아에 갔어요." 그녀는 이렇게 말하고 나서야 자기가 과거 시제를 사용했음을 깨달았다.

대통령에 당선되었다. 부족 갈등 심화, 소요 과닝 신입, 부경 축개 등으로 비판받았다.

"확실한 얘기는 들은 게 없나요?" 치네두가 물었다.

"네. 그 사람은 나이지리아에서 사용하는 휴대폰이 없고 그 사람 여동생과는 통화가 안 되고 있어요. 어쩌면 둘이 같이 있었는지도 몰라요. 결혼식은 내일 아부자에서 열릴 예정이었거든요."

그들은 말없이 앉아 있었다. 그녀는 치네두가 주먹을 꽉 쥐고 있고 더 이상 몸을 까딱거리고 있지 않음을 눈치챘다.

"그 사람이랑 마지막으로 얘기한 게 언젠가요?" 그가 물었다.

"지난주요. 나이지리아로 떠나기 전에 통화했어요."

"하느님은 자비하시다. 하느님은 자비하시다!" 치네두가 목소리를 높였다. "하느님은 자비하시다. 내 말 듣고 있어요?"

조금 놀란 우카마카가 대답했다. "네."

전화벨이 울렸다. 우카마카는 그것, 자신이 노트북 옆에 둔 검은색 무선 전화기를 쳐다봤지만 받기가 두려웠다. 그때 치네두가 일어나서 전화기를 향해 손을 뻗자 그녀는 "안 돼요!"라고 외치면서 전화기를 들고 창가로 갔다. "여보세요? 여보세요?" 그녀는 전화한 사람이 누구건 간에 서론은 생략하고 즉시 말해 주길 바랐다. 그것은 어머니였다.

"은네, 우덴나는 무사해. 치카오딜리가 방금 전화해서, 비행기를 놓쳤다고 하더라. 우덴나는 무사해. 그 비행기를 탈 예정이었는데 놓쳤대. 다행이지."

우카마카는 창턱에 전화기를 내려놓고 울기 시작했다. 그러자 치네두가 양손으로 그녀의 어깨를 잡았다가 곧 그녀를 두 팔로 안아 주었다. 그녀는 한참 만에 진정하고 나서야 그에게 우덴나가 무사하다고 말한 후 다시 그에게 안기면서 치네두의 품이 익숙하고 편안한 데 놀랐다. 그녀는 자신이 일어나지 않은 일에 대한 안도감, 일어날 수도 있었던 일에 대한 슬픔, 우덴나가 나소가의 아이스크림 가게에서 헤어지자고 말했을 때부터 풀리지 않고 남아 있었던 앙금 때문에 울고 있음을 그가 본능적으로 이해했다고 확신했다.

"하느님이 구해 주실 줄 알았어요! 그분을 지켜 달라고 마음속으로 하느님께 기도하고 있었거든요." 치네두가 그녀의 등을 문지르면서 말했다.

나중에, 그녀가 치네두에게 점심 먹고 가라고 한 뒤에 스튜를 전자레인지에 데우고 있을 때, 그녀가 그에게 물었다. "우덴나가 무사한 게 하느님의 뜻이라면 사람들이 죽은 것도 하느님의 뜻이라는 거잖아요. 왜냐하면 하느님이 그들을 구해 줄 수도 있었던 거니까요. 그렇다면 하느님은 사람들을 편애하는 건가요?"

"신의 방식과 인간의 방식은 달라요." 치네두가 운동화를 벗어서 책장 옆에 놓았다.

"그건 말이 안 돼요."

"신의 논리가 늘 인간의 논리에 부합하는 것은 아니죠." 치네두가 그녀의 책장에 있는 사진들을 보면서 말했다. 그것은 그녀가 패트릭 신부에게 할 법한 유의 질문이었는데 만약 패트릭 신부였다면 그녀를 처음 만난 날 그랬던 것처럼 어깨를 으쓱하면서 신의 행동이 늘 이치에 맞는 건 아니라는 데 동의했을 것이다. 그녀가 신부를 처음 만난 건 우덴나가 그녀에게 헤어지자고 말했던 늦은 여름날이었나. 그녀와 우덴나는 일요일마다 장을 본 뒤에 늘 그래 왔듯 토머스 스위트에서 딸기 스무디와 바나나 스무디를 마시고 있었다. 그런데 우덴나가 시끄러운 소리를 내면서 스무디를 다 마셔 버리더니 두 사람 사이는 오래전에 끝났다고, 그들은 단지 타성에 젖어서 계속 함께 있는 것뿐이라고 말했다. 그녀는 그를 쳐다보면서 웃음이 터지길 기다렸지만 사실 그런 농담을 하는 것은 그의 스타일이 아니었다. '시들하다'가 그가 사용한 단어였다. 다른 사람이 생긴 건 아니지만 그들 관계가 시들해졌다고 했다. 시들했지만, 그래도 그녀는 삼 년 동안 그를 중심으로 인생을 설계했었다. 시들했지만, 그래도 그녀는 자신이 졸업하고 나서 아부자에 취직하게 해 달라고 상원 의원인 숙부를 졸랐었다. 우덴나가 대학원을 마치면 나이지리아에 돌아와서 아남브라주지사로 출마하는 데 필요한 '정치적 자본'이라는 것을 쌓아 나가고 싶어 했기 때문이다. 시들했지만, 그래도 그녀는 지금도 스튜를 만들 때면 그의 입맛에 맞게 매운 피망을 넣었다. 시들했지만, 그래도 그들은 언젠가 낳게 될 아이들에 대해 자주 얘기했었다. 그녀는 당연히 아들 하나, 딸 하나를 갖게 될 거라고 생각했고 아이들 이름은 둘 다 U로 시작하도록 딸은 울라리, 아들은 우도카라고 지으려 했었다. 그녀는 토머스 스위트를 나와서 정처 없이 나소가를 끝에서 끝까지 왔다 갔다 하다가 회색 돌로 지은 성당 앞을 지나게 됐다. 그녀는 그 앞으로 터덜터덜 걸어가서, 막 스바루 자동차에 올라타려던 사제복 차림의 남자에게 인생은 말이 안 된다고 말했다. 그는 자신이 패트릭 신부라고 하면서 인생은 말이 안 되지만 그래도 우리는 믿음을 가져야 한다고 했다. 믿음을 가져라. "믿음을 가져라."는 말은 키 크고 날씬해지라는 말과 똑같았다. 그녀는 키 크고 날씬해지고 싶었지만 현실은 물론 그렇지 않았다. 그녀는 키가 작았고, 엉덩이는 펑퍼짐했으며, 아랫배의 지긋지긋한 물렁살은 꽉 조이는 재질의 스팽스 보정 속옷을 입었을 때조차도 불룩 튀어나왔다. 그녀가 이렇게 말하자 패트릭 신부는 웃음을 터뜨렸다.

"'믿음을 가져라.'라는 말은 키 크고 날씬해지라는 말과는 달라요. 그건 오히려 배가 나오고 스팽스를 입어야 할지라도 개의치 말라는 것에 더 가깝죠." 그가 말했다. 그러자 그녀도 웃음을 터뜨렸다. 이 은발의 포동포동한 백인 남자가 스팽스가 뭔지 안다는 데 놀랐기 때문이다.

우카마카는 미리 데워 둔 밥과 스튜를 치네두의 접시에 담았다. "만약에 하느님이 어떤 사람들을 다른 사람들보다 편애한다면 살려 둘 사람이 우덴나였을 리 없어요. 우덴나는 그 비행기를 예약한 사람들 중에서 가장 착한 사람도, 친절한 사람도 아니었을 테니까요." 그녀가 말했다.

"신에게 인간의 논리를 적용해선 안 돼요." 치네두가 그녀가 접시 위에 놓은 포크를 집어 들었다. "숟가락 좀 주세요."

그녀는 그에게 숟가락을 줬다. 우덴나가 치네두를 봤다면 재미있어했을 것이다. 그는 치네두처럼 숟가락을 손바닥으로 감싸 쥐고 밥을 떠먹는 게 얼마나 촌스러운지 얘기했을 것이다. 우덴나에게는, 사람들을 슬쩍만 보고도 그들의 자세와 구두에서 성장 과정을 추리해 내는 재주가 있었다.

"저 사람이 우덴나죠?" 치네두가 고리버들 액자에 들어 있는 사진을 가리키며 말했다. 우덴나의 팔이 그녀의 어깨를 감싸고 있고 두 사람 다 꺼림없이 웃고 있는 사진. 필라델피아의 어느 식당에서, 지나가던 사람이 찍어 준 것이었다. 그 여자가 "정말 보기 좋

은 커플이네요. 결혼하셨어요?"라고 묻자 우덴나는 "아직요."라고
대답하면서 낯선 여자랑 시시덕거릴 때마다 지어 보이는, 한쪽 입
꼬리만 올라가는 미소를 지었다.

"네, 그 사람이 위대한 우덴나예요." 우카마카는 얼굴을 찌푸
리면서 자기 접시를 들고 작은 식탁 앞에 앉았다. "저 사진 치우는
걸 자꾸 잊어버려요." 그건 거짓말이었다. 그녀는 지난달에도 자
주 그 사진을 흘끗댔다. 쳐다보길 주저한 건 가끔이었지만 그걸
치우면 정말로 끝인 것만 같아 두려운 건 늘 마찬가지였다. 그녀
는 치네두가 자신의 거짓말을 알아차렸음을 느꼈다.

"나이지리아에서 처음 만났나요?" 그가 물었다.

"아뇨, 삼 년 전에 뉴헤이번에서 여동생 졸업 축하 파티 때 만
났어요. 우덴나는 동생 친구의 일행이었죠. 그 사람은 월가에서 일
하고 있었고 나는 여기 대학원에 다니고 있었지만 우리는 필라델
피아 근방에 공통의 친구가 많았어요. 그 사람은 펜실베이니아 대
학교를 나왔고 나는 브린마 대학교를 나왔거든요. 그렇게 공통점
이 많았는데도 그때까지 만난 적이 없었다는 게 신기하죠. 우린 둘
다 대학에 진학하려고 비슷한 시기에 미국에 왔어요. 나중에 알고
보니 SAT도 같은 날, 라고스의 같은 시험장에서 봤더라고요!"

"키가 커 보이네요." 치네두가 접시를 손에 들고 여전히 책장
옆에 선 채 말했다.

"193센티미터예요." 그녀는 자기 목소리에서 자부심이 드러나
는 것을 느꼈다. "그게 제일 잘 나온 사진은 아니에요. 토마 상카라
를 많이 닮았거든요. 어렸을 때 좋아했는데. 있잖아요, 부르키나
파소 대통령요, 인기 있는 대통령이었는데 암살당한⋯⋯."

"토마 상카라가 누군지는 저도 알아요." 치네두는 잘생긴 걸로 유명한 상카라와 닮은 점을 찾기라도 하는 것처럼 얼마 동안 사진을 뚫어져라 들여다봤다. 그러곤 이렇게 말했다. "예전에 두 사람을 주차장에서 봤을 때 나이지리아 출신인 걸 알았어요. 가서 제 소개를 하고 싶었지만 셔틀버스 탈 시간이 다 돼서 못 했죠."

이 말을 듣고 우카마카는 기뻤다. 그가 두 사람이 함께 있는 걸 봤다고 하니 그들의 관계가 실재했음이 증명된 것만 같았다. 지난 삼 년 동안 우덴나와 함께 자고, 우덴나의 계획에 자신을 맞추고, 모든 요리에 피망을 넣었던 것은 결국 그녀만의 상상이 아니었던 것이다. 그녀는 치네두에게 정확히 뭐가 기억나냐고 묻고 싶었지만 참았다. 우덴나의 손이 내 허리를 감싸고 있는 걸 봤나요? 아니면 우덴나가 나한테 얼굴을 바싹 붙이고 은밀한 얘기를 속삭이는 걸 봤나요?

"우리를 본 게 언제였어요?" 그녀가 물었다.

"두 달 전쯤요. 당신들은 차를 향해 걸어가고 있었죠."

"우리가 나이지리아 사람인 줄 어떻게 알았어요?"

"전 늘 알 수 있어요." 그가 그녀의 맞은편에 앉았다. "하지만 오늘 아침에는 당신 아파트가 몇 호인지 찾기 위해 우편함에 적힌 이름을 봤죠."

"그러고 보니 당신을 셔틀버스에서 본 기억이 나요. 아프리카 인인 줄은 알았지만 가나 사람이 아닐까 생각했어요. 나이지리아 인이라기엔 너무 점잖아 보였거든요."

치네두가 웃었다. "내가 점잖다고 누가 그래요?" 그는 입에 밥을 가득 문 채로 장난스럽게 가슴을 내밀어 보였다. 우덴나라면 치네두의 이마를 가리키면서, 굳이 그의 악센트를 들어 보지 않더라도 그가 시골 마을의 공립 학교를 나오고 영어는 촛불 아래서 사전을 읽으며 독학한 유의 인간이라는 걸 알 수 있다고 말했을 것이다. 왜냐하면 울퉁불퉁하고 핏줄이 불뚝 튀어나온 이마가 모든 걸 말해 주기 때문이다. 그것은 우덴나가 워턴 스쿨의 나이지리아인 동기생을 가리켜 했던 말이었다. 우덴나는 계속 그의 우정을 무시했고 이메일에도 절대 답장을 하지 않았다. 그 친구는 문제의 이마와 촌스러운 태도 때문에 수준 미달이었다. 수준 미달. 우덴나는 그 표현을 자주 썼고 그녀는 처음엔 유치하다고 생각했지만 작년부터는 자신도 그 말을 쓰기 시작했다.

"스튜가 너무 매운가요?" 치네두가 음식을 천천히 먹는 것을 보고 그녀가 물었다.

"괜찮아요. 매운 음식엔 익숙해요. 라고스에서 자랐으니까요."

"나는 우덴나를 만나기 전까지는 매운 음식을 좋아하지 않았어요. 지금도 좋아하는지 잘 모르겠고요."

"하지만 지금도 그렇게 요리하잖아요."

그녀는 그 말이 마음에 들지 않았고, 그의 시선이 자기 접시와 그녀의 얼굴 사이를 왔다 갔다 할 때 그의 얼굴에 표정이 없어서 속을 알 수 없는 것도 마음에 들지 않았다. 그녀가 말했다. "뭐, 지금은 익숙해졌나 보죠."

"새로 들어온 소식 있나 확인해 볼래요?"

그녀가 노트북의 키를 눌러서 웹 페이지를 새로 고침 했다. 나이지리아 비행기 추락 사고 탑승자 전원 사망. 정부는 비행기에 타고 있었던 117명 전원이 사망했다고 발표했다.

"생존자가 없네요." 그녀가 말했다.

"아버지, 다스리소서." 치네두가 큰 소리로 숨을 내쉬며 말했다. 그러고는 식탁을 돌아와서 그녀 옆에 앉은 다음 노트북 화면에 뜬 기사를 읽었다. 그들의 몸은 밀착되었고 그의 숨결에서는 그녀의 매운 스튜 냄새가 났다. 사고 현장 사진이 새로 더 올라왔다. 우카마카는 뒤틀린 침대 틀처럼 생긴 금속 조각을 나르고 있는, 웃통 벗은 사내들 중 한 명을 쳐다보았다. 그녀는 그것이 원래 비행기의 어느 부분에 들어가는 부속이었는지 짐작조차 할 수 없었다.

"우리 나라에는 부정이 너무 많아요." 치네두가 일어나면서 말했다. "부패도 너무 많죠. 기도해야 할 것들이 너무 많아요."

"이 사고가 하느님이 내린 벌이란 말인가요?"

"벌이자 경고죠." 치네두는 마지막 수저를 뜨고 있었다. 우카마카는 그가 앞니로 숟가락 바닥을 긁어내리는 소리가 몹시 거슬렸다.

"어렸을 때는 매일 6시 새벽 미사에 가곤 했어요. 나 혼자 다녔죠. 우리 식구들은 일요일에만 성당에 가는 사람들이었거든요." 그녀가 말했다. "그러다 어느 날 그냥 발길을 끊었어요."

"누구나 믿음에 위기가 와요. 자연스러운 일이죠."

"그건 믿음의 위기가 아니었어요. 교회가 갑자기 산타클로스처럼 변한 거였죠. 왜, 어렸을 때는 절대 의심하지 않다가 어른이되면 산타클로스 옷을 입은 남자가 같은 동네에 사는 이웃임을 알게 되는 것처럼 말이에요."

치네두는 어깨를 으쓱했다. 마치 그녀의 이런 방종과 동요를 더 이상 참아 줄 수 없다는 것 같았다. "밥, 이게 다인가요?"

"더 있어요." 그녀는 그의 접시를 가져가서 밥과 스튜를 더 데웠다. 그리고 그에게 접시를 건네주면서 말했다. "우덴나가 죽었다면 내가 어떡했을지 모르겠어요. 내 감정이 어땠을지도 모르겠고요."

"당신은 그냥 하느님께 감사하기만 하면 돼요."

그녀는 창가로 걸어가서 블라인드를 만지작거렸다. 이제 초가을이었다. 밖을 내다보니 로런스 길 가로수의 잎사귀들도 녹색과 구리색이 섞여 있었다.

"우덴나는 너무 진부한 말이라며 내게 한 번도 '사랑해.'라고 말하지 않았죠. 한번은 그 사람이 무슨 일로 기분이 안 좋길래 내가 유감이라고 말했더니, 소리를 지르기 시작하면서 '당신이 속상하다니 유감이야.' 같은 표현은 독창적이지 않으니까 쓰면 안 된다고 했어요. 그 사람은 내가 하는 모든 말이 재미있지도, 신랄하지도, 재치 있지도 않다고 느끼게 만들곤 했죠. 늘 별로 중요하지 않은 일에서도 남들과 달라 보이려고 애썼어요. 자신의 인생을 사는 게 아니라 마치 연기하는 것 같았죠."

치네두는 아무 말도 하지 않았다. 그는 밥을 입에 한가득 넣었다. 때로는 숟가락에 밥을 더 많이 눌러 담기 위해 손가락을 사용하기도 했다.

"그 사람은 내가 여기 있는 걸 좋아하는 줄 알면서도 늘 프린스턴은 지루한 학교고 시대에 뒤떨어졌다고 말하곤 했어요. 자기랑 상관없는 일로 내가 너무 행복해한다 싶으면 어떻게든 그걸 깎아내릴 방법을 찾아내곤 했지요. 어떻게 누군가를 사랑하면서, 그 사람에게 허락된 행복의 양을 조절하고 싶어 할 수가 있죠?"

치네두가 고개를 끄덕였다. 그가 그녀를 이해했을 뿐 아니라 그녀의 편이기도 하다는 걸 알 수 있었다. 이후의 날들 동안, 그녀의 니 하이 부츠를 신어도 될 만큼 선선해진 날들 동안, 그녀가 셔틀버스를 타고 캠퍼스에 가서 도서관에서 논문 자료를 찾고, 지도 교수를 만나고, 학부에서 작문 수업을 하고, 과제 제출 기한을 연기해 달라고 부탁하는 학생들을 만난 날들 동안, 그녀는 저녁 늦게 집에 돌아와서 치네두가 찾아오길 기다렸다. 그에게 밥이나 피자나 스파게티를 주기 위해서. 우덴나 얘기를 하기 위해서. 패트릭 신부에게는 말할 수 없거나 말하고 싶지 않았던 것들을 치네두에겐 얘기할 수 있었다. 그녀는 치네두가 말이 없는 것이 좋았고, 그저 듣고만 있는 것이 아니라 그녀가 하는 말에 대해 생각하고 있는 것처럼 보이는 게 좋았다. 한번은 전형적인 실연 극복 수단으로 그와 사귀어 볼까 하는 생각도 해 봤지만 신기하게도 그에게는 성적인 느낌이 없었다. 다크서클을 감추기 위해 눈 밑에 파우더를 두드리지 않아도 될 것처럼 느끼게 하는 무언가가 있었다.

그녀가 사는 아파트는 외국인으로 가득했다. 그녀와 우덴나는 새로운 환경에 대한 외국인들의 경계심이 굳어져서 서로에 대한 무관심이 된 거라고 농담하곤 했었다. 그들은 복도나 엘리베이터에서도 서로 인사하지 않았고 오 분 동안 타고 가는 캠퍼스 셔틀버스 안에서도 눈 한 번 마주치지 않았다. 케냐와 중국과 러시아에서 온 지식인들, 세계를 이끌고 치료하고 개혁할 대학원생들과 연구원들이 말이다. 그래서 그녀는 치네두와 함께 주차장으로 걸어가다가 그가 누군가에게 손 흔들며 인사하는 것을 보고 깜짝 놀랐다. 치네두는 그녀에게, 가끔씩 그를 쇼핑몰에 태워다 주는 일본인 박사 후 연구원과 그를 친들이라고 부르는 두 살배기 딸을 가진 독일인 박사 과정생에 대해 얘기해 줬다.

"전공이 같아서 알게 된 사람들이에요?" 그녀는 이렇게 묻고 나서 곧 덧붙였다. "당신은 전공이 뭐예요?"

그가 전에 화학 관련 이야기를 한 적이 있어서 그녀는 그가 화학 박사 과정을 밟고 있을 거라고 추측했다. 그래야 그를 한 번도 캠퍼스에서 본 적이 없는 게 말이 됐다. 이과 연구소들은 아주 멀리 떨어져 있는 데다 낯설었다.

"아뇨. 여기 처음 왔을 때 만났어요."

"여기서 산 지 얼마나 됐는데요?"

"얼마 안 됐어요. 지난봄부터요."

"내가 처음 프린스턴에 왔을 때는 대학원생과 연구원만 사는 집에서 살고 싶은지 확신이 안 섰어요. 하지만 지금은 좋은 것 같아요. 우덴나는 우리 집에 처음 왔을 때 이 네모난 건물이 너무 못생기고 매력 없다고 했죠. 그 전에는 대학원생 기숙사에서 살았어요?"

"아뇨." 치네두는 말을 멈추고 시선을 돌렸다. "이 아파트에서 친구를 사귀려면 노력해야 한다는 걸 알고 있었어요. 안 그러면 내가 어떻게 슈퍼마켓이나 교회에 가겠어요? 당신이 차가 있어서 다행이에요." 그가 말했다.

그녀는 그가 "당신이 차가 있어서 다행이에요."라고 말한 것이 마음에 들었다. 그 말이 우정에 관한, 장기간에 걸쳐 뭔가를 함께하는 것에 관한, 그녀의 우덴나 얘기를 들어 줄 누군가가 있는 것에 관한 발언이었기 때문이다.

일요일마다 그녀는 치네두를 로렌스빌에 있는 오순절교회에 태워다 주고 나서 나소가에 있는 성당에 갔고 미사가 끝난 후에는 다시 그를 태워 가지고 매캐프리스 슈퍼에 가서 함께 장을 봤다. 그녀는 그가 음식을 정말 조금만 사고 우덴나가 쳐다보지도 않던 세일 전단지를 꼼꼼하게 읽는다는 걸 알게 됐다.

그녀가 예전에 우덴나와 유기농 채소를 사러 다녔던 와일드 오츠에 들렀을 때 치네두는 충격을 받아서 고개를 휘휘 저어 댔다. 단지 화학 비료와 농약 없이 키웠다는 이유만으로 똑같은 채소를 더 비싸게 주고 사는 사람이 있다는 사실을 이해 못했기 때문이다. 그녀가 브로콜리를 골라서 봉지에 담는 동안 그는 커다란 플라스틱 통에 담긴 곡식을 뚫어져라 들여다보고 있었다.

"이것도 화학 성분 무첨가, 저것도 화학 성분 무첨가. 사람들은 쓸데없이 돈을 낭비하고 있어요. 그들이 살기 위해 먹는 약도 화학 물질 아닌가요?"

"그건 다르다는 거 알잖아요, 치네두."

"난 뭐가 다른지 모르겠어요."

우카마카가 웃었다. "나는 아무래도 상관없지만 우덴나는 늘 유기농 과일과 채소를 사고 싶어 했어요. 자기 같은 사람은 그런 걸 사야 된다는 글을 어디서 읽었나 봐요."

치네두가 또 알 수 없는 무표정한 얼굴로 그녀를 쳐다보았다. 속으로 나를 평가하고 있나? 나에 대해 갖고 있던 생각을 굳히는 중인가?

그녀가 장 본 꾸러미를 실으려고 트렁크를 열면서 말했다. "아, 배고파. 어디 가서 샌드위치나 먹을까요?"

"난 배고프지 않아요."

"내가 살게요. 아니면 중국 음식이 더 좋아요?"

"난 금식 중이에요." 그가 조용히 말했다.

"아." 어렸을 때는 그녀도 금식을 했다. 일주일 동안 아침부터 저녁까지 물만 마시면서 하느님에게 고등학교 졸업 시험에서 1등 하게 해 달라고 빌었다. 그녀는 결국 3등을 했다.

"그래서 어제도 밥을 안 먹었던 거군요." 그녀가 말했다. "그러면 내가 먹는 동안 같이 있어 줄래요?"

"그래요."

"금식 자주 해요? 아니면 특별 기도 중인가요? 이런 질문 너무 사적이에요?"

"너무 사적이에요." 치네두가 장난으로 짐짓 심각한 척하면서 말했다.

그녀는 차창을 내리고 와일드 오츠에서 후진으로 차를 빼다가 웃옷을 입지 않은 여자 둘이 지나가도록 멈춰 섰다. 꽉 째는 청바지를 입은 그들의 금발 머리가 바람에 흩날렸다. 늦가을치고는 이상하게 따뜻한 날이었다.

"가을에는 가끔 하마탄이 생각나요." 치네두가 말했다.

"맞아요." 우카마카가 말했다. "난 하마탄이 좋아요. 크리스마스 때문인가 봐요. 나는 크리스마스의 건조함과 먼지를 좋아하거든요. 우덴나랑 나는 작년 크리스마스 때 나이지리아에 돌아가서 설날을 우리 가족과 함께 니모에서 보냈는데 숙부님은 계속 그 사람한테 물어보셨죠. '젊은이, 자네 가족은 대체 언제 우리 집 문을 두드릴 텐가? 자네는 학교에서 뭘 공부하고 있나?'" 우카마카가 숙부의 걸걸한 목소리를 흉내 내자 치네두가 깔깔 웃었다.

"미국에 오고 나서 집에 다녀온 적 있어요?" 우카마카는 이렇게 묻자마자 괜히 물었다고 생각했다. 그는 당연히 집에 다녀올 비행기표를 살 돈이 없었을 것이었다.

"아뇨." 그의 말투는 담담했다.

"난 원래 대학원 졸업 후에 고향으로 돌아가서 라고스의 NGO에서 일할 생각이었는데 우덴나가 정계에 진출하고 싶어 해서 아부자에서 살 계획을 짜고 있었어요. 당신은 여기 학교를 마치면 돌아갈 건가요? 나이저 삼각주의 석유 회사에 취직하면 돈을 엄청나게 많이 벌 수 있잖아요, 당신은 화학 박사 학위가 있으니까." 그녀는 자신이 방금 느낀 불편함을 떨쳐 버리기 위해 너무 빨리 말하고 있고 횡설수설하고 있음을 알았다.

"모르겠어요." 치네두가 어깨를 으쓱했다. "라디오 채널 좀 바꿔도 될까요?"

"물론이죠." 그가 라디오를 공영 방송인 NPR에서 시끄러운 음악이 나오는 FM으로 바꾸고 난 뒤 창밖에 시선을 고정하고 있는 것을 보고 그녀는 그의 기분이 바뀌었음을 알 수 있었다.

"샌드위치 대신 당신이 좋아하는 초밥을 먹을까 해요." 그녀가 놀리듯이 말했다. 예전에 초밥을 좋아하냐는 질문에 그가 "하느님 맙소사. 나는 아프리카 사람이에요. 불에 익힌 음식만 먹는다고요."라고 대답했기 때문이다. 그녀는 이렇게 덧붙였다. "당신은 언제 한번 초밥을 꼭 먹어 봐야 해요. 어떻게 프린스턴에 살면서 회를 먹지 않을 수가 있어요?"

그는 웃는 둥 마는 둥 했다. 그녀는 천천히 샌드위치 가게로 차를 몰면서 자신도 라디오에서 나오는 음악을 즐기고 있음을 보여 주려고 과하게 박자에 맞춰서 고개를 흔들어 댔다.

"샌드위치를 포장해 달라고 해야겠어요."라는 그녀의 말에 그는 차 안에서 기다리겠다고 했다. 그녀가 다시 차에 올라타자 은박지로 싼 치킨샌드위치에서 풍기는 마늘 냄새가 차 안을 가득 메웠다.

"전화 왔었어요." 치네두가 말했다.

그녀는 기어 옆에 꽂아 두었던 휴대 전화를 집어 들어서 부재 중 전화를 확인했다. 같은 과 친구 레이철이었다. 아마 내일 이스트 파인 홀에서 열리는, 소설과 도덕성에 관한 강연회에 갈 건지 물어보려고 전화했을 것이다.

"우덴나가 전화를 안 한다는 게 믿어지지가 않아요."라며 그녀가 시동을 걸었다. 그는 자기가 나이지리아에 있는 동안 걱정해 줘서 고맙다는 내용의 이메일만 한 통 보냈다. 그가 그녀를 메신저 친구에서 삭제해 버렸기 때문에 그녀는 이제 그가 온라인인지 아닌지조차 알 수가 없었다. 그리고 그는 전화도 하지 않았다.

"어쩌면 그 사람이 전화하지 않는 게 최선일지도 몰라요." 치네두가 말했다. "그래야 당신이 새 출발 할 수 있죠."

"그렇게 간단한 일이 아니에요." 그녀가 약간 짜증을 내며 말했다. 우덴나에게서 전화가 오길 원했기 때문에, 우덴나의 사진이 여전히 책장 위에 있었기 때문에, 치네두가 마치 자신만이 그녀에

게 뭐가 최선인지 안다는 투로 말했기 때문에. 그녀는 아파트에
도착한 다음 치네두가 자기 집에 짐을 올려다 놓고 다시 그녀의
집으로 내려오길 기다렸다가 말했다. "그러니까 당신이 생각하는
것처럼 그렇게 간단한 일이 아니에요. 당신은 나쁜 놈을 사랑한다
는 게 어떤 건지 모르잖아요."

"난 알아요."

그녀는 그를 쳐다봤다. 처음 그녀의 문을 두드렸던 날 오후에
입고 있던 옷, 앞에 '프린스턴'이라는 주황색 글씨가 적힌, 목둘레
가 늘어난 스웨트 셔츠와 청바지를 입고 있는 그를.

"그런 말 한 적 없잖아요." 그녀가 말했다.

"당신이 안 물어봤으니까요."

그녀는 샌드위치를 접시에 담아 들고 자그마한 식탁에 앉았
다. "물어볼 게 있는 줄도 몰랐죠. 만약에 그런 일이 있으면 당신이
먼저 말해 줄 줄 알았어요."

치네두는 아무 말도 하지 않았다.

"이제 말해 봐요. 그 사랑에 대해 말해 보라고요. 여기서였어
요, 고향에서였어요?"

"고향에서요. 그 남자와는 거의 이 년 가까이 사귀었어요."

침묵이 흘렀다. 그녀는 냅킨을 집어 들면서 자신이 직관적으
로, 어쩌면 처음부터 알고 있었음을 깨달았지만 자신이 놀라는 모
습을 보이길 그가 기대하고 있다고 생각했으므로 이렇게 말했다.
"아, 당신 게이였군요."

"예전에 어떤 여자가, 자기가 아는 사람 중에서 내가 제일 이성
애자 같은 게이라고 말한 적이 있었는데 그 말을 듣고 기뻐하는 내

가 참 싫었어요." 그는 미소 짓고 있었다. 마음이 편해진 것 같았다.

"그럼 그 사람에 대해서 말해 봐요."

그 남자의 이름은 아비데미였다. 치네두가 아비데미라는 이름을 말하는 방식은 왠지 모르게, 아픈 근육을 일부러 지그시 누르는 듯한, 스스로에게 가하는 고통 — 그러나 만족스러운 — 을 연상시켰다.

그는 그녀에겐 중요치 않아 보이는 세세한 부분들을 정정해 가며 천천히 이야기했고 — 아비데미가 그를 회원 전용 게이 클럽에 데려가서 전 국가 원수와 악수했던 게 수요일이었나 목요일이었나? — 그녀는 그가 이 이야기를 처음부터 끝까지 남에게 들려줘 본 적이 몇 번 없다고, 어쩌면 한 번도 없을지도 모른다고 생각했다. 그는 그녀가 샌드위치를 다 먹고 소파 옆자리에 와서 앉을 때까지도 계속 얘기했고 그녀는 아비데미의 특징들에서 묘하게 아련한 향수를 느꼈다. 그는 기네스 흑맥주를 마셨고, 운전사로 하여금 길가의 행상인에게서 구운 플랜틴을 사 오게 했으며, '반석 위의 집' 오순절교회에 다녔고, 더블 포 식당에서 파는 레바논식 키베[45]를 좋아했으며, 운동으로는 폴로를 했다.

아비데미는 거물의 아들이자 영국에서 대학을 나온 은행가였고 버클에 정교한 명품 로고가 새겨진 가죽 벨트를 차는 남자였다. 그는 치네두가 고객 센터에서 일하고 있었던 휴대 전화 회사의 라고스 사무실에 들어왔을 때에도 그런 벨트를 하고 있었다.

---

45 아랍식 크로켓. 다양한 조리법이 있으나 잘게 부순 밀알로 만든 럭비공 모양 반죽 안에 다진 쇠고기나 양고기 소를 넣고 튀긴 것이 가장 유명하다.

그는 무례한 태도로 더 높은 사람 없냐며 따졌지만 치네두는 그와 미묘한 눈빛을 주고받았고 중등학교 때 운동부 주장과의 첫사랑 이후로 경험한 적 없었던 짜릿함을 느꼈다. 아비데미는 치네두에 게 자기 명함을 주면서 퉁명스럽게 "전화해요."라고 말했다. 그리고 그런 식으로 그들의 관계를 이 년 동안 이어 나갔다. 치네두가 어디를 갔었고 뭘 했는지 알고 싶어 하고, 상의 한마디 없이 차를 사 줘서 치네두가 가족들과 친구들에게 어떡하다 갑자기 혼다 자동차를 사게 됐는지 설명하느라 진땀 빼게 만들고, 칼라바르와 카두나로 여행 가자는 말을 출발 하루 전에 하고, 치네두가 전화를 안 받으면 험악한 문자 메시지를 보냈다. 그래도 치네두는 두 사람이 푹 빠져 있었던 연애라는 것이 가져다주는 소유욕과 활기가 좋았다. 아비데미가 결혼한다고 말하기 전까지는. 그녀의 이름은 케미였고 그의 부모와 그녀의 부모는 오래전부터 아는 사이였다. 결혼을 피할 수 없다는 사실은 둘 다 처음부터 알고 있었으므로, 말하진 않았어도 알고 있었으므로, 치네두가 아비데미 부모님의 결혼기념일 파티에서 케미를 만나지 않았더라면 아무것도 달라지지 않았을지도 모른다. 그는 파티에 가고 싶지 않았지만 ─ 그는 아비데미의 가족 행사를 멀리했다. ─ 아비데미가 치네두가 있어야만 긴 저녁을 견딜 수 있다며 고집을 부렸다. 아비데미는 아주 거슬리는 웃음소리가 밑에 깔린 듯한 목소리로 치네두를 케미에게 "아주 친한 친구"라고 소개했다.

"치네두는 나보다 술을 훨씬 잘 마셔." 아비데미가 케미에게 말했다. 그녀는 어깨가 없는 노란 드레스를 입고 긴 께맨 기발을 쓰고 있었다. 아비데미 옆에 앉은 그녀는 때때로 손을 뻗어서 그의 셔츠에서 뭔가를 떨어내 주거나 그의 잔을 채워 주거나 그의 무릎에 손을 얹거나 했는데 그러는 내내 마치 자신은 언제든 벌떡 일어나 그를 기쁘게 하기 위한 일이라면 무엇이든 할 준비가 되어 있다는 듯이 온몸을 긴장시키고 그에게 반응하고 있었다. "내가 술배가 나올 거라고 당신이 그랬지, **아비**?" 아비데미가 그녀의 넓적다리에 손을 얹은 채 말했다. "이 친구가 나보다 먼저 나올 거야. 내가 장담하지."

치네두는 억지로 웃어 보였다. 긴장성 두통이 밀려왔고 아비데미에 대한 부아가 치밀었다. 치네두가 우카마카에게 이 얘기, 그날 저녁의 분노가 '자신의 머리를 산산조각 냈다'는 얘기를 할 때 그녀는 그의 몸이 얼마나 분노로 뻣뻣해졌는지를 느꼈다.

"그의 아내를 만난 걸 후회했군요." 우카마카가 말했다.

"아뇨. 나는 그가 갈등하길 바랐어요."

"갈등했을 거예요."

"아니에요. 나는 그날 그를 쭉 지켜봤어요. 우리 두 사람과 함께 있으면서 흑맥주를 마시고, 그녀에겐 나에 관한 농담을 하고, 나에겐 그녀에 관한 농담을 하는 모습을요. 그리고 나는 그가 밤에 두 다리를 쭉 뻗고 자리라는 걸 알았죠. 우리 관계가 계속됐다면 그는 나한테 들렀다가 다시 그녀가 있는 집으로 가서 매일 밤 푹 잤을 거예요. 나는 그가 가끔은 잠을 설치길 바랐어요."

"그래서 당신이 끝냈나요?"

"그는 화를 냈어요. 내가 왜 자기가 원하는 대로 해 주지 않는지 이해하지 못했죠."

"어떻게 상대방을 사랑한다고 하면서 자기한테만 좋은 일을 해 주길 바랄 수가 있을까요? 우덴나가 꼭 그랬어요."

치네두가 무릎 위에 있던 쿠션을 꽉 쥐었다. "우카마카, 모든 얘기가 우덴나에 관한 얘기는 아니에요."

"나는 아비데미가 우덴나와 조금 비슷한 것 같다는 얘기를 하는 거예요. 나는 그런 사랑이 그냥 이해가 안 가요."

"어쩌면 사랑이 아니었는지도 모르죠." 치네두가 소파에서 벌떡 일어나며 말했다. "우덴나가 당신에게 이렇게 했다, 우덴나가 당신에게 저렇게 했다. 그런데 당신은 왜 그를 내버려 뒀어요? 왜 그가 그러게 놔뒀냐고요. 그게 사랑이 아니라는 생각은 안 해 봤어요?"

그의 말투가 잔인할 정도로 너무 차가워서 우카마카는 잠시 겁을 먹었지만 곧 화가 나서 그에게 당장 자신의 집에서 나가라고 말했다.

그녀는 그 전부터 치네두에게서 이상한 점들을 발견하기 시작했었다. 그는 절대 그녀를 자기 집에 초대하지 않았고, 한번은 그의 아파트가 몇 호라고 들은 뒤에 그녀가 그 호수의 우편함을 봤는데 그의 이름이 적혀 있지 않아서 놀란 적도 있었다. 건물 관리인은 우편함에 모든 세입자의 이름이 적혀 있어야 한다는 원칙을 엄격하게 지키는 사람이었는데 말이다. 치네두는 학교에 가는 것 같지도 않았다. 딱 한 번 그 이유를 물었더니 그는 조심스럽게 말을 돌리면서 거기에 대해 얘기하고 싶지 않음을 분명히 했다. 그녀는 그가 뭥 진진이 없는 논문과 씨름 중이라든가 하는 문제가 있을 거라고 생각해서 그냥 내버려 두었다. 그래서 자신의 아파트에서 나가라고 한 지 일주일 후, 그와 말을 하지 않은 지 일주일 후에, 그녀는 위층으로 올라가서 노크를 했고 그가 문을 열고 그녀를 경계심 가득한 눈빛으로 쳐다보자 이렇게 물었다. "당신, 논문 쓰고 있어요?"

"난 바빠요." 그는 그렇게만 말하고 그녀의 면전에서 문을 닫았다.

그녀는 한동안 거기 그대로 서 있다가 자기 집으로 돌아왔다. 내가 다시는 말을 섞나 봐라, 그녀는 생각했다. 그는 결국 촌구석 출신의 거칠고 무례한 인간이었던 것이다. 하지만 일요일이 찾아왔고 일요일에 그녀는 나소가의 성당에 가기 전에 그를 로렌스빌의 교회에 태워다 주는 습관이 들어 있었다. 그녀는 그가 내려와서 노크하길 바랐지만 그가 그러지 않으리라는 걸 알고 있었다. 갑자기 그가 같은 층에 사는 누군가에게 교회에 데려다 달라고 부탁할지도 모른다는 두려움이 엄습했고 그 두려움이 공포로 변하는 게 느껴졌으므로 그녀는 위층으로 올라가서 그의 현관문을 두드렸다. 한참 뒤에 그가 문을 열었다. 그는 지치고 아파 보였다. 얼굴은 창백했고 씻지도 않은 듯했다.

"미안해요." 그녀가 말했다. "당신이 논문을 쓰고 있냐고 물었던 건 그냥 미안하다는 말을 바보같이 표현한 거였어요."

"다음번에는 미안하다고 말하고 싶으면 그냥 미안하다고 해요."

"내가 교회에 태워다 줄까요?"

"아뇨." 그는 손짓으로 안으로 들어오라고 했다. 아파트에 가구라고는 소파, 탁자, 텔레비전뿐이었다. 책은 벽면을 따라 일렬로 쌓여 있었다.

"우카마카, 지금 상황을 당신에게 설명해 줄게요. 앉아요."

그녀는 소파에 앉았다. 텔레비전에서는 애니메이션 하고 있었고, 탁자 위에는 성경이 엎어져 있었고, 그 옆에는 커피로 보이는 것이 담긴 컵이 있었다.

"나는 불법 체류자예요. 내 비자는 삼 년 전에 만료됐죠. 이 아파트는 친구 거예요. 그 친구가 한 학기 동안 페루에 가면서 나더러 여러 가지 문제를 해결할 동안 여기 와 있으라고 했어요."

"당신 프린스턴 학생 아니에요?"

"그렇다고 말한 적 없어요." 그가 고개를 돌리더니 성경을 덮었다. "나는 언제 이민국에서 추방 통보를 받을지 몰라요. 고향에선 아무도 내가 처한 상황을 모르죠. 건설 회사에서 실직한 뒤로는 집에 돈을 많이 보내지 못했어요. 사장님이 좋은 분이라 장부에 기입하지 않고 월급을 줬지만 이민국에서 단속 나온다는 얘기가 들리자 자기는 말썽을 원치 않는다고 하더군요."

"변호사 구할 생각은 안 해 봤어요?" 그녀가 물었다.

"변호사는 뭐 하려요? 승산이 없는데." 그는 아랫입술을 깨물고 있었다. 그녀의 눈에 그가 그렇게 매력 없어 보인 건 처음이었다. 얼굴엔 버짐이 피었고 두 눈은 흐릿했다. 그가 그 이상 말하고 싶어 하지 않는다는 걸 알았기에 그녀는 더 묻지 않기로 했다.

"당신, 얼굴이 말이 아니에요. 지난번에 본 후로 식사를 제대로 안 한 것 같아요." 그녀가 말했다. 그녀는 치네두가 추방될 걱정을 하는 동안 자신은 우덴나 얘기만 떠들어 댔던 몇 주간을 생각하고 있었다.

"난 금식 중이에요."

"정말 교회에 데려다주지 않아도 괜찮아요?"

"어차피 늦었어요."

"그럼 우리 성당에 같이 가요."

"내가 가톨릭교회 안 좋아하는 거 알잖아요. 쓸데없이 무릎 꿇고, 서 있고, 우상 숭배 하고 그러는 거 딱 질색이에요."

"이번 한 번만요. 다음 주에는 내가 당신 교회에 같이 갈게요."

결국 그는 일어나서 세수를 하고 깨끗한 스웨터로 갈아입었다. 그들은 차까지 말없이 걸어갔다. 그녀는 첫날 그가 기도했을 때 자신이 느꼈던 전율에 대해 그에게 얘기할 생각을 해 본 적이 없었다. 하지만 지금은 그가 혼자가 아니라는 사실을 보여 주고 싶었고 미래가 불확실하다고 느끼는 기분이 어떤 것인지, 내일 자신에게 일어날 일을 통제할 수 없는 기분이 어떤 것인지 그녀가 이해한다는 걸 보여 줄 수 있는 의미심장한 행동을 몹시 하고 싶었기 때문에 ── 실은 달리 뭐라고 말해야 할지 몰랐기 때문에 ── 그에게 전율에 관해 이야기했다.

"이상했어요." 그녀가 말했다. "어쩌면 내가 억누르고 있었던, 우덴나에 대한 걱정 때문이었는지도 모르죠."

"그건 하느님의 계시예요." 치네두가 단호하게 말했다.

"하느님이 내 떨림을 통해 무슨 말을 하려고 했다는 거예요?"

"하느님이 인간이라는 생각을 버려요. 하느님은 신이에요."

"당신의 믿음은 꼭 투쟁 같아요." 그녀는 그를 쳐다봤다. "왜 하느님은 명확한 방식으로 자신을 드러낼 수 없고, 무언가를 확실하게 보여 줄 수 없는 거죠? 하느님이 수수께끼여서 얻는 게 뭐가 있어요?"

"왜냐하면 그게 신의 본성이니까요. 신의 본질이 인간과 다르다는 전제를 받아들인다면 당신도 이해하게 될 거예요." 치네두는 그렇게 말한 뒤, 문을 열고 차에서 내렸다. 우카마카는 생각했다. 저렇게 맹목적이고 단호하고 편협한 믿음을 갖는 것은 사치야. 하지만 그럼에도 거기에는 극도로 연약한 무언가가 있었다. 마치 치네두가 양극단에 속하는 믿음만 가질 수 있고 그 둘의 중간을 인정하면 모든 것을 잃을 위험에 처할 것만 같았다.

"무슨 말인지 알겠어요." 그녀가 말했다. 하지만 사실은 전혀 이해되지 않았다. 그런 대답이야말로 그녀가 수년 전 성당에 발길을 끊은 이유, 우덴나가 나소가의 아이스크림 가게에서 '시들하다'는 단어를 사용한 일요일 전까지 성당을 멀리했던 이유였다.

회색 돌로 지은 성당 앞에서 패트릭 신부가 사람들을 맞이하고 있었다. 그의 머리카락이 늦은 아침 햇살에 은색으로 빛났다.

"제가 가톨릭이라는 지하 감옥에 새로운 사람을 데려왔어요, 신부님." 우카마카가 말했다.

"감옥에는 언제나 자리가 있답니다." 패트릭 신부가 따뜻하게 치네두의 손을 잡고 흔들면서 잘 왔다고 말했다.

성당 안은 어둑했고, 왕왕 울리는 소리와 수수께끼와 희미한 초 냄새로 가득했다. 그들은 가운데 줄로 가서 아기를 안은 여자 옆에 나란히 앉았다.

"마음에 들어요?" 우카마카가 속삭였다.

"신부님요? 괜찮아 보이던데요."

"내 말은, 남자로서 마음에 드냐고요."

"오, 여호와 하느님! 당연히 아니죠."

그녀가 그를 웃게 만들었다. "당신은 추방되지 않을 거예요, 치네두. 우리가 방법을 찾을 거예요. 반드시." 그녀는 그의 손을 꼭 잡았고 자신이 "우리"라는 말을 강조한 데 그가 기뻐하고 있음을 알았다.

그가 그녀에게 몸을 기울였다. "있잖아요, 사실은 나도 토마 상카라 좋아했어요."

"거짓말!" 그녀의 가슴속에서 웃음이 몽글몽글 솟아올랐다.

"나는 중등학교 때 선생님이 상카라 얘기를 하면서 사진을 보여 주기 전까지 서아프리카에 부르키나파소라는 나라가 있는 줄도 몰랐어요. 내가 신문에 난 사진을 보고 얼마나 열렬한 사랑에 빠졌었는지는 절대 잊지 못할 거예요."

"아비데미가 그 사람이랑 닮았다는 말은 하지 마요."

"사실은 닮았어요."

그들은 처음엔 웃음을 참다가 나중에는 서로 어깨를 부딪어 가며 대놓고 웃어 댔다. 옆에서, 아기 안은 여자가 계속 그들을 쳐다봤다.

합창단은 이미 노래를 부르고 있었다. 그날은 신부가 미사를 시작하면서 성수로 신도들을 축복하는 일요일이었기 때문에 패트릭 신부가 왔다 갔다 하면서 큰 소금 통처럼 생긴 것으로 사람들에게 물을 뿌렸다. 우카마카는 그를 쳐다보면서, 미국의 가톨릭 미사가 나이지리아보다 얼마나 억제되어 있나 생각했다. 나이지리아에서였다면, 땀 흘리며 허둥지둥하는 복사가 든 성수 통에 신부가 담근 것은 망고나무에서 꺾은 싱싱한 녹색 가지였을 것이고, 신부는 성큼성큼 걸어 다니면서 물을 뿌리고 빙글빙글 돌아서 성수가 비 내리듯 했을 것이며, 사람들은 흠뻑 젖은 채 미소를 띠고 성호를 그으면서 자신들이 정말로 축복받았다고 느꼈을 것이다.

중매인

나의 새 남편은 짐 가방을 택시에서 꺼낸 다음 앞장서서 연립 주택 안으로 들어가 음침한 계단을 오르고 공기가 안 통하는 복도의 너덜너덜한 카펫을 지나 어느 문 앞에 멈춰 섰다. 누르스름한 금속으로 조잡하게 만든 '2B'가 그 위에 붙어 있었다.

"여기예요." 그가 말했다. 그는 우리가 살 곳에 대해 이야기할 때 "집"이라는 단어를 사용했었다. 그래서 나는 오이색 잔디밭 사이로 구불구불 뻗은 평평한 진입로, 현관문을 열면 펼쳐지는 널찍한 복도와 점잖은 그림들이 걸린 벽을 상상했다. 토요일 밤마다 NTA 채널에서 틀어 주는 미국 영화에서 백인 신혼부부가 사는 곳 같은 주택을 상상했다.

그가 거실 불을 켜자 베이지색 소파 하나가 거실 가운데에 덩그러니 놓여 있는 것이 보였다. 그것은 마치 사고로 거기에 추락하기라도 한 것처럼 기우뚱했다. 집 안은 더웠고 오래된 곰팡내가 공기 중에 짙게 서려 있었다.

"내가 구경시켜 줄게요." 그가 말했다.

작은 침실에는 시트 없는 매트리스 하나가 구석에 처박혀 있었다. 큰 침실에는 침대와 서랍장이 있었고 바닥 카펫 위에 전화기가 놓여 있었다. 하지만 두 방 다 공간감이 전혀 없었다. 벽들도 자기들 사이가 너무 가까워서 서로 불편해하는 것처럼 보였다.

"이제 당신이 왔으니까 가구를 더 들여놓을 거예요. 혼자 살 때는 가구가 별로 필요 없었어요." 그가 말했다.

"알았어요." 내가 대답했다. 머리가 어지러웠다. 라고스에서 뉴욕까지 열 시간의 비행과 미국 세관원이 내 가방을 샅샅이 뒤지는 동안의 끝없는 기다림 때문에 머리가 띵하고 솜으로 가득 찬 것만 같았다. 세관원은 내가 가져온 식료품이 거미라도 되는 양 이리저리 살펴보면서 장갑 낀 손가락으로 에구시 가루와 말린 **오누그부**잎과 **우지자**씨가 든 지퍼 백을 쿡쿡 찌르다가 마침내 **우지자**씨가 든 봉지를 집어 들었다. 그녀는 내가 그 씨앗을 미국 땅에 심을까 우려했다. 그 씨가 몇 주 동안 햇볕에 말린 것이고 자전거 헬멧만큼이나 단단하다는 사실은 중요치 않았다.

"**이케 아굼.**" 내가 침실 바닥에 핸드백을 내려놓으며 말했다.

"그래요, 나도 지쳤어요." 그가 말했다. "우리 둘 다 자야겠네요."

부드러운 감촉의 시트가 깔린 침대 위에서 나는 이케 숙부가 화났을 때 쥐는 주먹처럼 몸을 꽉 웅크리고는 남편이 나에게 아내로서의 의무를 요구하지 않길 바랐다. 잠시 후 그의 규칙적인 코골이 소리가 들리자 긴장이 풀렸다. 그 소리는 그의 목구멍 속에서 낮게 드르렁거리는 것으로 시작해서 마지막에는 추파를 던질 때 부는 휘파람처럼 높은 소리로 끝났다. 그들은 중매할 때 이런 것에 관해서는 경고해 주지 않았다. 참을 수 없는 코골이에 대한 언급도, 가구도 없는 연립 주택이었던 것으로 드러난 집에 대한 언급도 없었다.

남편은 자신의 무거운 몸을 내 몸 위에 올려놓는 것으로 나의 잠을 깨웠다. 그의 가슴이 내 젖가슴을 납작하게 눌렀다.

"좋은 아침이에요." 내가 졸음으로 더께가 앉은 눈꺼풀을 들어 올리며 말했다. 그는 내 인사에 대한 대답, 아니면 그가 수행 중인 의식의 일부인 듯한 툴툴대는 소리를 냈다. 그러고는 몸을 일으키더니 내 잠옷을 허리 위까지 끌어 올렸다.

"기다려요……." 내가 말했다. 잠옷을 내가 벗어서, 그렇게 서두르지 않는 것처럼 만들고 싶어서였다. 하지만 그는 입으로 내 입을 틀어막았다. 중매인들이 얘기하지 않은 것 또 하나. 잠을 이야기하는 입, 오래된 껌처럼 기분 나쁘게 축축한 입, 오그베테 시장의 쓰레기통 같은 냄새가 나는 입. 그는 몸을 움직이면서 거친 숨소리를 냈다. 내보내야 할 공기의 양에 비해 콧구멍이 턱없이 좁은 것만 같았다. 마침내 허리 운동을 멈췄을 때 그는 온 체중을, 심지어 다리 무게까지 전부 내 몸 위에 실었다. 나는 그가 내 위에서 내려가 욕실로 갈 때까지 꼼짝도 하지 않았다. 그리고 그가 내려간 뒤에는 잠옷을 끌어 내리고 잘 펴서 엉덩이를 덮었다.

"좋은 아침이에요, 여보." 그가 다시 방으로 들어오면서 말했다. 그러고는 내게 수화기를 건넸다. "당신 숙부님과 숙모님한테 잘 도착했다고 전화해야 돼요. 간단히만 얘기하고 끊어요. 나이지리아 통화료는 일 분에 거의 1달러나 하니까. 011 누르고 234 누른 다음에 전화번호를 누르면 돼요."

"에지 오쿠? 그걸 다 눌러요?"

"그래요. 앞의 것은 국제 전화번호고 그다음은 나이지리아 국가 번호예요."

"아." 내가 말했다. 나는 열네 자리 번호를 눌렀다. 다리 사이에 묻은 끈적한 것 때문에 가려웠다.

전화선이 대서양 너머로 뻗어 나가면서 찌지직거리는 잡음이 들려왔다. 이케 숙부와 아다 숙모는 따뜻한 목소리로 전화를 받을 테고 뭘 먹었냐고, 미국 날씨는 어떠냐고 물을 것이다. 하지만 내가 뭐라고 대답하건 기억하지 못할 것이다. 그저 예의상 물어본 것이기 때문이다. 이케 숙부는 아마 전화를 받으면서 미소 지을 것이다. 나에게 꼭 맞는 신랑감을 찾았다고 말할 때 그의 얼굴을 부드럽게 해 줬던 그 미소를. 몇 달 전 나이지리아 국가 대표 축구 팀인 슈퍼 이글스가 애틀랜타 올림픽에서 금메달을 땄을 때 마지막으로 보았던 그 미소를.

"미국 의사야." 그는 환한 얼굴로 말했었다. "이보다 좋은 조건이 어디 있냐? 오포딜레의 어머니가 며느릿감을 찾고 있었어. 아들이 미국 여자랑 결혼할까 봐 걱정이 심했거든. 십일 년 동안이나 나이지리아에 오지 않았다는구나. 그래서 내가 그 사람한테 네 사진을 줬지. 한동안 소식이 없기에 다른 신붓감을 찾았나 보다 했어. 그런데……." 이케 숙부가 말꼬리를 길게 늘이자 그의 얼굴이 더욱더 밝아졌다.

"그래서 어떻게 됐어요?"

"그 청년이 6월 초에 나이지리아에 올 거야." 이디 숙모가 말했다. "그러니까 결혼식을 올리기 전에 서로 알아 갈 시간이 충분할 거다."

"네, 숙모." "충분한 시간"이란 이 주였다.

"우리가 너한테 안 해 준 게 뭐가 있니? 너를 친자식처럼 키우고 **에지그보 디**도 찾아 줬잖니! 네 신랑감이 미국 의사라는 건 네가 우리 덕에 복권에 당첨된 것과도 같은 거야!" 아다 숙모가 말했다. 그녀의 턱에서는 털 몇 가닥이 자라고 있었는데 그녀는 말하는 동안 그중 한 가닥을 잡아당겼다.

나는 그들에게 모든 것에 감사한다고 말했다. 신랑감을 찾아 준 것, 나를 거두어 준 것, 이 년마다 새 신발을 사 준 것까지. 그래야만 배은망덕하다는 소리를 듣지 않을 수 있었으니까. 나는 그들에게 대학 입학 자격시험을 다시 치러서 대학에 가고 싶다는 말도 하지 않았고, 내가 중등학교에 다니는 동안 아다 숙모의 빵집에서 판 빵이 에누구의 다른 어떤 빵집에서 판 빵보다도 많다는 말도 하지 않았고, 집 안의 가구와 마룻바닥이 번쩍번쩍 빛나는 건 내 덕이라는 말도 하지 않았다.

"연결됐어요?" 나의 새 남편이 물었다.

"사용 중이에요." 내가 대답했다. 그리고 안도하는 내 표정을 그가 보지 못하도록 고개를 돌렸다.

"통화 중. 미국인들은 사용 중이 아니라 통화 중이라고 해요." 그가 말했다. "나중에 다시 걸어 보죠. 일단 아침이나 먹어요."

그가 아침 식사로 먹을 팬케이크를 밝은 노란색 봉지에서 꺼내 해동했다. 나는 그가 하얀 전자레인지에서 어떤 버튼을 누르는지 지켜보고 있다가 열심히 외웠다.

"찻물 좀 불에 올려놔요." 그가 말했다.

"분유 있어요?" 내가 주전자를 개수대로 가져가면서 물었다. 개수대 양쪽에, 갈색 페인트칠이 벗겨지는 것처럼 생긴 녹이 매달려 있었다.

"미국인들은 홍차에 설탕과 우유를 넣지 않아요."

"**에지 오쿠**? 당신도 설탕이랑 우유 안 넣어요?"

"네, 나는 여기 방식에 익숙해진 지 오래됐어요. 당신도 곧 그렇게 될 거예요."

나는 흐물흐물한 팬케이크 ─ 내가 집에서 만들던 두둑한 팬케이크보다 훨씬 얇았다. ─ 와 목구멍으로 넘어가지 않을까 두려운 홍차 앞에 앉았다. 그때 초인종이 울려서 그가 자리에서 일어났다. 그는 손을 등 뒤로 흔들면서 걸었다. 미처 몰랐던 점이었다. 내겐 알아챌 시간이 없었다.

"어젯밤에 오는 소리 들었어요." 문에서 들리는 목소리의 주인은 미국인이었다. 단어들이 빠르게 흘러나오면서 서로 마구 뒤섞였다. **수프리수프리**. 이피 숙모는 그걸 '빨리빨리'라고 불렀다. "네가 다음번에 집에 올 때는 너도 미국인들처럼 **수프리수프리** 말하게 될 거야." 숙모는 그렇게 말했었다.

"안녕, 셜리. 우편물 챙겨 줘서 고마워요." 그가 말했다.

"별것도 아닌데요 뭐. 결혼식은 잘 치렀어요? 부인도 같이 왔나요?"

"네, 들어와서 인사해요."

금속처럼 밝은 색의 금발 여자가 거실로 들어왔다. 그녀는 몸을 분홍색 가운으로 감싸고 허리띠를 매고 있었다. 얼굴에 파인 주름으로 판단하건대 그녀의 나이는 예순 살과 여든 살 사이라면 몇 살이라고 해도 믿길 것만 같았다. 나는 나이를 정확히 유추할 수 있을 만큼 많은 백인을 보지 못했다.

"3A에 사는 셜리예요. 만나서 반가워요." 그녀가 내 손을 잡고 흔들면서 말했다. 그녀는 감기를 앓는 사람처럼 콧소리가 심했다.

"천만에요." 내가 말했다.

셜리가 뭔가에 놀란 듯 멈칫했다. "그럼 다시 아침들 들어요." 그녀가 말했다. "짐 정리 다 되면 그때 다시 내려올 테니 같이 수다나 떨어요."

셜리가 발을 질질 끌면서 나갔다. 나의 새 남편이 문을 닫았다. 식탁 다리 하나가 나머지 세 개보다 짧아서 그가 팔꿈치를 올려놓자 식탁이 시소처럼 끄덕거렸다. 그가 말했다. "여기서는 사람들한테 '천만에요.'가 아니라 '안녕.'이라고 말해야 해요."

"셜리는 내 또래가 아니잖아요."

"여기서는 그런 건 상관없어요. 누구나 안녕이라고 해요."

"**오 디 음마.** 알았어요."

"그리고 나는 여기서 오포딜레라고 불리지 않아요. 데이브로 통하죠." 그가 셜리가 주고 간 봉투들을 내려다보면서 말했다. 대부분이 봉투의 주소 칸 위에 글이 몇 줄 적혀 있었다. 마치 보낸 사람이 봉투를 붙인 다음에야 덧붙일 말이 생각난 것처럼.

"데이브요?" 나는 그에게 영어 이름이 없는 걸로 알고 있었다. 우리 결혼식 청첩장에도 신랑 오포딜레 에메카 우덴와, 신부 치나자 애거사 오카포르라고 쓰여 있었기 때문이다.

"여기서 내가 쓰는 성도 달라요. 미국인들이 우덴와를 발음하기 힘들어서 바꿨어요."

"성이 뭔데요?" 나는 몇 주 전에야 알게 된 우덴와라는 이름에도 아직까지 익숙해지려고 애쓰던 중이었다.

"벨이에요."

"벨!" 나는 와투루오차를 미국에서 와투루로 개명했다는 얘기나 치켈루고를 미국인들에게 친숙한 치켈로 바꿨다는 얘기는 들어 봤지만 우덴와를 벨로? "우덴와랑 전혀 안 비슷하잖아요." 내가 말했다.

그가 벌떡 일어났다. "당신은 이곳 생활이 어떤지 몰라요. 여기서 조금이라도 출세하고 싶다면 가능한 한 주류가 되어야 해요. 그러지 않으면 길바닥에 나앉게 될 거라고요. 당신도 여기서는 영어 이름을 써야 해요."

"하지만 한 번도 사용해 본 적이 없는걸요. 내 영어 이름은 그냥 출생증명서에 적혀 있는 것일 뿐이에요. 난 평생 동안 치나자 오카포르로 살아왔다고요."

"당신도 익숙해질 거예요." 그가 손을 내밀어 내 볼을 쓰다듬으며 말했다. "두고 보면 알아요."

다음 날 내 사회 보장 번호 신청서를 쓸 때 그가 대문자로 적어 넣은 이름은 '애거사 벨'이었다.

우리 동네 이름은 플랫부시라고 나의 새 남편이 말해 줬다. 그때 우리는 땡볕 속에서 땀을 흘리면서, 실온에 너무 오래 놔둔 생선 냄새가 나는 시끄러운 거리를 걸어가고 있었다. 그는 내게 장보는 법과 버스 타는 법을 가르쳐 주고 싶어 했다.

"주위를 둘러봐요. 그렇게 땅바닥만 쳐다보지 말고요. 주위를 보라고요. 그래야 더 빨리 익힐 수 있어요." 그가 말했다.

나는 그의 충고를 듣고 있음을 보여 주기 위해 고개를 좌우로 돌렸다. 식당의 까만 유리창은 기울어진 글씨로 '최고의 카리브 해 요리와 미국 요리'를 제공할 것을 약속했고, 길 건너 세차장은 콜라 캔과 종잇조각 사이에 자리 잡은 흑판으로 세차가 3.5달러임을 광고했다. 보도블록은 마치 쥐가 갉아 먹은 것처럼 가장자리가 조금씩 깨져 있었다.

에어컨이 나오는 버스 안에서 그는 동전을 쏟아 넣어야 할 곳의 위치와 버스에서 내리고 싶을 때 벽에 있는 줄을 잡아당기는 법을 가르쳐 줬다.

"여긴 운전기사한테 내려 달라고 소리치는 나이지리아와 달라요." 그는 마치 자기가 미국의 우월한 대중교통 시스템을 창안한 사람인 양 코웃음을 치면서 말했다.

키 푸드 슈퍼마켓 안에서 우리는 천천히 여러 코너를 돌아보았다. 그가 카트에 포장육을 담았을 때 나는 신경이 바짝 곤두섰다. 나는 오그베테 시장에서 자주 하던 것처럼 고기를 직접 만져 보고 색깔이 얼마나 빨간지 자세히 들여다보고 싶었다. 그곳에서는 푸주한이 방금 자른 고기를 들어 보이면 파리가 그 주위를 윙윙대곤 했다.

"저 비스킷 좀 사도 돼요?" 내가 물었다. 버턴스 리치 티의 파란 포장이 눈에 익어서였다. 비스킷을 먹고 싶은 건 아니었지만 카트에 뭔가 익숙한 게 있었으면 했다.

"쿠키. 미국인들은 그걸 쿠키라고 불러요." 그가 말했다.

나는 손을 뻗어서 비스킷(쿠키)을 집었다.

"자체 브랜드 상품을 사요. 값은 더 싸지만 내용물은 똑같은 거예요." 그가 하얀 포장을 가리키며 말했다.

"알았어요." 내가 말했다. 나는 더 이상 비스킷을 원하지 않았지만 자체 브랜드 상품을 카트에 담고는 우리가 그 코너를 떠날 때까지 선반 위의 파란 포장을, 그 익숙한 이삭 모양의 버턴스 로고를 쳐다봤다.

"내가 전문의가 되면 자체 브랜드를 사지 않을 테지만 지금은 사야 해요. 이런 것들이 싸 보여도 다 합치면 금액이 꽤 된다고요." 그가 말했다.

"당신이 숙련의가 되면 말이죠?"

"그래요, 하지만 여기서는 전문의라고 불러요. 내과 전문의."

중매인들은 의사가 미국에서 돈을 많이 번다는 말만 했다. 돈을 많이 벌게 되기 전에 인턴과 레지던트 과정을 마쳐야 하고 나의 새 남편이 그걸 아직 마치지 않았다는 말은 하지 않았다. 나의 새 남편은 이 얘기를, 우리가 비행기 안에서 나눈 짧은 대화 중에 했다. 비행기가 라고스를 이륙한 직후에 그 얘기를 하고 남편은 곧바로 잠들어 버렸다.

"인턴은 일 년에 2만 8000달러를 받지만 일주일에 팔십 시간을 일해요. 시간당 3달러인 셈이죠." 그때 그는 이렇게 말했다. "믿어져요? 한 시간에 3달러라니!"

나는 한 시간에 3달러가 아주 좋은 건지 아주 나쁜 건지 몰랐는데 ─ 나는 아주 좋다는 쪽으로 기울고 있었다 ─ 그가 아르바이트하는 고등학생도 그보다는 훨씬 많이 번다고 덧붙였다.

"그리고 내가 전문의가 되면 이런 동네에서 살지 않을 거예요." 나의 새 남편이 말했다. 그는 카트에 아이를 태운 여자가 먼저 지나가도록 길을 비켜 주었다. "카트를 밖으로 못 가지고 나가게 막아 놓은 거 보이죠? 좋은 동네엔 그런 거 없어요. 자기 차까지 카트를 끌고 나갈 수 있죠."

"아." 내가 말했다. 카트를 밖에 가지고 나갈 수 있고 없고가 왜 중요하지? 중요한 건 카트가 있다는 건데.

"여기서 장 보는 사람들을 봐요. 사실은 이민자면서 외국에서 잠깐 살다 돌아온 척하는 치들이라고요." 그는 에스파냐어로 얘기하고 있는 어떤 여자와 두 아이를 경멸적인 손짓으로 가리켰다. "저들은 미국에 적응하지 않는 이상 결코 성공하지 못할 거예요. 언제까지나 이런 슈퍼마켓에 처박혀 있겠죠."

나는 잘 듣고 있다는 티를 내기 위해 뭐라고 우물거렸다. 그리고 에누구의 재래시장에 대해 생각했다. 널빤지 위에 아연판을 덧대어 만든 간이 가게에 들렀다 가라고 구슬리는 장사꾼들은 1코보를 더 받기 위해서라면 하루 종일도 흥정할 준비가 되어 있었다. 그들은 손님이 산 것을, 비닐봉지가 있을 때는 비닐봉지에 담아 주고 없을 때는 웃으면서 낡은 신문지에 싸 주곤 했다.

나의 새 남편은 나를 쇼핑몰에 데려갔다. 그는 자신이 출근해야 하는 월요일이 되기 전에 가능한 한 많은 것을 나에게 보여 주고 싶어 했다. 그의 자동차를 타고 달리면 수없이 많은 부품이 느슨해진 것처럼 덜거덕덜거덕 소리가 났다. 못이 가득 든 깡통을 흔들 때 나는 소리와 비슷했다. 그리고 신호등 앞에서 정차를 하면 시동을 여러 번 걸어야 다시 출발할 수 있었다.

"레지던트 과정 끝나면 새 차 살 거예요." 그가 말했다.

쇼핑몰 안에 들어가니 바닥은 광이 나고 얼음처럼 매끄러웠으며 하늘만큼 높은 천장은 천상의 빛으로 반짝반짝 빛났다. 나는 새로운 물리적 세계, 또 다른 행성에 있는 듯한 기분이었다. 우리를 밀치고 지나가는 사람들은 흑인조차도 얼굴에 이국적이고 이질적인 특징이 있었다.

"우선 피자부터 먹어요." 그가 말했다. "미국에서 반드시 좋아해야만 하는 거예요."

우리는 피자 가게로, 코걸이를 하고 춤이 높은 하얀 모자를 쓴 남자에게로 갔다.

"페퍼로니 소시지 피자 두 개요. 세트가 더 싼가요?" 나의 새 남편이 물었다. 미국인에게 말할 때의 그는 평소와 발음이 달랐다. r는 더 강하게 발음했고 t는 더 약하게 발음했다. 그러고 난 뒤에는 상대방의 호감을 사고 싶어 안달 난 사람의 미소를 지었다.

우리는 그가 "푸드 코트"라고 부르는 곳에 있는 자그맣고 동그란 테이블에 앉아서 피자를 먹었다. 수많은 사람이 둥근 테이블 주위에 앉아 기름진 음식이 담긴 종이 접시 위로 허리를 수그리고 있었다. 이케 숙부였다면 이런 곳에서 음식을 먹는 생각만으로도 질겁했을 것이다. 그는 칭호[46]를 가진 사람이었기 때문에 별실이 없으면 결혼식에서도 식사를 하지 않았다. 이곳에는, 너무 많

---

46   나이지리아에서 칭호는 세습되거나 지역 사회에 기여한 자에게 수여된다. 그런데 실제로는 상당액의 기부금만 내면 누구나 칭호를 가질 수 있어 오늘날에는 부와 권력의 상징이 되었다.

은 탁자와 너무 많은 음식이 있는 이 열린 공간에는 굴욕적일 정도로 공개적인 무언가, 존엄성이 결여된 무언가가 있었다.

"피자 맛있어요?" 나의 새 남편이 물었다. 그의 종이 접시는 비어 있었다.

"토마토가 완전히 안 익었네요."

"나이지리아에서는 모든 걸 너무 오래 익히기 때문에 영양소가 다 파괴되는 거예요. 미국인들이 제대로 요리하는 거죠. 다들 정말 건강해 보이지 않아요?"

나는 주위를 둘러보며 고개를 끄덕였다. 옆 테이블에서 베개만큼 넓적한 몸매의 흑인 여자가 나에게 미소를 보냈다. 나는 그녀에게 마주 웃어 주고 나서 피자를 한 입 더 베어 물었다. 그리고 배 속에서 아무것도 튀어나오지 않도록 위장을 꽉 조였다.

그다음에 우리는 메이시스 백화점으로 갔다. 나의 새 남편이 에스컬레이터로 나를 이끌었다. 그 움직임이 어찌나 고무처럼 부드럽던지, 거기 발을 딛는 순간 나는 내가 넘어지리란 걸 예감했다.

"비코, 여기 리프트는 없어요?" 내가 물었다. 적어도 리프트는 예전에 삐걱거리는 것을 지방 관청에서 타 본 적이 있었다. 그것은 문이 열리기 전에 무려 일 분 동안이나 덜덜거렸다.

"영어로 말해요. 당신 뒤에 사람들 있어요." 그가 반짝이는 보석으로 가득한 유리 진열장 쪽으로 나를 끌어당기며 속삭였다. "그리고 그건 엘리베이터예요, 리프트가 아니라. 미국인들은 엘리베이터라고 해요."

"알았어요."

그는 나를 리프트(엘리베이터)로 데려갔고 우리는 무거워 보이는 코트가 쭉 걸려 있는 코너로 올라갔다. 그는 나에게, 색깔은 흐린 날의 하늘 같고 안감 속에는 거품 같은 느낌의 소재가 들어 있어 푹신푹신한 코트를 사 줬다. 그 코트는 내가 두 명도 너끈히 들어갈 수 있을 만큼 커 보였다.

"겨울이 오고 있어요." 그가 말했다. "겨울에는 꼭 냉동실 안에 있는 것 같을 테니 따뜻한 코트가 필요할 거예요."

"고마워요."

"세일할 때 사는 게 제일이에요. 어떨 땐 똑같은 물건을 반값도 안 되는 가격에 살 수도 있어요. 미국의 놀라운 점 중 하나죠."

"에지 오쿠?" 나는 이렇게 말한 뒤에 재빨리 덧붙였다. "정말요?"

"쇼핑몰을 한 바퀴 돕시다. 미국의 놀라운 점이 여기 몇 가지 더 있으니까요."

우리는 옷과 공구와 접시와 책과 전화기를 파는 가게들을 구경하면서 내 발바닥이 아플 때까지 걸었다.

쇼핑몰을 떠나기 전에 그는 맥도날드로 향했다. 그곳은 쇼핑몰 뒤쪽에 자리 잡고 있었고 노란색과 빨간색으로 만들어진, 자동차 크기만 한 M 자 간판이 입구에 서 있었다. 남편은 머리 위에서 빙빙 돌고 있는 메뉴판을 보지도 않고 2번 세트 두 개를 라지 사이즈로 주문했다.

"집에 가서 내가 요리해도 돼요." 내가 말했다. "남편이 외식 많이 못 하게 해라." 아다 숙모는 그렇게 말했었다. "안 그랬다가는 요리하는 여자 품으로 달아나고 말 테니까. 항상 뿔닭이 알을 품듯 남편을 지키도록 해."

"어쩌다 한 번씩 먹고 싶을 때가 있어요." 그가 말했다. 그는 두 손으로 햄버거를 들고 굉장히 집중해서 꼭꼭 씹었다. 눈살을 찌푸리고 턱에 잔뜩 힘을 준 그의 얼굴은 더욱더 낯설어 보였다.

나는 주말에 외식했던 것을 벌충하기 위해 월요일에 코코넛 밥을 했다. 남자의 마음을 부드럽게 만들어 주는 음식이라고 아다 숙모가 말했던 피망 수프도 만들고 싶었다. 하지만 그러려면 세관원에게 압수당한 **우지자**씨가 필요했다. **우지자**씨가 빠진 피망 수프는 신성한 피망 수프가 아니었다. 나는 소금 벌어진 곳에 있는 자메이카 식료품점에서 코코넛을 사고, 강판이 없었던 탓에 한 시간에 걸쳐 그것을 잘게 썬 후 뜨거운 물에 담가서 코코넛밀크를 만들었다. 내가 막 요리를 마쳤을 때 남편이 집에 도착했다. 그는 유니폼 같아 보이는 옷을 입고 있었다. 여자애들이나 입을 법한 파란 셔츠를 허리끈이 달린 파란 바지 안에 넣어 입은 차림새였다.

"**은노.**" 내가 말했다. "일은 잘했어요?"

"집에서도 영어로 말하도록 해요. 그래야 익숙해지죠." 그가 내 볼에 입술을 부비는 순간 초인종이 울렸다. 지난번과 똑같은 분홍색 가운으로 몸을 감싼 셜리였다. 그녀는 허리띠를 손가락으로 배배 꼬고 있었다.

"이 냄새." 그녀가 가래 끓는 목소리로 말했다. "사방에서, 건물 전체에서 이 냄새가 나요. 무슨 요리 하는 거예요?"

"코코넛 밥요." 내가 말했다.

"나이지리아 음식인가요?"

"네."

"냄새가 정말 좋네요. 이 나라의 문제는 문화가, 아무런 문화가 없다는 거예요." 그녀는 맞장구쳐 달라는 것처럼 나의 새 남편을 돌아봤지만 그는 미소만 지을 뿐이었다. "우리 집에 와서 에어컨 좀 봐 줄래요, 데이브?" 그녀가 물었다. "에어컨이 또 말썽인데 오늘 날씨가 너무 덥네요."

"그러죠." 나의 새 남편이 말했다.

그들이 함께 나가기 전에 셜리가 내게 손을 흔들면서 "냄새가 정말 좋아요."라고 말해서 나는 그녀에게 코코넛 밥 좀 먹고 가라고 하고 싶었다. 나의 새 남편은 삼십 분 후에 돌아와서 내가 차려 준, 맛있는 냄새가 나는 밥을 먹었다. 그는 아다 숙모의 요리가 얼마나 마음에 드는지 표현하고 싶을 때 이케 숙부가 가끔 그러는 것처럼 입맛을 쩝쩝 다시기까지 했다. 하지만 다음 날 그는 성경만큼 두꺼운 『맛있는 미국 가정식』을 사 왔다.

"나는 우리가 건물 전체를 외국 음식 냄새로 가득 채우는 사람들로 알려지길 바라지 않아요." 그가 말했다.

나는 요리책을 받아 들고서 표지에 있는, 꽃처럼 보이지만 아마도 음식일 듯한 무언가의 사진을 어루만졌다.

"당신은 미국 요리도 금방 잘하게 될 거예요." 그가 부드럽게 나를 끌어당기며 말했다. 그날 밤 그가 툴툴거리고 헐떡이면서 내위에 무겁게 올라타 있을 때 나는 머릿속으로 요리책에 관해 생각했다. 중매인들이 얘기하지 않은 것 또 하나. 소고기는 기름에 굽고 닭고기는 껍질 없이 밀가루옷을 입혀서 먹으려는 고집. 나는 그때까지 늘 육즙만으로 소고기를 구웠었다. 닭고기는 껍질째 삶았다. 그 후 며칠 동인 나는 남편이 아침 6시에 출근해서 지녁 8시가 되어야 돌아오는 것이 기뻤다. 찐득찐득하고 덜 익은 닭고기를 모두 버리고 새로 요리할 시간이 생겼기 때문이었다.

2D에 사는 니아를 처음 보았을 때 나는 아다 숙모가 마뜩지 않아 할 여자라고 생각했다. 아다 숙모라면 아마 그녀를 **아샤워**라고 불렀을 것이다. 그녀가 시스루 셔츠를 입고 있어서, 색깔이 짝짝이인 브래지어가 훤히 보였기 때문이다. 아니면 아다 숙모는 니아의 반짝이는 오렌지색 립스틱과 그녀의 늘어진 눈꺼풀에 달라붙은 아이섀도 — 립스틱과 비슷한 색의 — 를 근거로 그녀를 창녀라고 판단했을 것이다.

"안녕." 하고 그녀가 말한 것은 내가 우편물을 가지러 내려갔을 때였다. "당신이 데이브의 새 아내군요. 언제 한번 들러서 인사하려고 했어요. 저는 니아라고 해요."

"고마워요. 저는 치나자…… 애거사예요."

니아가 나를 유심히 쳐다봤다. "처음에 한 말이 뭐예요?"

"제 나이지리아 이름요."

"그거 이보어 이름이죠?" 그녀는 "이부"라고 발음했다.

"네."

"무슨 뜻이에요?"

"하느님은 기도에 답하신다."

"정말 예쁜 이름이네요. 있죠, 니아는 스와힐리어 이름이에요. 열여덟 살 때 이름을 바꿨어요. 삼 년 동안 탄자니아에 있었거든요. 완전 죽여줬어요."

"아." 나는 이렇게 말하고 고개를 흔들었다. 미국인인 그녀도 흑인이라는 이유로 아프리카 이름을 택했는데 내 남편은 내 이름을 영어 이름으로 바꾸게 하다니.

"아파트에 혼자 있으니 지루해 죽을 지경이죠? 데이브가 꽤 늦게 오는 거 알아요." 그녀가 말했다. "저랑 같이 콜라나 마시러 가요."

나는 망설였지만 니아는 벌써 계단을 향해 걸어가고 있었다. 나는 그녀를 따라갔다. 그녀의 거실은 별로 우아하지 못했다. 빨간 소파, 가냘픈 식물이 심긴 화분, 벽에 걸린 커다란 목가면. 그녀는 긴 유리잔에 얼음과 함께 다이어트 콜라를 담아 주면서 나에게 미국에 잘 적응하고 있냐고 물었고 자기가 브루클린 구경을 시켜 주겠다고 제안했다.

"하지만 월요일이어야 할 거예요." 그녀가 말했다. "제가 월요일에 쉬거든요."

"무슨 일을 하세요?"

"미용실을 하고 있어요."

"머리가 예쁘네요."라고 내가 말하자 그녀는 자기 머리를 만지면서 "아, 이거요?"라며 대수롭지 않다는 듯이 대답했다. 내가 아름답다고 생각한 것은 정수리 위로 바짝 당겨 묶은 그녀의 아프로 머리만이 아니었다. 잘 볶은 땅콩 색 피부, 눈꺼풀이 처진 신비스러운 눈, 육감적인 엉덩이도 아름답다고 생각했다. 그녀가 음악을 너무 크게 틀어 놔서 얘기할 때 둘 다 목소리를 높여야 했다.

"있죠, 제 동생이 메이시스 백화점 매니저거든요." 그녀가 말했다. "여성관에서 신입 판매원을 뽑고 있으니까 관심 있으시면 제가 동생한테 좋은 사람 있다고 얘기할게요. 그러면 뽑힌 거나 다름없어요. 걔가 저한테 빚진 게 있거든요."

생각만으로도 가슴 속에서 뭔가가 콩닥콩닥했다. 내 것이 될 돈을 번다는, 갑작스럽고도 새로운 생각. 내 것.

　　"전 아직 취업 비자가 없어요." 내가 말했다.

　　"하지만 데이브가 당신 영주권을 신청했잖아요."

　　"네."

　　"그렇게 오래 안 걸릴 거예요. 적어도 겨울 전에는 받을걸요. 아이티에서 온 제 친구도 얼마 전에 받았거든요. 그러니까 비자를 받는 즉시 저한테 알려 주세요."

　　"고마워요." 나는 니아를 껴안고 싶었다. "고마워요."

　　그날 저녁 나는 남편에게 니아 얘기를 했다. 그의 눈은 장시간 근무로 인한 피로 때문에 푹 꺼져 있었다. 그는 처음엔 누구 얘기인지 모르겠다는 듯 "니아?"라고 반문하더니 "괜찮은 사람이지만 나쁜 물이 들 수도 있으니 조심해요."라고 덧붙였다.

　　니아는 퇴근 후에 우리 집에 들르기 시작했다. 그녀는 자기가 가져온 다이어트 음료를 마시면서 내가 요리하는 모습을 구경했다. 나는 에어컨을 끄고 뜨거운 공기가 들어오는 창문을 열어서 니아가 담배를 피울 수 있게 했다. 그녀는 미용실에 왔던 여자들 얘기, 자기가 데이트한 남자들 얘기를 했다. 그녀는 일상적인 대화에 '클리토리스' 같은 명사나 '섹스하다' 같은 동사를 간간이 섞어 가며 이야기했다. 나는 그녀의 이야기를 듣는 게 좋았다. 그녀가 웃을 때마다 깔끔하게 부러진, 귀퉁이가 완벽한 삼각형 모양으로 떨어져 나간 이가 드러나는 것도 좋았다. 그녀는 늘 나의 새 남편이 귀가하기 전에 돌아갔다.

겨울은 성큼 찾아왔다. 나는 어느 날 아침에 아파트 건물 밖으로 나갔다가 헉하고 숨을 들이마셨다. 마치 하느님이 하얀 휴지 뭉치를 갈가리 찢어서 밑으로 던지고 있는 것만 같았다. 나는 태어나서 처음 본 눈을, 빙글빙글 도는 눈송이를 오랫동안 바라보고서 있다가 뒤돌아서 집으로 되돌아갔다. 그리고 다시 한번 부엌 바닥을 박박 닦고, 우편으로 온 키 푸드 슈퍼마켓 카탈로그에서 또 한번 할인 쿠폰을 잘라 낸 다음, 창가에 앉아서 하느님의 휴지 찢기가 광기로 변해 가는 것을 지켜보았다. 이미 겨울이 왔는데도 나는 여전히 무직이었다. 그날 저녁 남편이 집에 왔을 때 프렌치 프라이와 프라이드치킨을 그의 앞에 놓으며 말했다. "지금쯤은 취업 비자가 나와서 내가 일할 수 있을 줄 알았어요."

그는 대답을 하기 전에 기름진 감자 조각 몇 개를 집어 먹었다. 우리는 이제 서로 영어로만 대화했다. 그는 내가 요리할 때 이보어로 혼잣말하는 것도, 니아에게 "배고파."와 "내일 만나."가 이보어로 뭔지 가르쳐 준 것도 몰랐다.

"내가 영주권을 얻기 위해 결혼했던 미국 여자가 문제를 일으키고 있어요." 그는 이렇게 말하면서 천천히 닭고기를 둘로 찢었다. 그의 눈 밑은 퉁퉁 부어 있었다. "내가 당신과 나이지리아에서 결혼했을 때 이혼 수속이 거의 막바지 단계긴 했지만 완전히 끝나진 않은 상태였어요. 별것 아니었는데 그 여자가 그 사실을 알고는 나를 이민국에 신고하겠다고 협박하고 있어요. 돈을 더 달라는 거죠."

"당신, 전에 결혼했었어요?" 나는 떨리기 시작한 두 손을 꽉 마주 잡았다.

"저것 좀 줄래요?" 그가 내가 미리 만들어 놓은 레모네이드를 가리키며 말했다.

"저그요?"

"피처요. 미국인들은 저그라고 안 하고 피처라고 해요."

나는 저그(피처)를 그에게 밀어 주었다. 머릿속에서는 쿵쾅거리는 소리가 들렸고, 귓속에는 뜨거운 액체가 차올랐다. "전에 결혼했었어요?"

"서류상으로만요. 우리 나라 사람들은 다들 그렇게 해요. 일종의 거래죠. 여자한테 돈을 주고 둘이 같이 서류를 꾸미는데 가끔 일이 잘못되면 여자가 이혼을 안 해 주거나 협박을 하거나 해요."

나는 잘라 두었던 쿠폰 더미를 내 앞으로 끌어당겨서 하나씩 둘로 찢기 시작했다. "오포딜레, 이런 얘기는 진작 나한테 했어야죠."

그가 어깨를 으쓱했다. "말할 작정이었어요."

"그런 얘긴 결혼 전에 알았어야 했다고요." 나는 그의 맞은편 의자에 무너지듯 천천히 앉았다. 그렇게 하지 않으면 당장 의자가 부서지기라도 할 것처럼.

"그래 봤자 달라진 건 없었을 거예요. 당신 숙부님과 숙모님이 이미 결정하신 후였으니까요. 부모님이 돌아가셨을 때부터 당신을 돌봐 주신 분들한테 당신이 싫다고 말했겠어요?"

나는 말없이 그를 쳐다보면서 쿠폰을 더더욱 잘게 찢어 댔다. 세제와 포장육과 키친타월의 찢어진 사진들이 바닥으로 떨어졌다.

"게다가 그렇게 엉망진창인 나라에서 당신이 뭘 할 수 있었겠어요?" 그가 물었다. "석사 학위를 가진 사람들도 직장이 없어 길거리를 떠돌아다니지 않나요?" 그의 목소리는 무덤덤했다.

"왜 나랑 결혼했어요?" 내가 물었다.

"나는 나이지리아인 아내를 원했고 어머니가 당신이 얌전하고 좋은 여자라고 하셨으니까요. 심지어 당신이 처녀일지도 모른다고 하셨어요." 그가 미소 지었다. 미소 짓는 그의 모습은 한층 더 피곤해 보였다. "어머니가 틀리셨더라고 말씀드려야 할까 봐요."

나는 또다시 쿠폰을 바닥에 던지고는 양손을 맞잡고 손톱이 살갗을 파고들 때까지 꽉 쥐었다.

"당신 사진을 처음 봤을 때 기뻤어요." 그가 입맛을 다시며 말했다. "당신 피부가 옅은 색이었으니까. 나는 애들 외모도 생각해야 했어요. 미국에서는 흑인도 피부색이 옅은 편이 더 좋거든요."

나는 그가 밀가루옷을 입힌 닭고기를 마저 먹어 치우는 것을 지켜보았다. 그리고 그가 음식을 입에 문 채로 물을 마신다는 것을 알아차렸다.

그날 저녁 그가 샤워하는 동안 나는 그가 사 주지 않은 옷, 즉 수놓인 부부[47] 두 벌과 카프탄 하나 — 전부 아다 숙모가 버린 옷인 — 만을 내가 나이지리아에서 가져온 플라스틱 여행 가방에 넣어 가지고 니아의 아파트로 갔다.

니아는 나에게 우유와 설탕을 넣은 홍차를 끓여 주고는 나와 함께 둥근 식탁에 앉았다. 그 식탁 주위에는 키 높은 스툴 세 개가 놓여 있었다.

---

47 나이지리아의 여성용 부부는 폭이 양팔을 벌린 것만큼 넓고 길이는 발목까지 오며 소매는 없고 손을 내놓는 구멍만 있는 원피스를 말한다.

"고향의 가족들에게 전화하고 싶으면 여기서 걸어도 돼요. 원하는 만큼 오래 통화해요. 내가 벨 애틀랜틱사의 국제 전화 요금제에 가입할 테니까."

"고향에 얘기할 사람은 아무도 없어요." 내가 나무 선반 위에 놓인 조각상의 서양배 같은 얼굴을 쳐다보며 말했다. 그것의 텅 빈 눈이 나를 마주 쳐다봤다.

"당신 숙모는요?" 니아가 물었다.

나는 고개를 저었다. 집을 나왔다고? 아다 숙모는 소리를 지를 것이다. 너 미쳤니? 뿔닭 알 버리는 사람 봤어? 미국 의사랑 결혼할 수 있다고 하면 두 눈도 내놓을 여자가 얼마나 많은 줄 아니? 그냥 아무 남자라고 해도 마찬가지다? 그리고 이케 숙부는 나의 배은망덕함과 어리석음에 대해, 그의 주먹과 얼굴이 터질 듯이 팽팽해지도록 고함치다가 수화기를 떨어뜨릴 것이다.

"데이브가 당신한테 결혼 얘기를 했어야 하는 게 맞지만 그건 진짜 결혼이 아니었잖아요, 치나자." 니아가 말했다. "전에 어떤 책에서 보니까 사랑은 빠지는 게 아니라 산을 오르는 것과 같대요. 그러니까 당신도 시간을 두고 생각해 보면……."

"그런 문제가 아니에요."

"나도 알아요." 니아가 한숨을 쉬며 말했다. "그냥 긍정적인 얘기 좀 해 보려고 그랬어요, 염병할. 고향에서 사귀던 사람 있었어요?"

"예전에 있었죠. 하지만 그는 너무 어렸고 돈도 없었어요."

"진짜 지랄 같네요."

굳이 저을 필요는 없었지만 나는 홍차를 휘저었다. "남편이 왜 나이지리아에서 아내를 구했는지 모르겠어요."

"당신은 절대로 그의 이름을 부르지 않네요. 데이브라고 하는 걸 못 봤어요. 문화적인 습관인가요?"

"아뇨." 나는 방수포로 만든 식탁보를 내려다보았다. 그건 내가 그의 이름을 모르기 때문이라고, 그라는 사람을 모르기 때문이라고 말하고 싶었다.

"그가 결혼했던 여자 본 적 있어요? 아니면 혹시 여자 친구 중에 아는 사람은요?" 내가 물었다.

니아가 고개를 돌렸다. 뭔가를 얘기하는, 많은 것을 얘기하려고 하는 극적인 몸짓이었다. 침묵이 점점 길어졌다.

"니아?" 마침내 내가 먼저 운을 뗐다.

"그 사람이랑 잤어요. 이 년 전쯤에 그가 처음 이사 왔을 때. 자고 나서 일주일 만에 끝났죠. 데이트는 안 했어요. 다른 사람이랑 데이트하는 걸 본 적도 없고요."

"아." 나는 우유와 설탕을 넣은 홍차를 홀짝였다.

"당신한테 모든 걸 털어놓고 솔직해져야 했어요."

"그래요." 내가 말했다. 나는 일어나서 창밖을 내다봤다. 바깥 세상은 딱딱하게 굳은, 고요한 흰색 시트 같았다. 인도 위에는 여섯 살배기 아이의 키 높이만 한 눈 더미가 쌓여 있었다.

"당신 영주권이 나올 때까지 기다렸다가 떠나도 돼요." 니아가 말했다. "그러면 당신이 마음을 추스르는 동안 정부 지원금을 신청할 수도 있고, 그런 다음에 직장도 구하고 집도 구해서 생계를 꾸려 가면서 새 출발 할 수 있다고요. 글쎄, 여기는 빌어먹을 미국이란 말이에요."

니아가 일어나서 내 옆에, 창가에 와서 섰다. 그녀가 옳았다. 나는 아직 떠날 수 없었다. 나는 다음 날 저녁, 복도를 가로질러서 집으로 돌아갔다. 내가 초인종을 누르자 그가 문을 열었고 한 걸음 비켜서서 내가 지나가게 해 주었다.

내일은 너무 멀다

그때는 당신이 나이지리아에서 보낸 마지막 여름이었다. 당신 부모님이 이혼하기 전, 그리고 어머니가 당신이 친가 친척들, 특히 할머니를 만나러 나이지리아 땅을 밟는 일은 다신 없을 거라고 맹세하기 전의 여름이었다. 당신은 십팔 년이 지난 지금까지도 그 여름의 더위를, 할머니네 마당의 축축한 따뜻함을 생생히 기억한다. 그 마당에는 나무가 너무 많아서 전화선이 나뭇잎과 엉키고, 서로 다른 나무들의 가지가 맞닿고, 때로는 캐슈나무에서 망고가 발견되거나 망고나무에서 구아버가 발견되기도 했다. 썩어가는 낙엽이 만든 두꺼운 깔개가 당신의 맨발 밑에서 질척거렸다. 오후에는 배가 노란 벌들이 당신과 오빠 논소와 사촌 오빠 도지에의 머리 주위에서 웡웡댔고, 저녁에는 할머니가 오빠 논소에게만 나무에 올라가서 열매가 많이 열린 가지를 흔들라고 시키곤 했다. 당신이 오빠보다 더 나무를 잘 탔는데도. 이보기도, 캐슈애플, 구아버 같은 열매들이 비 오듯 우수수 떨어지면 당신과 사촌 오빠

도지에는 그걸로 낡은 양동이를 몇 개씩 가득 채우곤 했다.

그때는 할머니가 논소에게 코코넛 따는 법을 가르쳐 준 여름이었다. 코코야자는 가지가 없고 키가 커서 올라가기 어려웠으므로 할머니는 논소에게 긴 막대기를 주면서 푹신한 껍데기에 싸인 코코넛 송이를 쿡쿡 찌르는 법을 알려 줬다. 당신에게는 알려 주지 않았다. 왜냐하면 계집애들은 코코넛을 따는 게 아니기 때문이라고 했다. 할머니는 코코넛을 돌로 조심스럽게 깨서 삐죽삐죽한 컵처럼 된 밑 껍데기에 코코넛즙이 담기게 했다. 그리고 놀러 온 동네 애들까지 포함한 모두가 시원한 코코넛즙을 한 입씩 마실 때 할머니가 이 코코넛즙 마시기 의식을 주관해서 논소에게 차례가 제일 먼저 돌아가도록 했다.

그때는 당신이 할머니에게, 도지에가 열세 살이라 논소보다 한 살 많은데도 왜 논소가 코코넛즙을 제일 먼저 마시냐고 물은 여름이었다. 할머니는 논소는 유일한 친손자, 즉 은나부이시가의 대를 이을 아이지만 도지에는 **느와디아나**, 즉 외손자일 뿐이라고 대답했다. 그때는 당신이 잔디밭에서 투명한 스타킹처럼 속이 비치는 뱀 허물을 온전한 형태로 찾아낸 여름이었다. 할머니는 당신에게 그 뱀의 이름이 '내일은 너무 멀다.'라는 뜻인 **에치 에테카**라고 말해 주었다. 한 번만 물려도 십 분 안에 끝난단다, 그녀는 말했다.

그때는 당신이 사촌 오빠 도지에와 사랑에 빠진 여름이 아니었다. 그 일은 그보다 몇 년 전 여름에 일어났기 때문이다. 그때 그는 열 살, 당신은 일곱 살이었고 둘이서 할머니 차고 뒤의 좁은 공간을 비집고 들어갔을 때 그가 당신들이 그의 "바나나"라고 부르던

것을 당신의 "토마토" 안에 집어넣으려고 했지만 둘 다 어느 것이
맞는 구멍인지 확신하지 못했다. 그때는 당신에게 이가 생긴 여름
이었다. 당신과 사촌 오빠 도지에는 당신의 빽빽한 머리카락 사이
를 뒤져서 작고 검은 벌레들을 찾아냈고, 당신의 손톱으로 벌레들
을 눌러 죽였고, 피로 가득 찬 녀석들의 배가 톡톡 터지는 소리에
깔깔대고 웃었다. 그 여름에 당신은 오빠 논소에 대한 미움이 점
점 커져서 당신의 코를 비트는 것을, 그리고 사촌 오빠 도지에에
대한 사랑이 부풀어 올라서 당신의 온몸을 감싸는 것을 느꼈다.

그때는 당신이, 번개가 하늘을 가로질렀던 폭풍우가 지나간
뒤에 망고 나무 한 그루가 거의 완벽하게 반으로 쪼개지는 것을
본 여름이었다.

그때는 논소가 죽은 여름이었다.

할머니는 그때를 여름이라 부르지 않았다. 나이지리아에서는
다들 그랬다. 그때는 우기와 건기 사이에 자리 잡은 8월이었다. 그
때는 종일 비가 내려서 당신과 논소와 도지에가 모기를 때려잡고
구운 옥수수를 먹던 베란다 위로 은색 빗줄기가 쏟아질 수도 있었
고, 아니면 햇볕이 눈부시게 내리쬐서 할머니가 물탱크를 반으로
잘라 만든 간이 풀장 속에 당신들이 둥둥 떠 있을 수도 있었다. 논
소가 죽던 날은 날씨가 온화했다. 아침에는 가랑비가 내렸고, 오
후에는 해가 났지만 덥지 않았고, 저녁에는 논소가 죽었다. 할머
니는 그에게 — 그의 축 늘어진 몸을 향해 — **이 라푸타고 음**이라
고, 그가 그녀를 배반했다고 소리치면서, 이제 누가 은가부이시가
의 이름을 물려받고 가문의 핏줄을 이을 거냐고 물었다.

이웃들이 할머니 목소리를 듣고 찾아왔다. 당신의 얼어붙은 입술에서 미국 전화번호를 알아내어 어머니에게 전화한 사람은 길 건너 사는 여자 — 아침마다 할머니의 쓰레기통을 뒤지던 개의 주인인 — 였다. 당신과 도지에의 꽉 잡은 손을 풀게 하고, 당신을 앉히고, 물을 가져다준 사람도 그 이웃이었다. 그녀는 당신을 꼭 안아서 할머니가 어머니와 통화하는 소리를 못 듣게 하려고 했지만 당신은 그 여자 품에서 빠져나와 전화기로 다가갔다. 할머니와 어머니의 대화는 논소의 죽음보다 시신에 더 치중해 있었다. 어머니는 논소의 시신을 당장 미국으로 가져와야 한다고 우겼고, 할머니는 어머니의 말에 계속 반문하면서 고개를 절레절레 흔들었다. 그녀의 눈에서는 광기가 번득였다.

당신은 할머니가 어머니를 한 번도 좋아한 적이 없음을 알고 있었다.(당신은 할머니가 몇 년 전 여름에 친구에게 이렇게 말하는 것을 들었다. 그 미국 여자가 내 아들을 꽁꽁 묶어서 제 주머니에 집어넣었어.) 하지만 할머니가 통화하는 모습을 보면서, 당신은 그들이 같은 부류임을 깨달았다. 당신은 어머니의 눈에도 똑같은 붉은 광기가 서려 있으리라고 확신했다.

당신이 어머니와 통화할 때 전화선 너머에서 들려오는 그녀의 목소리는 전에 없이 왕왕 울렸다. 당신과 논소가 할머니와 함께 여름을 보낸 지난 몇 년 동안 한 번도 없었던 일이었다. 너 괜찮니? 그녀는 계속 그렇게 물었다. 너 괜찮니? 그녀는 논소가 죽었는데도 당신이 정말로 괜찮아서 걱정하는 것만 같았다. 당신은 전화기 줄을 가지고 장난치면서 거의 아무 말도 하지 않았다. 그녀는 당신 아버지가 비록 전화도, 라디오도 없는 숲속 어딘가에서 열리고 있는 흑인 예술 축제에 참석 중이긴 하지만 그에게 전갈을 보내겠다고 했다. 그러고 나서는 마침내 개가 짖는 듯한 소리를 내면서 격하게 한참을 흐느끼더니 당신에게 모든 게 괜찮을 거라고, 자기가 논소의 시신을 미국으로 가져오는 데 필요한 절차를 취할 거라고 말했다. 그때 당신은 그녀의 웃음소리를 떠올렸다. 배 속 깊은 곳에서부터 시작되어 밖으로 나올 때까지도 전혀 수그러들지 않던, 그녀의 가냘픈 체구에 전혀 어울리지 않았던, 호 호 호 하는 웃음소리. 논소의 방에 잘 자라는 인사를 하러 들어갈 때마다 그녀는 늘 그렇게 웃으면서 나왔다. 대개 당신은 그 소리를 듣지 않기 위해 손바닥으로 귀를 꼭 막았고 그녀가 당신 방에 잘 자라, 아가 하고 인사를 하러 왔을 때에도 계속 귀를 막고 있었다. 그녀는 당신 방에서 나갈 때 그렇게 웃은 적이 한 번도 없었다.

전화를 끊고 난 할머니는 마룻바닥에 몸을 쭉 펴고 누워서 눈도 깜빡 않은 채 무슨 실없는 게임을 하듯 좌우로 뒹굴뒹굴했다. 그녀는 논소의 시신을 미국으로 가져가는 것은 잘못됐다고, 그의 영혼이 영원히 여기를 떠돌 거라고 했다. 그는 그가 추락할 때 충격을 흡수하지 못한 이 단단한 땅에 속했다. 그를 떨어뜨린, 이곳의 나무들에 속했다. 당신은 가만히 앉아 할머니를 쳐다보면서 처음에는 그녀가 일어나서 당신을 안아 줬으면 하고 생각했다가 곧 그러지 않았으면 하고 생각했다.

십팔 년이란 세월이 흘렀지만 할머니네 마당의 나무들은 전혀 변하시 않은 깃 깉다. 어건히 가지를 뻗어 서로를 끌어안고, 여전히 마당에 그림자를 드리운다. 하지만 다른 모든 것은 예전보다 작아 보인다. 집, 집 뒤의 정원, 녹슬어서 구리색으로 변한 물탱크. 뒤뜰에 있는 할머니의 무덤조차도 조그맣게 보여서 당신은 그녀의 몸이 작은 관에 들어가기 위해 구겨져 있는 모습을 상상한다. 무덤은 얇은 시멘트로 덮여 있고 그 주위의 땅은 최근에 판 흔적이 있다. 당신은 그 옆에 서서 십 년 뒤의 광경을 머릿속으로 그린다. 아무도 무덤을 돌보지 않아서 헝클어진 잡초가 시멘트를 뒤덮어 무덤을 질식시키고 있는 모습을.

도지에가 당신을 쳐다보고 있다. 공항에서 그는 당신을 조심스럽게 포옹하고는 잘 왔다며, 당신이 돌아와서 깜짝 놀랐다고 말했다. 북적이는 라운지에서 당신은 그가 시선을 피할 때까지 한참 동안 그의 얼굴을 쳐다보았다. 그의 눈은 당신 친구네 푸들의 눈처럼 슬퍼 보이는 갈색이었다. 하지만 당신은 굳이 그런 눈빛을 보지 않아도 논소가 어떻게 죽었는지에 관한 비밀을 도지에가 발설하지 않았음을, 지금껏 줄곧 지켜 왔음을 알고 있었다. 할머니의 집까지 운전하는 동안 그는 당신 어머니에 대해 물었고, 당신은 어머니가 지금은 캘리포니아주에 산다고 말했다. 당신은 그곳이 머리는 삭발하고 가슴에는 피어싱을 한 사람들이 함께 사는 생활 공동체라는 말은 하지 않았다. 그리고 어머니가 전화하면 당신은 늘 그녀가 말하고 있는 도중에 전화를 끊어 버린다는 말도 하지 않았다.

당신은 아보카도나무를 향해 걸어간다. 도지에는 여전히 당신을 쳐다보고 있고 당신은 그를 바라보면서 당신이 열 살이던 그해 여름에 목구멍까지 차올랐던 사랑을 기억해 내려고 애쓴다. 논소가 죽은 뒤에 도지에의 어머니 음그베치벨리제 고모가 그를 데리러 올 때까지 당신으로 하여금 도지에의 손을 꼭 붙들고 있게 했던 그 감정을. 그의 이마를 가로지른 주름에는 아련한 슬픔이 있고, 양팔을 늘어뜨리고 선 그의 모습에는 우수가 스며 있다. 당신은 문득 그도 당신처럼 원했던 걸까 생각한다. 당신은 그의 조용한 미소 뒤에, 그가 하도 가만히 앉아 있어서 초파리가 그의 팔에 앉았던 날들 뒤에, 그가 당신에게 준 그림들 뒤에, 그가 종이 상자 속에서 키우면서 너무 많이 쓰다듬은 탓에 죽고 만 새들 뒤에 무엇이 있었는지 결코 알지 못했다. 당신은 그가 필요 없는 손자, 은나부이시라는 이름을 이어받지 않은 손자라는 사실에 대해, 만약 뭔가를 느꼈다면, 무엇을 느꼈을까 생각한다.

당신은 손을 뻗어 아보카도나무 줄기를 만진다. 그 순간 도지에가 뭔가를 말하기 시작해서 당신은 그가 논소의 죽음 얘기를 꺼내려는 줄 알고 깜짝 놀라지만 그는 당신이 할머니에게 작별 인사를 하기 위해 돌아올 줄은 몰랐다고, 자신은 당신이 얼마나 그녀를 미워했는지 알고 있었다고 말한다. 그 단어 ― '미워하다' ― 가 두 사람 사이의 허공에 비난처럼 드리운다. 당신은 그에게 말하고 싶다. 그가 할머니가 세상을 떠났다는 얘기를 하려고 뉴욕에 있는 당신에게 전화했을 때 ― 네가 알고 싶어 할 것 같아서. 그는 그렇게 말했다. ― 그래서 당신이 십팔 년 만에 처음으로 그의 목소리를 들었을 때 당신은 사무실 책상에 기댔고, 다리가 흐물흐물해졌고, 평생에 걸친 침묵이 무너져 내렸다고. 그리고 당신이 생각한 건 할머니가 아니라 논소였고, 도지에였고, 아보카도나무였고, 토덕이 존재하지 않던 어린 시절 왕국의 습한 여름이었고, 당신이 생각해선 안 됐던 모든 것, 당신이 종잇장처럼 납작하게 만들어서 치워 버렸던 모든 것이었다고.

하지만 그러는 대신 당신은 아무 말 없이 손바닥을 거친 나무 줄기에 대고 꾸욱 누른다. 아픔이 당신을 달래 준다. 당신은 옛날에 아보카도 먹던 기억을 떠올린다. 당신은 소금을 뿌려 먹길 좋아했고 논소는 소금을 싫어했는데 당신이 소금 뿌리지 않은 아보카도는 구역질 난다고 말할 때마다 할머니는 늘 혀를 차면서 당신은 좋은 게 뭔지 모른다고 말했다.

묘비들이 흉물스럽게 솟아 있는 버지니아주의 추운 묘지에서 열린 논소의 장례식에서 당신 어머니는 머리끝부터 발끝까지, 심지어는 베일까지도 온통 빛바랜 검은색이었고 그 때문에 그녀의 계피색 피부가 더욱 돋보였다. 아버지는 당신과 어머니에게서 멀찍이 떨어진 곳에, 늘 입는 다시키[48]와 여러 겹의 우윳빛 조개 목걸이를 걸치고 서 있었다. 그는 마치 가족이 아닌 것처럼 보였다. 마치 큰 소리로 훌쩍대다가 나중에 어머니에게 작은 목소리로 논소가 정확히 어떻게 죽었냐고, 어쩌다가 아기 때부터 수없이 타던 나무에서 떨어진 거냐고 묻는 손님 중 한 명처럼 보였다.

어머니는 질문을 던진 모든 사람에게 아무 말도 하지 않았다. 그녀는 당신에게도, 그의 방을 치우고 유품을 정리할 때조차, 논소에 대해 아무 말도 하지 않았다. 그녀가 당신에게 혹시 간직하고 싶은 물건 없냐고 묻지 않아서 당신은 안심했다. 당신은 타자

---

48 서아프리카의 남성용 셔츠. 가슴까지 깊은 앞트임이 있고 그 주위와 소맷부리 등에 화려한 자수 장식이 있는 것이 특징이다.

기로 친 것보다 더 깔끔하다고 어머니가 말했던 그의 글씨가 적힌 책을 하나도 갖고 싶지 않았다. 아이치고는 아주 대단한 재능이 엿보인다고 아버지가 말했던, 그가 공원에서 찍은 비둘기 사진도 갖고 싶지 않았다. 아버지의 그림을 색깔만 다르게 베낀 그의 그림도 갖고 싶지 않았다. 그의 옷도. 그가 수집한 우표도.

어머니는 장례식으로부터 석 달 뒤에 당신에게 이혼 얘기를 할 때 마침내 논소 얘기를 꺼냈다. 그녀는 논소 때문에 이혼하는 게 아니라고, 그녀와 당신 아버지는 이미 오래전부터 멀어지기 시작했다고 말했다.(그때 아버지는 탄자니아의 잔지바르섬에 있었다. 그는 논소의 장례식 직후에 집을 떠났다.) 그러고 나서 어머니가 물었다. 논소가 어떻게 죽었니?

당신은 어떻게 당신 입에서 그런 말이 쏟아져 나왔는지 아직도 알지 못한다. 그때 맑은 눈으로 그런 말을 한 아이가 자신이었음을 아직도 인정할 수 없다. 어쩌면 그것은 어머니가 논소 때문에 이혼하는 게 아니라고 말했기 때문인지도 모른다. 마치 논소만이 유일하게 가능한 이유인 것처럼, 그 이유가 당신일 가능성은 눈곱만큼도 없는 것처럼. 어쩌면 그것은 당신이 요즘도 때때로 느끼는 뜨거운 욕망을 느꼈기 때문인지도 모른다. 구겨진 것을 보면 펴고 싶은 욕구, 울퉁불퉁한 것을 보면 평평하게 만들고 싶은 욕구. 당신은 어머니에게, 적당히 머뭇거리는 말투로, 할머니가 논소한테 아보카도나무에서 제일 높은 나뭇가지에 올라가서 그가 얼마나 남자다운지 보여 달라고 했다고 말했다. 그리고 그녀가 그에게 겁을 줬다고 ─ 그건 농담이었어 당신은 어머니에게 장담했다. ─ 그에게서 가까운 나뭇가지에 **에치 에테카** 뱀이 있다고 말했다고 했다. 할머니는 그에게 움직이지 말라고 했다. 하지만 당연히 그는 움직였고 나뭇가지에서 떨어졌다. 그가 땅에 닿았을 때 수많은 열매가 동시에 떨어지는 듯한 소리가 났다. 둔탁한 퍽 소리. 할머니는 거기 서서 멍하니 그를 보고 있다가 그에게 고래고래 소리치기 시작했다. 그가 외아들이라고, 그가 죽음으로써 가문을 저버렸다고, 조상님들이 노하실 거라고. 오빠는 숨 쉬고 있었어. 당신은 어머니에게 말했다. 땅에 떨어졌을 때 오빠는 숨을 쉬고 있었지만 할머니는 가만히 서서 오빠가 죽을 때까지 부서진 몸을 향해 소리만 질렀어.

어머니는 비명을 지르기 시작했다. 그리고 당신은 사람들이 진실을 부정하기로 결심한 순간에 저렇게 미친 듯이 비명을 지르는 걸까 생각했다. 그녀는 논소가 떨어질 때 돌에 머리를 부딪혀서 즉사했음을 잘 알고 있었다. 그의 시신과 깨어진 머리를 보았기 때문이다. 그런데도 그녀는 논소가 떨어진 후에 살아 있었다고 믿는 편을 택했다. 그녀는 울고, 울부짖고, 당신 아버지의 첫 전시회에서 그에게 눈길을 주었던 날을 저주했다. 그러고 나서 그녀는 그에게 전화를 걸었고 당신은 그녀가 전화기에 대고 악쓰는 소리를 들었다. 당신 어머니 책임이야! 당신 어머니가 애한테 겁을 줘서 떨어지게 만들었어! 그러고 나서도 뭔가 조치를 취할 수 있었는데도 전형적인 멍청한 아프리카 여자처럼 가만히 서서 애를 죽게 내버려 뒀어!

아버지는 나중에 당신에게 이야기할 때, 당신이 얼마나 힘든지는 알고 있지만 더 큰 상처가 생기지 않도록 말조심해야 한다고 말했다. 당신은 아버지가 한 말 — 말조심해라 — 에 대해 곰곰이 생각했고 당신이 거짓말했다는 걸 그가 아는 걸까 생각했다.

십팔 년 전 그 여름은 당신이 처음으로 자아실현을 한 여름이었다. 논소에게 무슨 일이 일어나야만 당신이 살아남을 수 있음을 깨달은 여름이었다. 열 살의 나이에도 당신은, 어떤 사람들은 가만있는 것만으로도 너무 큰 공간을 차지할 수 있다는 걸, 존재하는 것만으로도 다른 이들을 숨 막히게 할 수 있다는 걸 알았다. **에치 에테카**로 논소에게 겁을 주겠다는 발상은 순전히 당신의 것이었다. 하지만 당신은 도지에게, 당신들 둘이서 논소를 해쳐야 한다고 — 그를 불구로 만들거나 다리를 꺾어 버려야 한다고 — 말했다. 당신은 그의 완벽하고 나긋나긋한 몸을 망가뜨리고 싶었고 그를 덜 사랑스럽게, 모든 일을 지금만큼 잘하지 못하게 만들고 싶었다. 당신의 공간을 지금만큼 잘 빼앗지 못하도록. 도지에는 대답을 하는 대신 당신 그림을 그리면서 당신의 눈을 별 모양으로 그렸다.

할머니는 안에서 요리를 하고 있고 도지에는 말없이 당신 곁에, 어깨가 맞닿도록 바짝 붙어 서 있을 때 당신은 논소에게 아보카도나무 꼭대기에 올라가라고 제안했다. 그를 끌어들이는 건 쉬운 일이었다. 당신이 나무를 더 잘 탄다는 사실을 상기시켜 주기만 하면 됐다. 그리고 실제로도 당신이 더 나무를 잘 탔다. 당신은 어떤 나무건 몇 초 안에 올라갈 수가 있었다. 당신은 배울 필요가 없는 것들, 할머니가 논소에게 가르칠 수 없었던 것들에 더 뛰어났다. 당신은 그에게 먼지 올라가라고, 당신이 따라잡기 전에 아보카도나무의 꼭대기 가지에 닿을 수 있는지 보자고 했다. 나뭇가지는 힘이 없었고 논소는 당신보다 무거웠다. 할머니가 그에게 먹인 모든 음식 때문에 무거웠다. 조금 더 먹어라. 그녀는 자주 말하곤 했다. 내가 누굴 위해 이걸 만들었겠니? 마치 당신은 거기 없는 것처럼. 때때로 그녀는 당신의 등을 토닥이며 이보로 말하곤 했다. 네가 철이 들고 있어서 다행이구나, **은네**. 언젠가는 네가 네 남편을 이렇게 돌보게 될 거다.

논소는 나무를 올라갔다. 높이, 더 높이. 당신은 그가 거의 꼭대기에 다다를 때까지, 그의 다리가 더 올라가지 못하고 머뭇거릴 때까지 기다렸다. 당신은 그가 한 동작에서 다음 동작으로 넘어가는 짧은 순간을 기다렸다. 방심의 순간. 당신의 눈에 모든 것의 푸름이, 삶 본연의 푸름 — 아버지의 그림에서 보았던 맑은 파란색, 기회의 파란색, 아침 소나기에 깨끗이 씻긴 하늘의 파란색 — 이 보였던 순간. 그때 당신은 외쳤다. "뱀이다! **에치 에테카다!** 뱀이다!" 당신은 뱀이 그에게서 가까운 나뭇가지에 있다고 해야 할지, 아니면 줄기를 타고 올라가고 있다고 해야 할지 몰랐다. 하지만 아무래도 상관없었다. 왜냐하면 그 몇 초 사이에 논소는 당신을 내려다보다가 손을 놓쳤고, 발이 미끄러졌고, 팔이 자유로워졌다. 혹은 나무가 논소를 흔들어 떨어뜨렸는지도 몰랐다.

지금 당신은 자신이 얼마 동안 논소를 바라보고 있다가 할머니를 부르러 갔는지 기억하지 못한다. 도지에는 그동안 내내 당신 곁에 말없이 서 있었다.

도지에의 말 — '미워하다' — 이 지금 당신 머릿속을 맴돌고 있다. 미워하다. 미워하다. 미워하다. 그 단어는 숨 쉬기가 힘들게 만들었다. 논소가 죽고 난 뒤 몇 달 동안 어머니가 당신이 물처럼 맑은 목소리와 고무줄 같은 다리를 가졌음을 알아채길 기다릴 때, 어머니가 당신 방에 와서 잘 자라는 인사를 하고 나가면서 호 호 호 하고 웃기를 기다릴 때 숨 쉬기가 힘들었던 것처럼. 하지만 어머니는 그런 것들을 하는 대신 잘 자라는 인사를 할 때 당신을 너무 조심스럽게 안았고 늘 속삭이듯 말했기 때문에 당신은 가짜 기침이나 재채기를 해서 그녀의 뽀뽀를 피하기 시작했다. 그녀가 당신을 데리고 전국 방방곡곡을 떠돌아다니고, 안방에 빨간 초를 켜놓고, 나이지리아나 할머니 얘기는 입에도 못 담게 하고, 아버지를 만나지 못하게 하는 동안 오랜 세월이 흘렀음에도 그녀는 다시는 그 웃음을 웃지 않았다.

도지에가 입을 연다. 몇 년 전부터 논소가 꿈에 나오기 시작했다고, 꿈속에서 논소는 자신보다 나이도 많고 키도 크다고. 가까운 나무에서 열매 떨어지는 소리가 들리자 당신은 돌아보지도 않은 채 그에게 묻는다. 그 여름에 오빠가 원한 건 뭐였어? 뭘 원했어?

당신은 도지에가 언제 움직이는지, 언제 당신 곁에 와서 서는지 모른다. 하지만 굉장히 가까워서 당신은 그에게서 나는 오렌지 냄새를 맡을 수 있다. 어쩌면 그는 오렌지 껍질을 까고 나서 손을 씻지 않았는지도 모른다. 그가 당신을 돌려세워서 똑바로 쳐다보자 당신도 그를 마주 쳐다본다. 그의 이마에는 잔주름이 있고 그의 눈에는 전에 없던 엄함이 있다. 그는 당신에게, 자신은 뭘 원한다는 생각을 해 본 적이 없다고, 당신이 뭘 원하는지가 중요했기 때문이라고 말한다. 긴 침묵이 흐르는 동안 당신은 까만 개미들이 일렬로 나무줄기를 기어오르는 모습을 쳐다본다. 각각의 개미가 하얀 솜털을 나르고 있어서 까맣고 하얀 무늬를 만들고 있다. 그가 당신에게 당신도 자기처럼 꿈을 꿨냐고 물어서 당신이 아니라고 대답하며 그의 시선을 피하자 그는 당신에게서 등을 돌린다. 당신은 그와 통화하고 나서 가슴에 통증이 느껴지고 귓속이 윙윙거리고 공기가 소용돌이쳤던 일에 대해, 문이 벌컥벌컥 열렸던 일에 대해, 원래 납작했던 것들이 불뚝불뚝 튀어나온 일에 대해 그에게 얘기하고 싶지만 그는 점점 멀어져 간다. 그리고 당신은 울고 있다. 아보카도나무 밑에 홀로 서서.

고집 센 역사가

남편이 죽고 나서 오랜 세월이 흐른 뒤에도 느왐그바는 때때로 눈을 감고 그가 자신의 오두막에 찾아왔던 밤들과 그다음 날 아침을 머릿속으로 재현하곤 했다. 그런 아침이면 그녀는 콧노래를 흥얼거리며 냇가로 걸어가서, 그에게서 나던 냇내와 그 몸의 묵직함과 그녀 혼자만 아는 비밀과 빛에 둘러싸인 듯한 느낌을 생각하곤 했다. 오비에리카에 대한 다른 기억들도 선명하게 남아 있었다. 저녁에 연주할 때마다 피리를 감싸 쥐던 뭉뚝한 손가락, 그녀가 음식이 담긴 그릇을 앞에 놓아 줄 때 기뻐하던 표정, 도자기용 점토로 가득 찬 양동이를 그녀에게 가져다줄 때 땀이 흥건하던 등. 그녀가 씨름 경기에서 그를 처음 본 순간부터 두 사람은 서로를 쳐다보고 또 쳐다봤고, 둘 다 너무 어린 나이여서 그녀는 아직 허리에 생리대도 차고 있지 않았지만 그녀는 조용하면서도 확고하게 그녀의 **치**와 그의 **치**가 그들을 맺어 주었다고 믿었고, 그래서 몇 년 뒤 그가 친척들과 함께 야자주 단지 여러 개를 들고 그녀의 아버지를 찾아왔을 때 그녀는 어머니에게 이 사람이 자기가 결혼할 남자라고 말했다. 어머니는 경악했다. 너 오비에리카가 외아들이고 그의 선대인도 외아들이었는데 그 부인들이 몇 번이나 유산하고 아기들을 잃었는지 모르니? 어쩌면 그의 가족 중 누군가가 여자애를 노예로 팔아넘겨선 안 된다는 금기를 범해서 대지의 신아니가 그들에게 불행을 가져다주는지도 몰라. 느왐그바는 어머니의 말을 무시했다. 그녀는 아버지의 **오비**로 들어가서, 오비에리카와 결혼 못 하게 하면 다른 어떤 남자와 결혼시켜도 그 집에서 도망칠 거라고 말했다. 아버지는 그녀를 피곤한 독설가이자 고집센 딸로 생각했다. 그녀는 예전에 씨름을 하다가 오빠를 땅바닥에 내리꽂은 적도 있었다.(아버지는 여자애가 남자애를 쓰러뜨렸다는 얘기가 담장 밖으로 새어 나가지 않도록 모두를 입단속했다.) 그 역시 오비에리카네 집안의 불임 문제가 걱정됐지만 그들은 형편없는 가문은 아니었다. 오비에리카의 아버지는 **오조** 칭호를 가졌던 사람이었고 오비에리카는 어린 나이에도 벌써부터 씨 마를 소작인들에게 나눠 주고 있었다. 느왐그바가 그와 결혼해도 고생은 안 할 터였다. 게다가 그녀가 시집 식구들과 싸울 때마다 친정으로 돌아올 경우 자신이 맞게 될 괴로운 세월을 피하려면 제가 선택한 남자한테 보내는 편이 나았다. 그래서 그는 그 결혼을 축복해 주었고 그녀는 미소를 지으며 존경한다는 뜻으로 아버지의 칭호를 불렀다.

신붓값을 치르러 올 때 오비에리카는 그가 친형제처럼 생각하는 외사촌 오카포, 오코예와 함께 왔다. 느왐그바는 처음 본 순간부터 그들을 혐오했다. 그녀는 그날 오후 아버지의 **오비**에서 야자주를 마시던 그들의 눈에서 탐욕스러운 시기심을 보았고 그 후 오비에리카가 칭호를 얻고 소유지를 넓히고 멀리서 온 외지인들에게 마를 팔던 세월 동안 그들의 시기심이 더욱 짙어지는 것을 보았다. 하지만 그녀는 참고 견뎠다. 오비에리카가 그들을 소중하게 여겼으니까. 그들이 일은 안 하고 그에게 와서 마와 닭을 달라고 하는 것을 알면서도 모른 척했으니까. 자신에게 형제가 있다고 상상하고 싶어 했으니까. 그녀가 세 번째로 유산한 후에 새 아내를 들이라고 설득한 것도 그들이었다. 오비에리카는 그들에겐 생각해 보겠다고 말했지만 느왐그바와 단둘이 그녀의 오두막에 있는 밤에는 자신과 그녀가 아이들로 가득한 가정을 갖게 될 거라고 확신한다면서 그들이 나이가 들어서 돌봐 줄 사람이 필요해지기 전까지는 다른 아내를 들이지 않을 거라고 말했다. 그녀는 그처럼 부유한 남자가 아내를 한 명만 두는 건 이상하다고 생각했고 그들에게 자식이 없는 것에 대해 사람들이 악의적인 가사에 아름다운 선율을 붙여 부르는 노래에 대해, 그보다 더 많이 걱정했다. 그 여자는 자궁을 팔았다네. 그리고 그의 고추를 먹어 버렸지. 그는 피리를 불면서 그녀에게 재산을 넘겨준다네.

한번은 달맞이 행사가 열린 광장에서 이야기를 들려주고 새로운 춤을 배우는 수많은 여자들 가운데 어떤 소녀 무리가 느왐그바를 보더니 그녀를 향해 공격적으로 가슴을 내밀면서 그 노래를 부르기 시작한 적이 있었다. 그녀는 걸음을 멈추고 그들에게 다가가서 노래를 디 그게 불러 줄 수 없냐며, 그래야 자기가 가사를 알아듣고 두 거북 중 어느 쪽이 더 큰지 말해 줄 수 있지 않겠냐고 왰다. 그들은 노래를 멈췄다. 그녀는 그들의 공포를, 그들이 자신에게 겁먹고 뒷걸음치는 모습을 즐겼지만 바로 그때 오비에리카의 새 아내를 자기가 직접 찾아 나서겠다고 결심했다.

느왐그바는 오이강에 가서 풀치마를 끄르고 비탈을 걸어 내려가 바위에서 솟구쳐 나오는 은빛 물줄기에 발 담그길 좋아했다. 오이강 물은 오갈라니아강 물보다 더 시원했다. 혹은 구석에 처박혀 있는 오이 여신의 사당 때문에 그녀가 편안함을 느꼈는지도 모른다. 어렸을 때 그녀는 오이 여신이 여성들의 수호자라고, 여자들이 노예로 팔려 가지 않는 이유라고 배웠다. 그녀의 가장 친한 친구인 아야주가 먼저 거기 와 있었다. 느왐그바는 아야주가 물독을 머리에 이는 것을 도와주면서, 오비에리카의 둘째 부인으로 누가 좋겠냐고 물었다.

그녀와 아야주는 함께 자랐고 같은 일족의 남자들과 결혼했다. 하지만 그들의 차이점은 아야주가 노예의 자손이라는 사실이었다. 그녀의 아버지가 전쟁 후에 노예로 이 마을에 끌려왔던 것이다. 아야주는 남편 오켄와를 좋아하지 않았다. 그녀의 말에 따르면 그는 얼굴도 냄새도 쥐를 닮았지만 그녀가 결혼할 수 있었던 상대는 제한적이었다. 자유민 출신의 어떤 남자도 그녀에게 청혼할 리 없었기 때문이다. 팔다리가 길고 잽싼 아야주의 몸에는 수많은 행상 여행의 흔적이 남아 있었다. 그녀는 오니차 너머까지 여행한 적도 있었다. 이갈라족과 에도족 장사꾼들의 이상한 풍습 얘기를 이 마을에 처음 들여온 사람도 그녀였고, 오니차에 온 하얀 피부의 사람들이 거울과 옷감과 그 지방 사람들이 지금껏 본 것 중에서 제일 큰 총을 가졌더라는 얘기를 처음 한 사람도 그녀였다. 이런 세계주의 덕에 그녀는 사람들에게 존경받게 되었고 여성회에서 큰 소리로 발언하는 유일한 노예의 자손이자 모든 질문에 대한 해답을 갖고 있는 유일한 사람이 되었다.

그래서 그녀는 즉시 오비에리카의 둘째 부인으로 오콩쿼 가문의 딸을 추천했다. 그 소녀는 예쁘고 넓적한 엉덩이를 가졌고 공경심이 있었기 때문에, 헛소리로 머리가 가득 찬 요즘 여자애들과는 달랐다. 강에서 집까지 걸어가는 동안 아야주는 어쩌면 느왐그바가 비슷한 처지의 다른 여자들이 하는 일, 즉 오비에리카의 대를 잇기 위해 다른 남자를 통해서 임신을 해야 할지도 모른다고 말했다. 느왐그바는 날카롭게 되받아쳤다. 오비에리카가 발기 부전임을 암시하는 아야주의 말투가 마음에 들지 않았기 때문이다. 그리고 마치 그런 생각에 대답이라도 하듯 그녀는 허리를 찌르는 듯한 통증을 느꼈고 자신이 또다시 임신했다는 걸 알았지만 아무 말도 하지 않았다. 또다시 유산할 걸 알았기 때문이다.

몇 주 뒤에 그녀는 유산했다. 덩어리진 피가 그녀의 다리를 타고 흘러내렸다. 오비에리카는 그녀를 위로하면서, 그녀가 반나절 여행을 할 수 있을 만큼 회복되는 대로 유명한 신탁지인 키사에 가자고 말했다. **디비아**가 신탁을 구한 후 느왐그바는 소 한 마리를 바칠 생각에 움찔했다. 오비에리카의 조상들은 탐욕스러움에 틀림없었다. 그래도 그들은 정화 의식을 하고 제물을 바쳤다. 그러고 나서 그녀가 그에게 오콩쿼 가족을 만나 딸 문제를 상의하라고 했지만 그는 미루고 또 미뤘고 결국 그녀는 또다시 허리를 찌르는 듯한 통증을 느꼈다. 그리고 몇 달 뒤 자신의 오두막 뒤에서, 방금 씻은 깨끗한 바나나잎 더미 위에 누워 계속해서 힘을 주고 용을 쓰자 마침내 아기가 쑥 나왔다.

그들은 아들 이름을 아니퀸와라고 지었다. 대지의 신 아니가 드디어 아이를 점지해 줬던 것이다. 그는 피부색이 짙고 체격이 단단했으며 오비에리카의 천진무구한 호기심을 갖고 있었다. 오비에리카는 그 애와 함께 약초를 캐기도 하고, 느왐그바가 도자기 빚는 데 쓸 점토를 가져오기도 하고, 농장에 가서 마 덩굴을 지지대에 감아 주기도 했다. 오비에리카의 사촌 오카포와 오코예는 너무 자주 찾아왔다. 그들은 아니퀸와가 피리를 얼마나 잘 부는지, 제 아버지로부터 시 쓰는 법과 씨름 동작을 얼마나 빨리 배우는지를 보고 깜짝 놀랐지만 느왐그바는 그들의 미소가 숨기지 못하는 악의의 번뜩임을 보았다. 그녀는 아들과 남편이 걱정됐고 오비에리카가 죽었을 때 — 원기 왕성하게 껄껄 웃으면서 야자주를 마시던 사람이 별안간 푹 고꾸라졌다. — 그들이 그를 독살했음을 알았다. 그녀는 계속 그의 시신을 붙들고 있다가 이웃에게 뺨을 맞고 나서야 비로소 그를 놓아주었다. 그녀는 며칠 동안 차가운 재 속에 누워 있었다. 그리고 자기 머리에 새겨진 무늬를 마구 잡아뜯었다. 오비에리카의 죽음은 그녀를 끝없는 절망에 빠뜨렸다. 그녀는 연속으로 자식 열을 잃은 후에 뒷마당으로 가서 콜라나무에 목매달아 죽은 여자를 자주 생각했다. 하지만 아니퀸와 때문에, 그런 짓을 하지는 않을 것이었다.

나중에 그녀는 신관 앞에서 그의 사촌들에게 오비에리카의 **음밀리 오주**를 먹일걸 하고 후회했다. 그녀는 전에 그런 의식을 본 적이 있었다. 어떤 부유한 사내가 죽자 그의 가족은 사내의 적에게 그의 **음밀리 오주**를 마시게 했다. 느왐그바는 처녀 신관이 움푹한 잎사귀 가득 물을 받은 다음 그걸 죽은 사람의 몸에 갖다 댔다가 — 그러는 동안 내내 엄숙하게 뭔가를 중얼거리면서 — 살해 혐의를 받는 남자에게 건네주는 걸 보았다. 그는 물을 마셨다. 모든 사람이 그가 확실히 물을 삼키는지 지켜보는 동안 공기 중에는 무거운 침묵이 흘렀다. 그가 죄를 지었다면 죽게 될 것임을 다들 알았기 때문이다. 며칠 뒤 그가 죽자 그의 가족은 수치심에 머리를 조아렸고 느왐그바는 이상하게 그 모든 것에 충격을 받았다. 그녀는 오비에리카의 사촌들에게 이걸 하자고 우겼어야 했지만 그때는 슬픔에 눈멀어 있었고 오비에리카가 땅속에 묻힌 지금은 이미 너무 늦어 버렸다.

그의 사촌들은 장례식이 진행되는 동안, 칭호를 상징하는 장신구는 아들이 아니라 형제에게 물려주는 거라며 오비에리카의 상아를 가져갔다. 그들이 마 창고를 털어 가고 우리에 있던 다 자란 염소들을 훔쳐 갈 때 그녀는 소리치며 그들을 막아섰고 그들이 그녀를 밀쳐 버리자 저녁때까지 기다렸다가 온 마을을 돌아다니며 그들의 사악함과 그들이 과부를 약탈함으로써 이 땅에 쌓아 가고 있는 악행에 대한 노래를 불러서 결국 장로들이 사촌들에게 그녀를 내버려 두라고 말했다. 그녀는 여성회에도 호소해서 여자 스무 명이 밤에 오카포와 오코예의 집에 찾아가 절굿공이를 휘두르며 느왐그바를 내버려 두라고 경고했다. 오비에리카가 속했던 청년회 회원들도 그들에게 그녀를 내버려 두라고 밀했다. 하지만 느왐그바는 그 탐욕스러운 사촌들이 결코 멈추지 않으리란 걸 알았다. 그녀는 그들을 죽이는 꿈을 꿨다. 실제로도 충분히 할 수 있었지만 — 일하는 대신 평생 오비에리카에게 빈대 붙으면서 살아온 나약한 것들쯤이야 — 그랬다간 당연히 마을에서 추방될 테고 아들을 돌볼 사람이 없어질 것이었다. 그래서 그녀는 아니퀜와를 데리고 멀리 산책을 다니면서, 이 야자나무부터 저 플랜틴 나무까지가 다 우리 땅이라고, 할아버지가 아버지한테 물려준 거라고 말하곤 했다. 아이가 지루해하고 어리둥절해해도 똑같은 얘기를 자꾸만 되풀이해서 들려줬고 자기 눈에 보이는 곳이 아니면 밤에 아이를 나가 놀지 못하게 했다.

아야주는 또 다른 이야기를 가지고 행상 여행에서 돌아왔다. 오니차의 여자들이 백인 남자들에 대해 불평하고 있다는 것이었다. 그들은 처음에는 백인들의 실내 시장을 환영했지만 이제는 백인들이 그들에게 장사하는 방법을 가르치려 들었고 오니차의 일족 중 하나인 아궤케 가문의 장로들이 무슨 서류에 지장을 찍지 않겠다고 하자 백인들이 밤에 일반인 일꾼들을 데려와서 마을을 쑥대밭으로 만들었다. 마을은 완전히 폐허가 되어 버렸다. 느왐그바는 이해가 가지 않았다. 백인들이 어떤 총을 갖고 있었는데? 아야주는 웃으면서, 그들의 총은 자기 남편이 가진 녹슨 총과는 비교도 안 되는 것이었다고 말했다. 그리고 몇몇 백인들이 여러 마을을 돌아다니면서 아이들을 학교에 보내라고 설득하고 있는데 그녀는 농장에서 제일 게으름 피우는 아들인 아주카를 보내기로 결심했다는 것이었다. 그녀가 아무리 존경받고 돈이 많아도 노예의 자손임은 변함없었으므로 아들들이 칭호를 얻는 것은 여전히 금지되었기 때문이다. 그녀는 아주카가 이 외국인들의 방식을 배우길 바랐다. 남을 지배하는 자는 남들보다 좋은 사람이 아니라 남들보다 좋은 총을 가진 사람이기 때문이었다. 결국 그녀의 아버지도 그의 일족이 느왐그바네 일족처럼 좋은 무기를 갖고 있었다면 노예로 끌려오지 않았을 것이다. 느왐그바는 친구의 말을 들으면서 오비에리카의 사촌들을 백인들의 총으로 죽이는 꿈을 꿨다.

백인들이 그녀가 사는 마을을 찾아오던 날 느왐그바는 화덕에 넣으려던 항아리를 내버려 둔 채 아니퀜와와 도제 여자애를 데리고 광장으로 서둘러 나갔다. 처음에 그녀는 두 백인의 평범한 외모에 실망했다. 그들은 위협적이지 않아 보였으며 피부는 백변종처럼 허옇고 가느다란 팔다리는 연약해 보였다. 그들의 일행은 일반인이었으나 그들에게도 뭔가 이국적인 면이 있었고 오직한 명만이 이상한 악센트의 이보어를 구사했다. 그는 자기가 엘렐레에서 왔다고 말했다. 그리고 나머지 일반인들은 시에라리온에서 왔고 백인들은 멀리 바다 건너 프랑스에서 왔다고 했다. 그들은 모두 성령회 소속이었다. 그들은 1885년에 오니차에 왔고 그곳에 학교와 교회를 짓고 있었다. 느왐그바가 제일 먼저 질문을 던졌다. 당신들 혹시 총을 가져왔나요? 아퀘케 사람들을 죽인 총 말이에요. 제가 좀 볼 수 있을까요? 그 사내는 유감스러운 표정으로, 마을을 파괴한 것은 영국 정부의 군인들과 로열 나이저사의 상인들이며 자신들은 그 대신 좋은 소식을 가져왔다고 말했다. 그는 그들의 신에 대해 이야기했다. 그 신은 이 세상에 죽으러 왔고, 아들은 있지만 아내는 없으며, 셋인 동시에 하나라고 말했다. 느왐그바 주위의 많은 사람들이 큰 소리로 웃었다. 그리고 그중 일부는 돌아가 버렸다. 백인들이 지혜로운 자들이라고 생각했다가 실망했기 때문이다. 나머지 사람들은 뒤에 남아서 그들에게 시원한 물을 대접했다.

몇 주 뒤에 아야주는 또 다른 이야기를 가져왔다. 백인들이 오니차에 분쟁을 해결하는 법원을 만들었다는 소식이었다. 그들은 정말로 아주 살러 왔던 것이다. 태어나서 처음으로 느왐그바는 친구를 의심했다. 분명 오니차 사람들에게는 이미 법정이 있었다. 예를 들어 느왐그바네 옆 마을에서는 햇마 축제 동안에만 법정을 열어서 재판을 기다리는 동안 사람들의 원한이 점점 더 커졌다. 멍청한 제도야, 느왐그바는 생각했다. 하지만 어디에나 있는 제도긴 하지. 아야주는 웃으면서, 더 좋은 총을 가진 자가 남을 지배하는 거라고 다시 한번 느왐그바에게 말했다. 우리 아들은 이미 이런 외국 방식을 배우고 있고 어쩌면 아니퀜와도 배워야 할지 몰라. 느왐그바는 거절했다. 자신의 외아들, 하나뿐인 눈을 백인에게 주는 것은 상상도 할 수 없는 일이었다. 그들의 총이 아무리 우월할지라도.

다음 해에 일어난 세 가지 사건이 느왐그바의 마음을 바꾸어 놓았다. 첫 번째는 오비에리카의 사촌들이 큰 땅을 차지하고서는 장로들에게 자기들이 그녀 — 자신들의 형제를 잡아먹어 놓고는, 따라다니는 구혼자들이 있고 아직까지 가슴이 탱탱한데도 재혼을 거부하는 여자 — 를 위해 농사지어 주는 거라고 말한 사건이었다. 장로들은 그들 편을 들었다. 두 번째는 아야주가 백인들의 법

정에 땅 문제를 들고 간 두 사람의 이야기를 들려준 일이었다. 첫
번째 남자는 거짓말을 하고 있었지만 백인들의 언어를 할 줄 알았
고, 두 번째 남자는 땅의 진짜 주인이었지만 백인들 말을 할 줄 몰
라서 재판에서 지고, 두들겨 맞고, 감옥에 갇히고, 땅을 넘겨주라
는 명령을 받았다. 세 번째는 이로에그부남이라는 소년의 이야기
였다. 그는 수년 전에 실종됐다가 어느 날 갑자기 어른이 되어 나
타났는데 그의 홀어머니가 지금까지 있었던 이야기를 듣고는 충
격으로 벙어리가 되었다. 청년회에서 그의 아버지가 자주 면박을
주곤 했던 이웃이 그의 어머니가 시장에 가고 없을 때 그를 납치
해서 아로족 노예 상인들에게 데려갔다. 그들은 그를 살펴보더니
다리의 상처 때문에 제값을 못 받겠다고 투덜거렸다. 그러고 나서
그는 다른 사람들과 함께 손이 묶여서 긴 인간 행렬의 일부가 되
었고 몽둥이세례와 함께 더 빨리 걸으라는 명령을 받았다. 묶여
있는 사람들 중에 여자는 단 한 명뿐이었다. 그녀는 목쉴 때까지
소리를 지르면서 납치범들에게 양심도 없는 놈들이라고, 그녀의
영혼이 그들과 그들의 자식들을 괴롭힐 거라고, 그들이 자신을 백
인들에게 팔아넘기리란 건 알고 있는데 백인들의 노예란 아주 다
르다는 걸 모르냐고, 그들은 사람을 염소 대하듯 큰 배에 싣고 멀
리멀리 가서 결국에는 잡아먹는다고 말했다. 이로에그부남은 걷
고 걷고 또 걸었다. 발에서는 피가 났고, 몸에는 감각이 없었으며,
때때로 입에 약간의 물이 부어질 뿐이었다. 나중에 그가 기억할
수 있었던 건 먼지 냄새뿐이었다. 마침내 그들이 바닷가 마을에
도착하자 한 남자가 거의 알아들을 수 없는 이보어로 떠들어 댔
는데 이로에그부남은 그의 말을 대충 알아들을 수 있었다. 납치해

온 사람들을 배 타고 온 백인들에게 팔기로 되어 있었던 또 다른 남자가 백인들과 협상하러 갔다가 노예로 붙잡혀서 돌아오지 못했다는 것이었다. 결국 고성이 오가더니 몸싸움이 벌어졌다. 묶여 있던 사람들은 줄을 잡아당겼고 이로에그부남은 기절했다. 그가 깨어나 보니 한 백인 남자가 그의 발에 기름을 발라 주고 있었다. 그는 백인이 자기를 잡아먹으려고 준비하는 줄 알고 겁을 먹었다. 하지만 이 백인은 다른 부류의 사람이었다. 그는 노예들을 자유롭게 해 주기 위해 사들이는 선교사였다. 그는 이로에그부남을 데려가 함께 살면서 기독교 선교사로 훈련시켰다.

이로에그부남의 이야기는 느왐그바의 머리에서 떠나지 않았다. 이것이야말로 오비에리카의 사촌들이 그녀의 아들을 없앨 만한 방법이라고 확신했기 때문이다. 그를 죽이는 것은 너무 위험했다. 신의 저주를 받을 가능성이 너무 높았다. 하지만 그들이 스스로를 보호하는 강력한 약만 갖고 있다면 그를 팔아넘기는 것은 가능했다. 그녀는 이로에그부남이 때때로 자기도 모르게 백인들의 언어를 사용하곤 한다는 사실에 충격을 받았다. 그 말은 콧소리가 심했고 징그러웠다. 느왐그바 자신은 전혀 그런 말을 배우고 싶지 않았지만 그녀는 불현듯 아니퀜와가 오비에리카의 사촌들과 백인 법정에 가서 그들을 이기고 자기 재산을 되찾을 수 있을 만큼 그 말을 잘하게 만들기로 결심했다. 그래서 이로에그부남이 돌아오고 얼마 후에 그녀는 아야주에게 자기 아들을 학교에 보내고 싶다고 말했다.

그들은 제일 먼저 성공회 선교단에 갔다. 교실에는 남자아이보다 여자아이가 더 많았다. 호기심 많은 남자애 몇 명이 새총을 들고 어슬렁대며 들어왔다 다시 나갔다. 학생들이 무릎 위에 흑판을 놓고 앉아 있는 동안 선생은 그들 앞에 서서 큰 지팡이를 들고 물을 포도주로 바꾼 사내에 대한 이야기를 들려줬다. 느왐그바는 선생의 안경에 깊은 인상을 받았고 이야기 속의 남자가 물을 포도주로 바꿀 수 있는 걸 보니 굉장히 강력한 약을 가졌음이 틀림없다고 생각했다. 하지만 여자애들만 남은 교실에 여선생이 들어와서 바느질하는 법을 가르치기 시작하자 느왐그바는 어처구니없다고 생각했다. 그녀의 일족에선 여자애들은 도자기 만드는 법을 배웠고 남자가 바느질을 했다. 하지만 그녀가 성공회 학교를 완전히 포기한 이유는 교육이 이보어로 이루어진다는 점 때문이었다. 느왐그바는 첫 번째 선생에게 이유를 물었다. 그가 말하길, 물론 학생들은 영어도 배우지만 — 그가 영어 입문서를 들어 보였다. — 아이들은 모국어로 배울 때 학습 능력이 가장 뛰어나고 백인 땅에서 사는 아이들도 다들 자신의 모국어로 배운다고 말했다. 느왐그바가 떠나려고 돌아섰다. 선생은 그녀의 앞을 막아서면서, 가톨릭 선교사들은 지나치게 엄하고 원주민을 진심으로 위하지 않는다고 말했다. 느왐그바는 이 외국인들이 재미있었다. 그들은 모름지기 외부인 앞에서는 단합된 것처럼 보여야 한다는 사실을 몰랐다. 하지만 그녀는 영어 때문에 이곳에 온 것이었기에 그를 지나쳐서 가톨릭 선교단으로 갔다.

섀너핸 신부는 아니퀜와에게 영어 이름이 있어야 할 거라고 말했다 이교도 이름으로는 세례를 받을 수 없기 때문이다. 그녀는 쉽게 동의했다. 그녀에게 그의 이름은 아니퀜와였으므로 그들이 자기네 언어를 가르쳐 주기 전에 그녀가 발음할 수 없는 이름을 그에게 지어 주고 싶어 한들 상관없었다. 중요한 것은 그가 자기 아버지의 사촌들과 싸울 수 있을 만큼 백인들 말을 잘하게 되는 것뿐이었다. 섀너핸 신부는 짙은 피부색에 근육이 잘 발달한 아니퀜와를 쳐다보면서 아이가 열두 살쯤 됐을 거라고 추측했지만 이 사람들은 나이를 짐작하기 어렵다고 생각했다. 때로는 어린 소년이 어른처럼 보이기도 하는 것이, 그가 여기 오기 전에 있었던 동아프리카와는 전혀 달랐다. 그곳 원주민들은 더 날씬했고 사람을 헷갈리게 만드는 근육도 더 적었다. 그는 소년의 머리에 약간의 물을 부으면서 말했다. "마이클에게 성부와 성자와 성신의 이름으로 세례를 주노라."

그는 소년에게 셔츠와 반바지를 주었다. 살아 계신 하느님의 백성들은 벌거벗고 다니지 않기 때문이었다. 그리고 소년의 어머니에게도 설교하려 했지만 그녀는 그를 본데없이 자란 어린애 보듯 쳐다봤다. 그녀가 가진, 곤란할 정도로 자기주장이 강한 면은 이곳의 많은 여자들에게서 눈에 띄었다. 그들의 야만성을 길들일 수만 있다면 활용 가능성이 대단히 컸다. 이 느왐그바라는 인물은 여자들 사이에서 훌륭한 선교사가 될 수 있을 것이었다. 떠나가는 그녀의 뒷모습을 바라보니 꼿꼿한 등에 기품이 있었다. 그녀는 다른 여자들과 달리, 같은 얘기를 하고 또 하면서 시간을 낭비하지 않았다. 그는 이곳 사람들이 얘기를 주절주절 늘어놓고, 에두르는 속담을 인용하고, 항상 핵심을 비껴가는 것을 들으면 화가 치솟았지만 이곳에서 꼭 성공하고 말겠다는 결심이 있었다. 애초에 그가 성령회에 들어온 이유도 이곳의 특별 사명이 흑인 이교도들의 구원이기 때문이었던 것이다.

느왐그바는 늦는다, 게으르다, 느리다, 나태하다는 이유로 선교사들이 너나없이 학생들을 체벌하는 데 깜짝 놀랐다. 아니퀜와가 말하길, 한번은 러츠 신부가 어떤 소녀에게 거짓말이 나쁘다는 것을 가르친다며 손에 수갑을 채운 적도 있었다. 신부는 그러는 내내 이보어로 — 왜냐하면 러츠 신부가 엉터리 이보어를 구사했기 때문에 — 원주민 부모들이 애들에게 너무 오냐오냐한다고, 복음을 가르친다는 데에는 제대로 훈육한다는 의미도 있다고 말했다. 아니퀜와가 집에 온 첫 번째 주말에 느왐그바는 그의 등에서 매 맞은 자국을 보았다. 그녀는 허리에 풀치마를 졸라매고 학교로 갔다. 그리고 선생에게, 한 번만 더 자기 아들에게 그런 짓을 하면 선교단에 있는 모든 사람의 눈을 뽑아 버리겠다고 말했다. 그녀는 아니퀜와가 학교에 가기 싫어하는 걸 알았지만 영어를 익힐 동안 일이 년만 다니면 된다고 설득했다. 그리고 선교사들이 그녀에게 그렇게 자주 학교에 찾아오지 말라고 해도 고집스럽게 주말마다 학교에 가서 아이를 집으로 데려왔다. 아니퀜와는 늘 선교회 부지 밖으로 나오기도 전부터 옷을 다 벗어 버렸다. 그는 몸에서 땀이 나게 하는 반바지와 셔츠도 싫었고 겨드랑이를 가렵게 하는 재질도 싫었다. 그리고 노인들과 같은 반인 것도, 씨름 대회를 놓치는 것도 싫었다.

어쩌면 자신의 옷을 보고 감탄하는 마을 사람들의 시선을 느끼기 시작했기 때문이었는지, 학교에 대한 아니퀜와의 태도가 천천히 변하기 시작했다. 느왐그바가 처음 이 사실을 눈치챈 것은, 그와 함께 마을 광장을 청소하던 소년들 중 몇 명이 그가 요즘 학교에 나간다고 자기 몫을 제대로 하지 않는다며 불평했을 때였다. 그때 아니퀜와가 날카로운 발음의 영어로 뭐라고 하자 그들은 입을 다물었고 느왐그바의 마음은 한없이 관대한 자부심으로 가득 찼다. 그런데 그녀의 자부심은 그의 눈에서 호기심이 줄어든 것을 보았을 때 막연한 걱정으로 바뀌었다. 마치 자신이 너무 무거운 세상의 무게를 지고 있었음을 불현듯 깨달은 것처럼 전에 없던 사색적인 분위기가 생겼다. 그는 사물을 너무 오랫동안 지그시 바라봤다. 그리고 우상에게 바친 거라며 그녀의 음식을 먹지 않기 시작했다. 그는 그녀에게 벌거벗는 것은 죄악이라고, 치마를 허리가 아닌 가슴에 묶으라고 말했다. 그녀는 그의 진지한 태도에 기뻐하며 그를 쳐다봤지만 한편으로는 걱정이 되어서, 왜 이제야 엄마가 벌거벗고 있다는 걸 알게 됐느냐고 물었다.

이마 음무오 의식을 할 때가 되자 그는 거기에 참석하지 않겠다고 했다. 그것은 소년들을 정령들의 세계에 입문시키는 이교도의 풍습이었고 섀너핸 신부가 그런 풍습은 없어져야 한다고 말했기 때문이었다. 느왐그바는 그의 귀를 거칠게 잡아당기면서, 그들의 풍습이 언제 바뀔 것인지는 외국 횐둥이가 결정할 바가 아니므로 그들 일족이 성인식을 없애기로 결정하기 전까지는 참석을 하든지 아니면 그가 그녀의 아들인지 백인의 아들인지 말해 보라고 했다. 아니퀜와는 마지못해 그러겠다고 했지만 그가 다른 소년들과 함께 갈 때 그녀는 아니퀜와만 들떠 있지 않음을 알았다. 그의 슬픔이 그녀를 슬프게 했다. 그녀는 아들이 자신의 품에서 빠져나가고 있음을 느꼈지만 그래도 그가 많은 지식을 배우고 있다는 사실이, 법정 통역사나 편지 대필자가 될 수 있을 거라는 사실이, 러츠 신부의 도움으로 그들의 땅이 그와 그녀에게 속한다는 것을 증명하는 서류를 집에 가져왔다는 사실이 자랑스러웠다. 가장 자랑스러웠던 순간은 그가 아버지의 사촌들인 오카포와 오코예의 집에 가서 아버지의 상아를 돌려 달라고 요구했을 때였다. 그들은 그에게 그것을 돌려주었다.

느왐그바는 아들이 이제 그녀에게는 낯선 정신적 공간에 산다는 것을 알았다. 그는 그녀에게 라고스에 가서 교사가 되는 교육을 받을 생각이라고 말했고 그녀는 소리를 지르고 있는 동안에도 ─ 어떻게 네가 날 떠날 수가 있니? 내가 죽으면 누가 나를 묻어 주겠니? ─ 그가 결국 가리라는 것을 알았다. 그녀는 오랫동안 그를 보지 못했고 그동안 오비에리카의 사촌인 오카포가 죽었다. 그녀는 자주 신탁지에 가서 아니퀜와가 아직 살아 있느냐고 물었다. 그러면 **디비아**는 당연히 살아 있다며 그녀를 꾸짖어서 돌려보냈다. 마침내 아니퀜와가 돌아왔다. 그해에 일족 회의에서는 어떤 개가 음망갈라 청년회 회원을 죽인 후로 마을에서 개 키우는 것을 금지했다. 아니퀜와도 원래대로였다면 음망갈라 청년회 회원이 되었겠지만 그런 일은 사탄의 소행이라고 말하는 바람에 쫓겨나고 말았다.

느왐그바는 그가 새로운 선교단의 전도사로 지명되었다고 알렸을 때 아무 말도 하지 않았다. 그녀는 **아구바**를 손바닥에 대고 뾰족하게 만들면서 어린 소녀의 머리에 무늬를 새겨 넣으려던 참이었고 그녀가 하던 일을 계속하는 동안 ─ 쓱싹, 쓱싹, 쓱싹 ─ 아니퀜와는 이 마을에서 개종한 사람들에 대해 이야기했다. 그가 먹으라고 놓아둔 빵나무 씨앗이 담긴 접시에는 손도 대지 않았다. 그는 이제 그녀가 주는 음식은 아무것도 먹지 않았다. 그녀는 밑에는 바지를 입고 목에는 묵주를 건 이 남자를 쳐다보면서, 자신이 그의 운명에 간섭했던 걸까 생각했다. 이것이 그의 **치**가 그에게 정해 준 삶이었을까? 이상한 무언극을 열심히 연기하는 것 같은 이 삶이?

그가 결혼할 여자에 대해 얘기한 날에도 그녀는 놀라지 않았다. 그는 관습대로 신부 집안에 대해 여기저기 물어보고 다니는 대신, 선교단 사람이 이피테욱포 출신의 적당한 아가씨를 보았고 그 적당한 아가씨가 오니차의 성 로사리오 수녀회로 보내져서 좋은 기독교인 아내가 되는 법을 배울 거라고 말했다. 느왐그바는 그날 말라리아를 앓아서 진흙 침대에 누워 아픈 관절을 문지르고 있었다. 그녀는 아니퀜와에게 아가씨의 이름을 물었다. 아니퀜와는 애그니스라고 대답했다. 느왐그바는 아가씨의 진짜 이름을 물었다. 아니퀜와는 헛기침을 하더니, 기독교인이 되기 전에는 음그베케라고 불렸다고 말했다. 느왐그바는 아니퀜와가 그들 일족의 나머지 결혼 절차는 따르지 않더라도 최소한 음그베케가 고백 의식은 치르도록 하는 것이 어떠냐고 물었다. 그는 세차게 고개를 내저으면서, 결혼 전에 신부가 여자 친척들에게 둘러싸여서 신랑이 그녀에게 관심을 표시한 이후로는 어떤 남자도 자신을 건드린 적이 없다고 맹세하는 것은 죄악이라고 말했다. 기독교인 아내는 평생 동안 단 한 번도 다른 남자의 손길이 닿은 적이 없어야 하기 때문이다.

성당에서 열린 결혼식은 우스꽝스러울 정도로 이상했지만 느왐그바는 말없이 꾹 참으면서 자신은 곧 죽어서 오비에리카를 만날 것이고 점점 더 미쳐 돌아가는 세상에서 벗어날 거라고 생각했다. 그녀는 며느리를 싫어하기로 결심했지만 음그베케는 싫어하기가 힘든 여자였다. 그녀는 온순하고 허리가 가늘었으며, 자기가 결혼한 남자를 기쁘게 하려고 열심이었고, 모두를 기쁘게 하려고 열심이었고, 잘 울었고, 자기가 어찌할 수 없는 일에 미안해했다. 그래서 느왐그바는 그녀를 싫어하는 대신 동정했다. 음그베케는 자주 울면서 느왐그바를 찾아와서, 아니퀜와가 자기한테 화가 나서 저녁을 먹지 않는다고, 혹은 아니퀜와가 성공회는 진실을 설교하지 않는다며 성공회 신자인 친구 결혼식에 못 가게 했다고 말하곤 했고 느왐그바는 음그베케가 우는 동안 말없이 도자기에 무늬를 새겨 넣으면서, 울 가치가 없는 일에 우는 여자는 어떻게 해야하나 생각했다.

음그베케는 모든 사람들에게, 심지어 기독교인이 아닌 사람들에게도 "사모님"으로 불렸다. 그들 모두가 전도사의 부인을 존경했다. 하지만 어느 날 그녀가 오이강에 가서 자기는 기독교인이라서 옷을 벗지 않겠다고 하자 마을 여자들은 감히 여신을 모독했다며 분개해서 그녀를 마구 때린 다음 덤불에 버렸다. 소문은 빠르게 퍼져 나갔다. 사모님이 구타당했다. 아니퀜와는 자기 아내가 또다시 그런 일을 당하면 모든 장로를 감옥에 집어넣겠다고 으름장을 놓았지만 오니차의 오도널 신부는 다음번 신방을 왔을 때 장로들을 방문하여 음그베케의 행동을 사과하고 혹시 기독교도 여자들은 옷을 입은 체로 물을 실으면 안 되겠느냐고 물었다. 장로들은 거절했지만 ── 오이의 물을 원하는 자는 오이의 규칙을 따라야 한다. ─ 오도널 신부에게 정중했다. 그는 그들의 말에 귀를 기울였고 그들의 자식인 아니퀜와처럼 행동하지 않았기 때문이다.

느왐그바는 아들이 창피했고, 며느리가 짜증 났으며, 비기독교도들을 천연두 환자 취급 하는 그들의 고상한 삶에 울화가 치밀었지만 손자를 향한 희망의 끈은 놓지 않았다. 그녀는 음그베케가 아들을 낳게 해 달라고 기도하고 제물을 바쳤다. 그러면 오비에리카가 환생해서 그녀의 세계에 다시 이치 비슷한 것을 가져올 것이었기 때문이다. 그녀는 음그베케의 첫 번째, 두 번째 유산을 알지 못했다. 세 번째 유산을 한 뒤에야 음그베케는 훌쩍이는 코를 풀면서 그녀에게 말했다. 이건 가문 대대로 내려오는 저주이기 때문에 신탁을 구해야 돼, 느왐그바가 말했다. 하지만 음그베케의 눈은 공포로 휘둥그레졌다. 마이클은 신탁 얘기가 나왔다는 소리만 들어도 불같이 화를 낼 거예요. 아직까지도 마이클이 아니퀜와임을 기억하기 힘든 느왐그바는 혼자 신탁지에 갔다가 돌아와서, 이제는 신들도 변해서 야자주 대신 진을 달라고 하니 얼마나 우스운 일이냐고 생각했다. 그들도 개종한 것인가?

몇 달 뒤 음그베케가 웃으면서, 느왐그바가 먹을 수 없는 괴상한 음식을 뚜껑 달린 그릇에 담아 들고 찾아왔다. 느왐그바는 자신의 **치**가 아직까지 쌩쌩하며 며느리가 임신했음을 알았다. 아니퀜와는 음그베케가 오니차의 선교회에서 아이를 낳을 거라고 선언했지만 신들은 다른 계획을 가지고 있었고 그녀는 어느 비 오는 오후에 조산을 했다. 누군가가 장대비를 뚫고 느왐그바의 오두막에 그녀를 부르러 왔다. 아들이었다. 오도널 신부는 아기에게 피터라는 세례명을 주었지만 느왐그바는 아기를 은남디[49]라고 불렀다. 그 애가 오비에리카의 환생이라고 믿었기 때문이다. 그녀는 아기에게 노래를 불러 주고, 손자가 울면 젖이 나오지 않는 자신의 젖꼭지를 물렸지만, 아무리 애를 써도 멋있는 남편 오비에리카의 영혼은 느껴지지 않았다. 음그베케가 세 번 더 유산을 하자 느왐그바는 임신이 유지될 때까지 여러 번 신탁지를 찾아갔고 마침내 둘째 아이가, 이번에는 오니차의 선교회에서 태어났다. 여자애였다. 느왐그바가 그 애를 안은 순간부터 아기의 밝은 눈동자는 생글거리며 그녀를 쳐다봤고 그녀는 오비에리카의 영혼이 돌아왔음을 알았다. 여자애로 환생하다니 이상한 일이었지만 조상님의 뜻을 누가 예측할 수 있겠는가? 오도널 신부는 아기에게 그레이스라는 세례명을 주었지만 느왐그바는 손녀를 '내 이름을 영원히 잃지 않게 하소서.'라는 뜻의 아파메푸나라고 불렀다. 꼬마 손녀가 그녀의 시와 이야기에 진지한 관심을 보이고 소녀가 되어서도 할머니가 떨리는 손으로 힘들게 도자기를 만드는 모습을 주의 깊게 지켜보는 데 느왐그바는 전율을 느꼈다. 하지만 그녀는 아파메푸나가 중등학교에 가게 되었을 때는 전율을 느끼지 않았다.(피터는 이미 오니차에서 사제들과 함께 살고 있었다.) 기숙 학교에서 배우게 될 새로운 방식들이 손녀의 투지를 사라지게 하고 아니켄와 같은 옹고집이나 음그베케 같은 무력함으로 바꿔 놓을까 봐 겁났기 때문이다.

---

49 나의 아버지는 살아 있다.'라는 뜻. 할아버지가 손자로 환생했을 때 붙이는 이름.

느왐그바에게 아파메푸나가 오니차의 중등학교로 떠난 해는 달 없는 밤에 등불이 꺼진 것처럼 느껴졌다. 환한 대낮에 갑자기 어둠이 땅 위로 내려앉은, 이상한 해였다. 그리고 관절에서 고질적인 통증이 느껴졌을 때 느왐그바는 끝이 가까이 왔음을 알았다. 그녀가 침대에 누워 숨을 헐떡이는 동안 아니퀜와는 장례를 기독교식으로 치를 수 있게 신부가 세례를 베풀고 성유를 바르는 것을 허락해 달라고 애원했다. 자기는 이교 의식에 참석할 수 없다는 것이었다. 느왐그바는 그가 감히 누군가를 데려와서 자기 몸에 더러운 기름을 바르게 했다간 자신에게 남은 마지막 힘으로 그 사람을 후려치겠다고 말했다. 그녀의 유일한 소원은 조상들 곁으로 가기 전에 아파메푸나를 보는 것이었지만 아니퀜와는 그레이스가 학교에서 시험을 보고 있기 때문에 집에 올 수 없다고 말했다. 하지만 그녀는 왔다. 느왐그바가 문이 끼익 열리는 소리를 들었을 때 아파메푸나가 나타났다. 그녀의 손녀는 며칠 동안 자신의 불안한 영혼이 집에 가야 한다고 졸라 댄 탓에 잠을 이루지 못해 혼자 오니차에서 집까지 왔던 것이다. 그레이스는 책가방을 내려놓았다. 그 안에 들어 있는 그녀의 교과서에는 이 지방에서 칠 년 동안 살았던, 영국 우스터셔 출신의 행정관이 쓴 「나이지리아 남부 원시 부족들의 강화(講和)」라는 장이 있었다.

그레이스는 나중에 이 야만인들의 신기하고 무의미한 풍습에 흥미가 생겨서, 자신과 관련짓지는 못한 채 그들에 관한 책을 읽게 될 것이다. 그리고 어느 날 그녀의 선생인 모린 수녀가 할머니가 그녀에게 가르쳐 준 '메기고 받는 형식'[50]은 시로 볼 수 없다고,

---

50   아프리카의 군중집회, 종교 의식, 노래 공연 등에서 선창자와 후창자가 서로

원시 부족에겐 시가 없기 때문이라고 말할 것이다. 그레이스는 큰 소리로 웃음을 터뜨릴 것이고 모린 수녀는 그녀를 반성실로 데려간 다음 아버지를 학교로 부를 것이다. 그러면 아니켄와는 자기가 자식 교육을 얼마나 잘하는지 보여 주기 위해 교사들 앞에서 그녀의 뺨을 때릴 것이다. 그레이스는 아버지에 대한 깊은 경멸감을 오랫동안 가슴속에서 키우면서, 부모님과 오빠의 위선과 확신에 찬 모습을 피하기 위해 휴일에는 오니차에서 청소부로 일할 것이다. 그레이스는 중등학교를 졸업한 후에 아궤케의 초등학교에서 가르치게 될 텐데 그곳 사람들은 오래전에 백인들의 총이 마을을 파괴한 이야기, 그녀가 믿어도 되는지 확신할 수 없는 이야기들을 들려줄 것이다. 왜냐하면 그들은 나이저강에서 언어가 뻣뻣한 현금 뭉치를 들고 나타난다는 이야기도 할 것이기 때문이다. 1950년 이바단에 있는 유니버시티 칼리지[51]의 몇 안 되는 여학생 중 한 명이 된 그레이스는 친구 집에서 차를 마시다가 보예가 씨 이야기를 듣고는 전공을 화학에서 역사학으로 바꿀 것이다. 명망 있는 학자인 보예가 씨는 피부가 초콜릿색인 나이지리아인이자 런던에서 교육받은, 대영 제국사의 탁월한 전문가였는데 서아프리카 시험 위원회[52]가 아프리카 역사를 교과 과정에 추가하는 것에 관한 논의를 시작하자 몹시 불쾌해하면서 사임했다. 아프리카 역사가 과목으로 고려된다는 사실 자체가 그에겐 공포였기 때문이다. 그레

대화하듯 진행되는 연설, 노래, 시의 형식을 말한다.

51 오늘날의 이바단 대학교. 당시에는 영국 런던 대학교의 분교였나.

52 나이지리아의 고등학교 졸업 시험을 주관하는 기관으로는 서아프리카 시험 위원회(WAEC)와 국가 시험 위원회(NECO)가 있다.

이스는 깊은 슬픔을 느끼며 이 이야기에 대해 오랫동안 생각할 것이다. 그리고 교육과 존엄성의 관계, 책에 인쇄된 딱딱하고 명백한 것들과 영혼에 새겨진 부드럽고 모호한 것들 간의 관계를 확실히 깨닫게 될 것이다. 그레이스는 자신이 받은 교육에 대해 다시 생각하기 시작할 것이다. 그녀가 대영 제국일에 얼마나 활기차게 "신이여, 우리의 국왕을 보호하소서. 그에게 승리와 행복과 영광을 보내 주시고 오랫동안 우리를 다스리게 하소서."를 노래했던가를. 교과서에 '벽지'나 "민들레' 같은 단어가 나오면 머릿속으로 그릴 수가 없어서 얼마나 혼란스러웠던가를. 혼합물과 관련된 산수 문제가 나오면 커피는 무엇이고, 치커리는 무엇이고, 왜 그 둘을 섞어야 하는지를 이해할 수 없어서 얼마나 고생했던가를. 그레이스는 아버지가 받은 교육에 대해 다시 생각할 것이고, 집으로 달려가 이젠 늙어서 눈물이 많아진 아버지를 만날 것이고, 그가 보낸 편지를 한 통도 읽지 않았다고 말할 것이고, 그가 기도할 때 아멘을 외치면서 그의 이마에 입을 맞출 것이다. 그레이스는 돌아가는 길에 아케케를 지나다가 본 황폐해진 마을 풍경에 사로잡힐 것이고, 런던에서 파리를 거쳐 다시 오니차까지 문서 보관소를 찾아다니며 곰팡이 슨 파일을 이 잡듯이 뒤지고 할머니가 살았던 세계의 삶과 냄새를 다시 떠올리면서 『총알로 이룬 강화 — 나이지리아 남부의 되찾은 역사』라는 책을 쓸 것이다. 그레이스는 자신의 초고에 대해 약혼자 조지 치카디비아 — 라고스 킹스 칼리지의 멋쟁이 졸업생, 미래의 엔지니어, 스리피스 양복을 입는 사람, 라틴어 없는 사립 학교는 설탕 없는 홍차와 같다고 자주 말하는 볼룸 댄스의 고수 — 와 이야기하다가 조지가 그녀에게 '미·소 긴장

상태에서 아프리카 동맹의 역할' 같은 의미 있는 주제 대신 원시
문화에 대해 쓰다니 방향을 완전히 잘못 잡았다고 말했을 때 이
결혼이 영원하지 않으리라는 것을 알았다. 그들은 1972년에 이혼
하게 될 것이다. 그레이스가 유산을 네 번 했기 때문이 아니라 어
느 날 밤 땀을 흘리며 잠에서 깬 그녀가 그의 케임브리지 시절 얘
기를 한 번만 더 들었다간 자기가 그를 목 졸라 죽이리라는 걸 깨
달았기 때문이다. 그레이스는 교수상을 받을 때, 학회에서 심각한
얼굴을 한 사람들에게 나이지리아 남부의 이조족, 이비비오족, 이
보족, 에피크족에 대해 얘기할 때, 후한 보수를 받으면서 국제기
구를 위해 상식적인 내용의 보고서를 쓸 때, 할머니가 자신을 내
려다보면서 즐겁게 키득키득 웃는 모습을 상상할 것이다. 그레이
스는 상패들과 친구들과 어디 내놔도 빠지지 않는 장미 정원에 둘
러싸여 살던 말년에 이상하게 뿌리를 잃은 듯한 기분을 느끼고는
라고스 법원에 가서 법적으로 자신의 이름을 그레이스에서 아파
메푸나로 개명할 것이다.

　하지만 어스레해지는 황혼 속에서 할머니 머리맡에 앉아 있
던 그날에 그레이스는 자신의 미래에 대해 생각하고 있지 않았다.
그녀는 그저 할머니의 손을, 오랜 세월 도자기를 만드느라 두꺼워
진 손바닥을 잡았을 뿐이었다.

감사의 말

세라 샬펀트, 로빈 데서, 미치 에인절에게 감사한다.

옮긴이의 말

치마만다 응고지 아디치에는 채 서른도 안 된 나이에 출간한 두 번째 장편 소설 『태양은 노랗게 타오른다』(2006)로 국적에 상관없이 여성 작가가 영어로 쓴 장편 소설에 수여하는 오렌지 소설상을 받고 무려 50만 달러의 연구비를 지원받는 맥아서 펠로로 선정되었다. 그런 그녀가 2009년에 내놓은 세 번째 책이 바로 이 단편집 『숨통』이다. 『숨통』은 2002년부터 2008년에 걸쳐 《조이트로프 — 올 스토리》, 《프로스펙트》, 《그란타》, 《뉴요커》와 같은 세계 유수의 잡지에 발표되었던 단편 열두 편을 모아 만들어졌다. 그중 일부는 그해 미국과 캐나다 잡지에 실렸던 단편 소설 중 가장 훌륭한 작품 스무 편을 선별하여 매년 출간하는 『펜/오 헨리 상 단편집』에 수록되기도 했다.

아디치에는 『태양은 노랗게 타오른다』에서 1967년부터 1970년까지 계속되었던 비아프라 전쟁을 통해 부모 세대의 나이지리아인들이 어떠한 삶을 살았던가를 조명했던 반면 『숨통』에서는 열

아홉 살에 도미한 자전적 경험을 바탕으로 보다 더 동시대적이고 보편적인 이야기들을 들려주고 있다. 전작은 나이지리아라는 한 정된 공간을 배경으로 삼았던 데다 실제로 있었던 나이지리아의 역사적 사건을 소재로 했기 때문에 해외 독자들에게 다소 이국적 이고 이질적으로 다가갈 수밖에 없었지만 본작은 구미 문화권 출 신이 아닌 사람, 영어를 모국어로 하지 않는 사람이 미국이라는 낯선 세계에서 겪게 되는 문화적 충격을 다루고 있다는 점에서 한 국 독자들도 공감할 수 있는 부분이 크다고 하겠다.

『숨통』에서 가장 먼저 발견할 수 있는 작가의 자전적 요소는 바로 그녀의 어린 시절이다. 첫 번째 작품 「1번 감방」의 화자는 교 수인 아버지 때문에 은수카 캠퍼스의 사택에 사는 것으로 설정되 어 있다. 실제로 아디치에의 아버지는 나이지리아 대학교의 통계 학 교수였고 어머니는 같은 학교의 부교무처장이었기 때문에 그 녀는 어린 시절을 은수카 캠퍼스에서 보냈는데 나중에 알고 보니 그녀가 일곱 살 무렵에 살았던 집이 그 전에 치누아 아체베가 살 았던 집이었다고 한다.(치누아 아체베는 1970년대부터 1980년대 초까 지 나이지리아 대학교에서 영문학 교수로 재직했다.) 아디치에가 스스 로 "나의 문학적 여정은 그때 시작되었는지도 모른다."라고 말했 다는 점과 그녀의 별명이 "치누아 아체베의 21세기 딸"이라는 점 을 감안하면 실로 놀라운 우연의 일치라 할 수 있다.

여섯 번째 작품 「점핑 멍키 힐」에 등장하는 아프리카 작가 워 크숍은 특별한 사전 지식이 없는 독자라 해도 작가의 경험을 바 탕으로 했음을 쉽게 눈치챌 수 있을 것이다. 그런데 이 작품의 재 미있는 점은 주인공 우준와가 쓴 단편 소설 또한 우준와의 자전적

이야기이기 때문에 「점핑 멍키 힐」뿐 아니라 치오마를 주인공으로 하는 액자 소설 역시 아디치에의 자전적 이야기라는 사실이다. 따로 제목이 붙어 있지 않은 이 액자 소설에서 주인공 치오마는 아버지가 어린 시절 자신에게 소설책도 사 주고 침대 밑 양철통 속에 숨겨 둔 자신의 습작들을 읽고 "훌륭함! 진부함! 아주 좋음! 모호함!"이라는 평도 달아 주었다고 말한다. 실제로 아디치에가 아버지에 대해 쓴 회고록『상실에 대하여』를 보면 그녀의 아버지는 아디치에가 쓴 모든 글을 읽고 치오마의 아버지처럼 평가를 해 주었으며 딸이 작가가 되었다는 사실을 몹시 자랑스러워했다고 한다. 그녀가 작가가 되는 데 아버지의 영향이 이렇게 지대했기 때문인지 「유령」의 주인공은 은퇴한 수학 교수일 뿐 아니라 — 아디치에의 아버지는 학부에서 수학을 전공했다. — 이름까지도 그녀의 아버지(제임스 느워예 아디치에)와 똑같다.

　「전율」을 비롯한 여러 작품들에서는 아디치에의 미국 생활이 단편적으로 드러난다. 「모조품」과 「지난주 월요일에」의 배경인 필라델피아는 그녀가 처음 미국에 와서 언론정보학을 공부했던 드렉셀 대학교가 있는 곳이다. 그로부터 이 년 후 그녀는 이스턴 코네티컷 주립 대학교로 편입하여 언론정보학과 정치학을 전공했다. 재학 당시 그녀는 학교로부터 가까운 곳에서 개업의로 일하고 있던 언니 이제오마와 함께 살았다. 「숨통」이 코네티컷주의 작은 마을을 배경으로 한다는 점, 「사적인 행위」의 주인공 치카가 의대생이라는 점, 「유령」에서 주인공의 딸 응키루카가 의사로 등장한다는 점 등이 이런 사실들을 바탕으로 한 것이리라 하겠다. 마지막으로 「전율」은 작가의 미국 생활이 가장 직접적으로 반영된 작품이다. 아디치에는 2005~2006년에 호더 펠로로 선정되어 프린스턴 대학교 캠퍼스에서 생활했다. 호더 펠로십은 전도유망한 신인 예술가를 지원하는 제도로, 예술가가 작품 활동에만 전념할 수 있도록 일 년 동안 6만 달러가 넘는 금액을 지원한다. 이 작품에서 주인공의 여동생이 졸업한 학교가 있는 도시로 잠깐 언급되는 뉴헤이번에는 아디치에가 아프리카학으로 석사 학위를 받은 예일 대학교가 위치해 있다.

『숨통』에 등장하는 아프리카적인, 아니, 나이지리아적인, 아니, 더 좁게 들어가면 이보족적인 요소들은 일견 낯설 것 같지만 낯설지 않다. 우리가 아프리카에 대해 가지고 있는 선입견이 아닐까 생각했던 것들은 사실로 드러나고 ── 종교적·정치적 학살이 자행되고, 정국과 치안이 불안하고, 부패가 만연하고, 미신을 믿는다는 점 ── 그 밖의 것들은 세계 어느 나라에서나 있을 수 있는 일, 주인공이 한국 사람이라고 가정해도 전혀 무리가 없는 설정들이기 때문이다. 특히 등장인물들이 미국 생활을 하면서 느끼는 실망과 환멸은("자신이 특이한 악센트로 말하는 외국인이라서 그들에게 무능한 사람으로 보인다는 사실", 「모조품」) 선진국에 간 개발 도상국 국민이라면, 거기에서 만난 현지인들이 인종주의자가 아니더라도, 누구나 한 번씩 느껴 봤을 법한 감정이다.

여기서 우리가 그보다 더 눈여겨봐야 할 부분은 「숨통」과 「점핑 멍키 힐」에 등장하는, 소위 아프리카 애호가와 아프리카 전문가라는 인물들이다. 이들은 아마 우리 같은 보통 사람보다는 분명 아프리카에 대해 많이 알 것이고 애정을 갖고 있을 것이다. 그러나 그들이 생각하는 아프리카, 그들의 눈에 비친 아프리카가 과연 아프리카의 진짜 모습인지는 한번 의심해 볼 필요가 있다. 「숨통」에 나오는 백인 남자 친구는 주인공을 이해한다고 말하지만 사실은 이해하지 못한다. 자아를 찾기 위해 이 년 동안 휴학하고 세계 여행을 다닌 그는 대학들이 휴교를 너무 많이 해서 학생들이 학교를 칠 년 동안 다녀야 졸업에 필요한 수업 일수를 채울 수 있는 나라에서 온 그녀를 이해할 수 없다. 가난한 사람들의 삶을 구경하기 위해 개발 도상국에 방문하길 즐기는 그는 보다 나은 삶을 살기 위해 미국에 왔음에도 박봉을 받으며 단순 업종에서 일할 수밖에 없는 그녀를 이해할 수 없다. 그가 아프리카에 대해 가지고 있는 감정이 정말로 순수한 호의와 호감이라고 해도 그 바탕에 깔려 있는 것이 단순히 낯설고 이국적인 무엇에 대한 호기심과 흥미일 뿐이라면 그 감정은 동물원의 원숭이를 보며 신기해하는 것과 별반 다르지 않을 것이다.

「점핑 멍키 힐」에 등장하는, 전직 케이프타운 대학교 교수 에드워드 캠벨은 워크숍 참가자들의 작품 낭독을 듣고 난 후 정치적 소재를 다루지 않은 작품은 시대착오적이다, 주인공이 동성애자인 작품은 아프리카적이지 않다고 말한다. 그러면서 "자신은 옥스퍼드에서 수학한 아프리카학자로서 말하고 있는 것이 아니라 아프리카의 참모습에 깊은 관심을 가지고 있고 아프리카라는 공간에 서양식 사고를 투영하지 않는 사람으로서 말하고 있는 거"라고 한다. 그러니까 아프리카의 정치, 사회, 경제, 문화 같은 다양한 측면들과 아프리카에 존재하는 수많은 삶의 양식들 중에서 오직 그가 아프리카라고 인정하는 부분만이 '진정한 아프리카'라는 것이다. 이러한 주장에 대한 작가로서의 반론인지, 아디치에는 이 작품 외에도 「지난주 월요일에」와 「전율」에서 동성애를 소재로 사용했다. 그녀는 이 이야기들을 통해 사람들이 생각하는 것 이외의, 그 이면의 또 다른 모습을 가진 아프리카를 보여 주고 싶은 듯하다.

하지만 죽는 날까지 그녀를 따라다닐 축복이자 저주인 '아프리카 작가'라는 딱지를 떼어 놓고 보더라도 아디치에는 재능 있는 작가임이 분명하다. 특히 「지난주 월요일에」를 보면 실질적으로 일어난 사건은 아무것도 없는데도 주인공 카마라의 심리 묘사만으로 이야기의 기승전결이 완성되고 있다. 인물의 미묘한 심리 변화를 아주 세밀하게 그려 냄으로써 작품 내내 팽팽한 긴장감을 유지하는, 아디치에의 작가적 재능이 돋보인다. 그리고 『숨통』 전체를 통틀어 길이가 가장 짧은 작품이자 「숨통」과 함께 2인칭 주인공 시점이라는 실험적 기법을 사용한 「내일은 너무 멀다」는 오랜 세월에 걸쳐 쌓인 주인공의 욕망과 좌절과 미움이 찰나의 순간에 분출되면서 돌이킬 수 없는 비극을 가져오고 그 결과 주인공 자신을 포함한 모든 주위 사람들의 삶이 송두리째 뒤바뀌는 것을 생생하게 표현한, 단편 소설의 묘미를 잘 살린 작품이라 하겠다. 나이지리아의 과거와 현재를 두루 탐구해 본 아디치에가 다음에는 또 어떤 작품을 들고 나올지 기대하지 않을 수 없다.

2023년 봄
황가한

옮긴이 황가한
서울대학교에서 불어불문학과 언론정보학을 복수 전공한 후 출판사에서 편집자로 근무하였으며 이화여자대학교 통역번역대학원에서 한영번역학으로 석사 학위를 받았다. 옮긴 책으로 『보라색 히비스커스』, 『아메리카나』, 『엄마는 페미니스트』, 『상실에 대하여』, 『현대적 사랑의 박물관』 등이 있다.

숨통

1판 1쇄 펴냄	2011년 8월26일
2판 1쇄 찍음	2023년 4월 20일
2판 1쇄 펴냄	2023년 4월 28일

지은이	치마만다 응고지 아디치에
옮긴이	황가한
발행인	박근섭·박상준
펴낸곳	(주)민음사

출판등록	1966. 5. 19. 제16-490호
주소	(06027) 서울시 강남구 도산대로 1길 62(신사동)
	강남출판문화센터 5층
대표전화	02-515-2000	팩시밀리 02-515-2007
홈페이지	www.minumsa.com

한국어 판 ⓒ (주)민음사, 2011. 2023. Printed in Seoul, Korea

ISBN   978-89-374-1720-7 (03840)